AF235088

Shitomir
von Gerd Borchert

Für meine Familie

1. Auflage
Herstellung und Verlag: BoD – Books on Demand,
Norderstedt, Dezember 2022

© 2022 Gerd Borchert
Lektorat & Korrektorat: Gaby Sikorski
Satz: Patrick Peters
Herstellung und Verlag: BoD – Books on Demand, Norderstedt
Printed in Germany
ISBN 9783756828319

Bibliografische Information der Deutschen Nationalbibliothek: Die Deutsche
Nationalbibliothek verzeichnet diese Publikation in der Deutschen Nationalbibliografie;
detaillierte bibliografische Daten sind im Internet über dnb.dnb.de abrufbar.

.

I

Er bewegte sich schwer und der Gang ließ auf eine Behinderung schließen, die er tunlichst versuchte, durch Aufrechtgehen zu verheimlichen. Leicht humpelnd ging er mit seinem größeren Begleiter den Parkweg lang. Ein verschmitztes Lächeln war in seinem Gesicht zu sehen. Er schloss seine Jacke, denn der Wind blies ihn nun direkt von vorne entgegen. Dabei funkelten seine himmelblauen Augen so voller Erwartung, als ob sie aus den Höhlen springen wollten. Er blieb leicht hinter dem größeren Mann zurück, der mit Hut und einem langen Mantel bekleidet war und sich beim Gehen wie ein Walzertanzender bewegte. Seine Figur war in ihrer ganzen Erscheinung sehr voluminös, beinahe angsteinflößend.

„Ja, jetzt habe ich es wiedergesehen", sagte sich der Gehbehinderte. „Hier war ich schon einmal. Wie lange mag das jetzt her sein?" Er stellte sich diese Frage, wohl wissend, dass es über 50 Jahre waren. Er drehte sich kurz um. Hinter ihnen war nur Leere.

Die beiden gingen weiter und bogen links in einen Waldweg, den sie kurz darauf wieder verließen, um zu einer großen, freien Wiese zu gelangen. Sie war von einem kleinen Zaun umgeben. Ein Holztor öffnend, begab sich der Mann im langen Mantel auf die Wiese. Fluchte etwas vor sich hin und zeigte mit der rechten Hand nach vorne.

Der ihm Folgende erkannte dieses Fluchen. Ja, das habe ich schon einmal gehört. Es ist mir gut bekannt ...

Lautes Gebrüll aus allen Richtungen war zu hören. Menschen liefen wirr durcheinander. Die Sanitäter suchten sich ihren Weg durch die Massen und trugen eine Bahre in eine halb verfallene Hütte, die kaum ein Licht barg. Die Fenster waren verhängt und es roch darin nach Äther und Carbolsäure.

„Pokazat zdes", brüllte ein stämmiger, hoch gewachsener Mann mit Bart, im weißen Kittel. Jedenfalls hatte er diese Farbe einmal. Jetzt war er voller Blut und verschmierten, undefinierbaren gelblichen Flüssigkeiten.

„Ne imeet smysla, proklyatyy nemets." Dabei drehte er sich um, verzog das Gesicht und wandte sich dem nächsten Patienten zu, der gerade hereingebracht wurde.

„Yest' mogily", sagte der Mann im Mantel, wandte sich um und verließ die Wiese leise vor sich hinmurmelnd wieder, ohne sich auch nur noch einmal umzudrehen. Der Gehbehinderte sah ihm noch lange nach, dann begab er sich zu dem Ort, der ihm vom eben Verlassenen gewiesen wurde.

Am Horizont vor einem Wäldchen erblickte er zahlreiche Reihen mit Holzkreuzen. Er ging darauf zu, fragte sich, welche Reihe er entlanggehen sollte? Schließlich ging er nach links und las die vielen deutschen Namen, die in der Mitte der Kreuze eingekerbt und schwarz ausgemalt waren. Er ging weiter, bis er einen alten Herrn erblickte, der sich über ein Grab beugte. Schnellen Schrittes auf ihn zutretend, suchte er nach einer passenden russischen Begrüßung.

Ein einfaches „Dobryy den", kam ihm über die Lippen.

Der alte Mann blickte auf und schaute den Mann an, als ob er ihn bei etwas ertappt hatte. „Du bist Deutscher", antwortete er gebrochen. „Das höre ich sofort."

„Ja, ja", folgte es stotternd aus dem Munde des vor ihm Stehenden, der sehr überrascht war.

„Woher kommst du?", mochte der Alte wissen.

„Ich bin aus Berlin." Dabei huschten seine Blicke schweifend über die Kreuze hinweg.

„Aus Berlin", wiederholte betont der Kniende. „Ha, das ist ja interessant. Ich kenne Berlin. Aber noch während des Krieges, da bin ich dort durchgekommen. War dort kurze Zeit stationiert, dann ging es weiter nach Osten. Und da bin ich heute noch." Sein Blick wurde wehmütig und er suchte nach Worten. „Es ist gut, mal einen Deutschen nach so langer Zeit wiederzusehen. Was bringt dich in diese Gegend?" Er reichte dem Deutschen die Hand und stellt sich als Pjotr vor.

„Eigentlich heiße ich ja Peter. Aber ich musste hier einen russischen Namen annehmen."

„Gerhard", stellte sich nunmehr der andere vor. „Verstehe ich richtig? Du bist damals in der Sowjetunion geblieben? Bist nicht wieder zurück nach Deutschland?" Er blieb nun beim vertrauter klingenden Du, was die Unterhaltung leichter machte.

„Nicht ganz. Ich musste bleiben. War in Gefangenschaft und durfte das Land nach meiner Freilassung nicht verlassen. So blieb ich hier in Shitomir. Nicht alle Kriegs-gefangenen durften heim. Mich traf es, weil ich Offizier war und im Lager dort im Büro arbeitete und viel von den internen Vorgängen mitbekam." Man merkte, dass ihm die deutschen Worte anfangs noch schwer, dann fließender über die Lippen kamen.

„Ich hatte geheiratet, Familie. Blieb so immer länger. Dann war es zu spät. Mich hatte man in der Heimat eh ver-gessen. Heute zieht mich nichts mehr nach Deutschland." Er versuchte eine Pflanze in die Erde zu bringen, was ihm nicht so gut gelang.

„Proklyatyy...", warf er ein. „So flucht hier der Mensch", gab er zu verstehen.

„Ja, ich weiß", antwortete der andere. „Ich bin auf der Suche nach einem Grab. Einem Deutschen."

„Hier? In dieser Gegend? Suche dir einen aus, es sind alles Deutsche."

„Nach meinen Informationen ist er hier gefallen und auch beigesetzt worden."

„Ein Glück für diejenigen, die ein Grab haben. Viele wurden nur verscharrt, in Massengräber geworfen und zugeschüttet. Das haben beide Seiten so gemacht. Wie grausam der Krieg doch ist."

Wehmut lag in seinen Worten. Er hielt inne. Schaute den Fremden an und fragte: „Wen suchst du denn?"

„Ich bin extra deshalb hierhergereist, um ihn zu suchen. War schon auf anderen Friedhöfen. Aber habe ihn nicht gefunden. Hier nun ist die letzte Möglichkeit. Albert Gruner war sein Name. Er war groß und ein besonders kräftiger Mann."

Sein Gegenüber blickte ihn an und lächelte ein wenig. Er erhob sich nun. „Was sind schon Namen. Alle haben sie Namen gehabt. Sie sind das Letzte, was von uns bleibt. Ein Name auf einem Kreuz, wenn überhaupt." Seine Augen funkelten bei diesen Worten. Mit der Hand wischte er sich den Schweiß von der Stirn.

„Ich pflege diese Gräber hier seit über 20 Jahren. Es macht sonst keiner. Erst habe ich nur Blumen hergebracht, dann wurden die Aufenthalte länger und ich entfernte das Unkraut nach und nach. So kam ich unseren Kameraden immer näher. Bis ich es als eine Art Pflicht ansah. Verstehst du? Es war mir eine Berufung, diese Gräber sauber zu halten. So kann ich noch etwas Sinnvolles für die tun, die als

Menschen auf diese Erde kamen und als Soldaten starben. Aber haben tut keiner mehr etwas davon." Sein Ton wurde melancholisch und fiel bei den letzten Worten in der Lautstärke ab.

„Komm, Kamerad!" Ein freudiges Lächeln schlich sich in sein Gesicht. Mit einer Handbewegung forderte er seinen Gesprächspartner auf, ihm zu folgen.

„Ich kenne das Grab. Es ist das erste Mal, dass sich hier einer nach einer Liegestelle erkundigt. Aber als du mir den Namen sagtest, glaubte ich erst, nicht richtig verstanden zu haben. Gerade Gruner. Verstehe, es ist das einzige Grab, welches von jemandem gepflegt wird. Keiner kümmert sich weiter um die Gräber, außer mir. Aber irgendwer besucht regelmäßig dieses Grab." Damit hielt er inne. Sie bogen in einen kleinen Weg ein und gingen an den vielen weißen Holzkreuzen vorbei. Namen um Namen, Schicksal um Schicksal ließen sie hinter sich, bis sie zu einer sehr gepflegten Grabstelle kamen, auf der Margeriten und weiße Lilien gepflanzt waren.

Gerhard schaute sogleich auf den Namen: Gefr. Albert Gruner geb. 05.07.1924 gest. 15.01.1944. Ihn durchlief es warm und kalt. Starr das Kreuz betrachtend, konnte er seinen Blick nicht abwenden. Seine Augen wurden glasig und eine Träne rann ihm die Wange herunter. Er räusperte sich, um die Fassung wieder zu erlangen.

„Danke", sagte er zu Pjotr, der seine Ergriffenheit bemerkt hatte und ihm leicht auf die Schulter klopfte, um sich anschließend leise zu entfernen.

„Hier liegst du nun...", sagte Gerhard zu sich. „Hier endet meine Suche." Mit zitternden Händen nahm er seine Brieftasche heraus, öffnete darin ein Seitenfach und zog eine vertrocknete noch leicht gelblich aussehende Butterblume heraus. Sie war verblüht, wie das Leben, auf dem sie gleich zu liegen kommen würde. „Ein Gruß aus der Heimat von deinen Eltern, Albert." Damit legte er das Blümchen sorgsam neben einer Pflanze ab, die noch rot in Blüte stand. „Du hast Butterblumen immer so gemocht. Du sagtest mir damals, weil sie so schön gelb funkeln." Er verfiel in ein nachdenkliches Schweigen, nicht bemerkend, dass er schon eine ganze Weile beobachtet wurde.

II

An einem Sonntag, einem sehr schönen Tage, bewegten sich viele Menschen zum Stadion hin, das am Ende der Wilhelmstraße lag. Die Tribüne war schon gut besetzt und dennoch ließen es sich die Menschen nicht nehmen, weiter in die Arena zu strömen, um sich das bevorstehende Junioren- Fußballspiel der Sportvereinigung Potsdam 03 - früher Babelsberg 03 - gegen den FV Cottbus anzusehen. Die Stimmung schien gut zu sein, obwohl sich das Land im Krieg befand. Der Fußball war mit die einzige Möglichkeit für die Bevölkerung, sich einen Ausgleich zum Kriegsalltag zu verschaffen. Für 50 Reichspfennige Eintritt war das sogar für die nicht so gut Bemittelten durchaus erschwinglich. Bald waren auch die Stehränge voll besetzt und das Fußballspiel konnte beginnen. Auffällig bei den Potsdamern war schon in den Anfangsminuten der blonde Rechtsaußen, der wie ein Wirbelwind mit dem Ball die rechte Seite des Spielfeldes entlanglief, seine Gegenspieler austrickste und gefährliche Flanken in des Gegners Strafraum flankte. Die Versuche seiner Bewacher, ihn zu stoppen, schlugen fehl. So dauerte es nicht lange, bis ein Pass den Mittelstürmer von Potsdam erreichte und er unhaltbar für den Torwart den Ball ins Netz versenkte. Der Mittelstürmer bedankte sich bei seinem Rechtsaußen, indem er ihm freudig auf die Schulter klopfte. Am Ende siegten die Potsdamer 5:0, darunter mit einem Tor ihres Rechtsaußen.

Aber nicht nur von den Trainern und den Zuschauern wurde der blonde Jüngling beobachtet, auch ein junges Mädchen auf der Zuschauertribüne hatte ihn ins Visier genommen, kein Auge mehr von ihm gelassen. Begeisterte sie doch die blonde Haarmähne, wie sie im Wind wehte und seine geschmeidigen gewitzten Bewegungen, mit denen er seine Gegenspieler beherrschte. Unbeachtet von ihrem Vater, der neben ihr saß, winkte sie dem Spieler zu, der aber schien sie nicht zu bemerken. Auf der einen Seite enttäuscht von der Nichtbeachtung ihres Schwarms, auf der anderen Seite mit einem wohligen verliebten Gefühl verließen sie und ihr Vater das Stadion.

Im Anschluss an das Spiel trafen sich die Fußballer noch in der Gaststätte Hiemke, einem Traditionslokal aus der Kaiserzeit mit der wohl köstlichsten Roulade in der Region, um den Sieg bzw. die verpassten Chancen bei einem Bier zu diskutieren.

Auch das junge Mädchen kam mit ihrem Vater auf dem Heimweg an dem Lokal vorbei, und sie sah den blonden Jüngling hinter einem Fenster, wie er beredt auf seine Mitstreiter einredete, dabei sein Bier hin- und herschwenkte. Sie musste lächeln, schaute sich noch mehrmals nach ihm um.

III

Unruhig von einem Bein auf das andere tretend, wartete ein blonder junger Mann vor einer gelben Villa. Erwartungsvoll schaute er zur Eingangstür, in der Hoffnung, dass sie sich öffnen würde. Die Vöglein flogen wirr durcheinander in ein dichtes Gebüsch am Zaun des Hauses, aus dem ihr fröhliches Zwitschern zu vernehmen war. Ab und zu lugte das Köpfchen eines Spatzen heraus, das aber sogleich wieder zurückgezogen wurde, um nicht entdeckt zu werden. Der junge Mann beobachtete das lächelnd. Ab und zu gab er einen Piepton, der eher an eine Krähe erinnerte, von sich und erhielt trotzdem Antwort auf seinen Versuch. Das Warten zog sich in die Länge. Sich die Zeit vertreibend, zählte er die Steine auf dem Gehweg. Immer bei einhundert angekommen, fing er von vorne an. Leicht hüpfend übte er nebenbei Tanzschritte ein.

Das Haus mit einem Walmdach und nach vorn mit halbrunden Gaubenfenstern lag auf einem größeren Grundstück, mit grünem Rasen sowie sehr gepflegten Blumenbeeten.

„Auf was wartest du denn?", hörte der Jüngling von der anderen Straßenecke rufen.

Er drehte sich um und erblickte ein junges, hübsches Mädchen auf dem Bordstein gegenüber. Sie hatte einen bunten Rock an, der ihr leicht übers Knie reichte. Eine weiße Bluse betonte die obere Hälfte ihres Körpers, dessen aufreizende Formen durch das Oberteil eher unterstrichen als verborgen wurden. Neckisch hatte sie das eine Bein nach vorne gestellt, so als ob sie dadurch nun endlich eine Antwort auf ihre Frage bekäme.

„Ach, ich stehe hier nur so herum", rief er zu ihr hinüber. Sie wippte mit der einen Fußsohle, was wohl andeutete, dass die Antwort nicht die war, die sie erwartet hatte.

"Ach, nee", antwortete sie. Sie ging auf ihn zu, ohne den Blick von ihm zu wenden.

„Ich beobachte dich schon mehrere Tage."

„Ich komme hier öfters vorbei", gab er verlegen zurück. Es fiel ihm schwer aufzublicken, so schaute er auf ihren Rock, der sich leicht im Wind bewegte.

„Ich kenne dich vom Fußball, habe dich neulich spielen sehen." Und plötzlich sagte sie „Gefällt dir mein Röckchen?"

Er war stolz, erkannt worden zu sein, und beeindruckt von ihrer koketten herausfordernden Art. Leicht errötend, nicht darauf vorbereitet, gab er zur Antwort: „Ach, mmh…" Dabei wendete er seinen Kopf leicht nach links. Das Mädchen musste seine Schüchternheit bemerkt haben, so auffällig benahm er sich.

Sie hatte rote Haare und eine Schillerlockenfrisur, wie sie von Schauspielerinnen getragen wurde. Ihr Gesicht war zart, die rosigen Wangen machten es besonders ansehnlich. Er war von ihr angetan.

„Ich heiße Monika und wohne dort drüben in dem Haus", sie zeigte auf eine rotgeklinkerte Villa mit auffallend roten Fensterrahmen und weißen Vorhängen dahinter.

„Ich komme hier immer vorbei, wenn ich zu Aufnahmen gehe, in den Studios." Er hoffte, damit auf sich aufmerksam gemacht zu haben und dachte an die kleinen Statistenrollen, die er gelegentlich besetzte.

„Die Studios", sie lächelte bei den Worten. „Mein Vater ist Drehbuchautor und arbeitet auch dort gelegentlich. Mich nimmt er öfters mit zur Arbeit. Dann sehe ich die vielen

Stars. Das ist immer sehr aufregend."

„Ja. Ich sehe sie auch ab und zu. Habe aber nur ein paar Statistenrollen. Möchte mir Geld für Stepp-Platten für die Schuhe verdienen."

„Oh, du kannst steppen. Das ist toll, aber bestimmt sehr schwer?"

„Wenn man es kann, nicht mehr", er freute sich, ihr Interesse geweckt zu haben. „Natürlich muss man sehr viel üben bis zur Perfektion." Er zeigte ihr den Stepp mit Belastung auf seinen Fußballen.

Sie klatschte in die Hände.

„Das ist der shuffle", er ließ seinen Vorfuß vor und zurück über den Boden schleifen. Elegant wirbelte er seine Beine und zeigte ihr noch weitere Schritte.

Sie war begeistert. „Toll!"

Eine Stimme rief ihren Namen. „Ich muss gehen. Meine Eltern warten. Kommst du morgen wieder hierher?"

„Monika heißt du. Ich bin Seppl. Ja, bin hier. Sehen wir uns?"

Sie ließ es offen. Er schaute ihr nach. Sie winkte ihm und verschwand in ihrem Haus.

Schweigend ging er die Domstraße lang. Er freute sich, eine neue Bekanntschaft gemacht zu haben. Bestimmt würde er morgen wieder dort sein, um sie wiederzusehen.

Monika gefiel der blonde Jüngling mit seinen strahlend blauen Augen. Seine zurückhaltende Art machte Eindruck auf sie. Sie freute sich auf ein Wiedersehen mit ihm.

Am anderen Tag stand Gerhard wieder vor dem gelben Haus in der Domstraße. Mit Gedanken an Monika übte er wieder Tanzschritte ein, schaute hinüber, wo sie wohnte, erblickte sie aber nicht.

Gerade als er hinübergehen wollte, um bei ihr einfach mal zu klingeln, bog eine schwarze Limousine in die Straße ein. Der Fahrer hielt direkt vor dem Haus, stieg aus und öffnete die hintere Tür. Eine elegant gekleidete Dame mit blonden Locken unter einem großzügigen weißen Hut streckte ihr rechtes, schön anzusehendes Bein heraus und stieg aus. Ihr Kleid war besonders schick, ihr Gang geschmeidig. Schnell bewegte sie sich zur Pforte hin. Dabei konnte sie gar nicht den blonden Jungen übersehen, der ein paar Meter entfernt vor ihr stand.

„Die Rökk", dachte Gerhard bei sich. Lange hatte er darauf gewartet. Nun aber war er zwar überrascht, erlangte aber schnell seine Fassung wieder. Er nahm all seinen Mut zusammen und führte seine Steppkünste vor. Flap, scuff, pull-back, alle diese Schritte hatte er einstudiert. Es musste ihm gelingen, ihr seine Künste zu zeigen. Mit großem Eifer war er dabei und legte seine ganze Leidenschaft in seine Darbietung, dabei immer zu ihr schauend, ob sie ihn auch bemerkte. Langsam auf ihr Haus zugehend, beobachtete die Rökk die Vorführung und klatschte kurz in die Hände. Vor dem Gartentor blieb sie stehen, überlegte kurz und ging auf Gerhard zu. Ein paar Meter vor ihm blieb sie stehen, musterte ihn, stellte sich mit gespreizten Beinen vor ihn hin, zuckte mit den Achseln, als ob sie auf eine Präsentation von ihm wartete und schaute ihn herausfordernd an.

„Kannst du den brush?", wollte sie plötzlich wissen. Wie aus dem Nichts vollführte sie die Übung und wartete auf seine Antwort.

Gerhard tat es ihr gekonnt nach.

„Und pick-up?" Wieder führte die Rökk vor, Gerhard kopierte sie annähernd perfekt.

Sie staunte. „Stomp, stamp, stepp?", alles tat er ihr nach.

Marika Rökk war angetan, ging näher auf ihn zu, reichte ihm die Hand.

„Sehr gut!", sagte sie. „Aus dir könnte etwas werden. Toll." Damit wandte sie sich ab und begab sich in ihr Haus.

Er blieb noch eine Weile stehen und sah ihr nach.

„Beifall hat sie mir gespendet! Gelobt hat sie mich", ging es ihm durch den Kopf. Er lächelte und freute sich. Immerhin war sie auf ihn aufmerksam geworden, war sie doch eine der besten Stepptänzerinnen der Welt. In all ihren Revuefilmen hatte er sie bewundert. Mit viel Übung brachte er sich das Steppen selbst bei. Besuchte kurzzeitig eine Tanzschule, um die Grundschritte zu lernen. Erst lästerten seine Freunde über ihn, dann aber schlug ihre Meinung mehr und mehr in Bewunderung um. Schließlich, als er den Kniff heraushatte und die gewandt smarten Bewegungen in der richtigen Reihenfolge beherrschte, klappten auch rhythmische Kombinationen, die aneinandergefügt eine Melodie ergaben. Die Begeisterung war groß, und er wurde immer besser.

Als auch Monika endlich erschien und mit wehenden Locken freudig zu ihm herüberkam, war Gerhard überglücklich. In sprudelnden Worten erzählte er ihr von seinem Erlebnis und von der unerwarteten Reaktion der Rökk. Sie lächelte ihn an. Beinahe hätte sie ihm gesagt, dass sie die ganze Nacht an ihn gedacht, dann auch noch von ihm geträumt hatte. Aber so viel Offenheit wollte sie doch nicht. Das blieb vorerst ihr Geheimnis. Aber wenn Gerhard richtig hingeschaut hätte, dann wären ihm die verliebten Augen aufgefallen, die ihn betrachteten, während er erzählte.

Sie gingen ein Stück gemeinsam und Gerhard sprach von seinen Träumen, die er in seiner Vorstellung für die Zukunft demonstrierte.

IV

Horst war der eher ruhige und ernstere Typ. Anders als seine Brüder war er mitunter sehr in sich gekehrt. Auch äußerlich unterschied er sich von ihnen. Er hatte zwar das gleiche Lächeln wie sie, aber es kam nie so leicht aus ihm heraus, es dauerte, bis es sich in sein Gesicht schlich. Dabei formten sich die Wangen um seinen schmalen Mund kugelrund, Grübchen bildeten sich und ein Glitzern kam aus seinen tief liegenden Augen. Seine Locken erinnerten an eine gerade fertig gewordene Dauerwelle. Viele Mädchen beneideten ihn um seine feminine Frisur und es kam bisweilen vor, dass sie hinter ihm her pfiffen – eigentlich doch eher die Gewohnheit der männlichen Bevölkerung. Aber Horst nahm das ziemlich locker.

Er kam gerade aus dem Studio des Filmgeländes. Sein großes 120-Bässe-Akkordeon um die Schulter gehalftert ging er die Gartenstraße entlang und steuerte auf die Hausnummer 21 zu, wo er wohnte.

Zu Hause erwartete ihn Unruhe. Seine Mutter lief ziellos unbeholfen durch die zwei Stuben, die ihnen zur Verfügung standen und murmelte leise vor sich hin. Klein und gebeugt, wie er sie kannte, immer mit einer bunten Schürze bekleidet. Ansonsten eher ein unerschrockenes, zuverlässiges und sehr ordentliches Persönchen, aber dieser Krieg nahm ihr jedes Selbstbewusstsein und Vertrauen, jeden Stolz.

Mit zitternden Worten sagte sie ihm: „Post ist für dich gekommen." Erst jetzt begrüßte sie ihn, so wie er es immer gewohnt war, drückte ihn fest an sich, ließ erst nach einiger Zeit von ihm ab.

Horst nahm den Brief, drehte ihn in der Hand hin und her und verzog sein Gesicht. Seine Mutter beobachtete ihn genau, wendete sich dann aber ab. Den Kopf nach unten gebeugt setzte sie sich auf einen Stuhl in der Küche.

„Jetzt nehmen sie mir meinen zweiten Sohn", sagte sie laut vernehmlich.

Horst öffnete den Brief und zog eine gelbe Karte hervor. Wehrmeldeamt Potsdam. Einberufungsbefehl. Er ließ die Arme sinken und atmete tief durch. Das hatte er so schnell nicht erwartet. Jetzt im 3. Kriegsjahr zogen sie ihn ein, dabei war er doch noch so jung. Viele Gedanken machten sich in seinem Kopf breit, er dachte an seine Musik. Heute gerade hatte er Aufnahmen gemacht, für eine Schallplatte. Noch vor ein paar Minuten war er voller Zukunftspläne. Nun galt das alles gar nichts mehr. Wie weggeblasen schien sein Leben. Er blickte hinaus aus dem Küchenfenster, schaute auf die Gärten und nahm seine Mutter in den Arm. Er wäre jetzt schon der zweite Sohn, der in den Krieg ziehen musste. Willy hatte sich schon früh zum Wehrdienst gemeldet. Das war im letzten Jahr. Unruhe machte sich breit im Raum. Nun fragte er nach seinem Vater. Seine Mutter sagte ihm, dass er unterwegs sei, aber gleich kommen müsste, und er sah auch ihre Tränen. „Es wird bestimmt nicht lange dauern", versuchte er sie zu trösten. „Ich bin schneller wieder hier, als du denkst." Aber er konnte seine eigenen Worte nicht glauben.

„Das hat Willy auch gesagt. Heute ist es schon über ein Jahr her, dass er im Heer ist. Viele junge Leute sind aus Babelsberg weg und kämpfen für diesen Menschen irgendwo in der Welt. Zu Hause warten die Familien auf ihre Heimkehr. Aber manchmal bekommen sie nur noch einen Brief. Das ist grausam." Sie redete sich in eine Art

Wut gegen ein Regime, das ihr die Kinder nahm, während Horst versuchte, sie zu beruhigen und aufzumuntern.

„Ich habe heute Aufnahmen gemacht. Im Studio. Stell dir vor, es wird eine Schallplatte geben."

Seine Mutter blickte auf und schaute in sein Gesicht, das sie so liebte, sagte aber kein Wort.

Er drückte sie, wohl wissend, dass er einschätzen konnte, was eine Mutter jetzt fühlen musste.

Am 15.06. sollte er sich melden. Das war in einer Woche. Wenig Zeit. Am liebsten wäre er seinem Vater entgegen-gegangen, um daheim eine größere Diskussion über seine Einberufung zu umgehen. Aber er wollte seine Mutter nicht in dieser Situation alleine lassen.

„Papa ist in den Studios?", wollte er wissen.

„Ja, dort waren heute Probeaufnahmen für einen Film mit Heinze Rühmann." Sie sagte immer Heinze zu Rühmann. „Heute hatten sie Studioaufnahmen. Ein Flugfilm soll das werden, wie dein Vater meinte."

Das Türschloss ging und Willi mit i kam herein. Den Namenszusatz musste sie machen, da ihr Erstgeborener auch Willy hieß, aber mit einem Ypsilon. So redete ihn auch Martha, seine Frau, immer an.

„Ach, Marthachen, es war wieder so schlimm heute. Ihm passt das nicht und das muss anders laufen. Ach, Martha …" Immer fluchte er, wenn er heimkam, ließ Frust raus. Be-ruhigte sich aber in der Regel schnell wieder.

Er merkte an ihrer Gestik sofort, dass etwas nicht stimmen konnte.

Seine strengen Gesichtszüge wurden immer ernster und seine strikt nach hinten gekämmten Haare verstärkten diesen Eindruck noch mehr. Er legte seine Aktentasche in einer Ecke ab, blickte sie prüfend an und fragte im strengen Ton: „Was ist?"

Unklarheiten nervten ihn, Geheimnisse mochte er nicht. Themen brachte er immer auf den Punkt.

„Sie wollen unseren Horst holen." Mehr gab Martha nicht von sich. Sichtkontakt zu ihrem Mann vermied sie, ihr Blick war entschlossen auf das Fenster gerichtet.

„Da kann man nichts machen", sagte er. Für ihn kam die Einberufung nicht überraschend.

Jeder wusste, wie ausweglos ein Einspruch war. Wenn einmal ein Name gefallen war, dann gab es kein Vertun mehr. Willi mit i stockte der Atem. Er schaute sich nicht einmal die ihm von seinem Sohn entgegengehaltene Einberufung an. Wortlos verließ er das Zimmer. Er brauchte Luft, wie immer, wenn ihm etwas auf der Leber lag. Auf der Wiese hinter dem Haus ging er auf und ab, versuchte seine Gedanken zu ordnen, suchte nach Auswegen. Meinen begabten Horst wollen sie. Der das Akkordeon beherrscht wie kein anderer, der die Tasten des Instrumentes nur zu streicheln braucht, um die schönsten Töne aus ihm herauszuholen. Das passt zu dieser Herrschaft. Ich hasse sie und deren Machenschaften. Warum sind wir nur so wehrlos? Ganz Deutschland weiß, was uns erwartet. Jeder sieht es Tag für Tag. Aber die, die etwas tun sollten, tun nichts. Der Machtapparat hat sich in den Jahren zu sehr durchorganisiert. Es gibt zu viele Mitläufer. Selbst hier in Babelsberg traut man sich kaum etwas zu sagen. Immer Angst davor, jemand könnte etwas mitbekommen und uns anschwärzen. Am Kellereingang, er stand nun direkt davor, haben wir immer unsere Familienfotos gemacht. Nun holen sie schon den zweiten Sohn. Und Seppl? Was wird mit ihm? Er bekam seine Gedanken nicht in den Griff. Wie schnell das geht, dachte er bei sich. Mit einem Male steht die Welt für uns auf dem Kopf.

Martha hatte sich mehr Unterstützung von ihrem Mann versprochen. Aber sie musste damit alleine klarkommen, das blieb ihr Schicksal. Sie holte das Familienalbum heraus, schaute sich die Bilder darin an und überlegte, gedankenverloren weg von dieser Wirklichkeit. Sie flüchtete sich gerne in ihre Traumwelt, die es so nicht gab, nie geben würde.

Gerhard ging fröhlich die Treppen herauf. Seinen Vater hinter dem Haus hatte er nicht bemerkt. Sofort fiel ihm die Stimmung auf. Er verzog sich dann lieber in eine Ecke, oder verschwand sicherheitshalber wieder aus dem Haus, da die Ursache für eine solche Atmosphäre oft auf ihn zurückzuführen war. Sein Bruder gab ihm ein Zeichen, zu ihm zu kommen. In die kleine Stube verschwindend, eröffnete ihm Horst den Marschbefehl, Gerhard war betroffen.

„Mutter ist völlig außer sich", betonte Horst. „Stell dir bloß vor, wenn du nun auch noch …"

Aber er vermied es auszusprechen. In Gerhards Kopf drehten sich die Gedanken. Eben hatte er noch an eine Tanzkarriere gedacht, nachdem ihm die Rökk so zugelächelt und Mut gemacht hatte, nun war der Krieg auch an ihn herangerückt. Er musste sich setzen. Horst aber, den es am meisten betraf, schien äußerlich am wenigsten beeindruckt.

„Was wird aus deiner Musik, Horst?"

„Seppl", so wurde Gerhard von allen genannt, „was weiß ich? Muss erst einmal zur Musterung. Vielleicht nehmen sie mich ja nicht. Wüsste nur nicht, warum?"

Lange schwiegen sie. „Habe heute eine Aufnahme gemacht. Das wird eine Platte, Seppl. Stell dir vor. Mit meinem Namen drauf. Ist das nicht toll?" Ja, das war es. Seppl stimmte ihm anerkennend zu.

„Und du?" Horst wollte unbedingt das Thema wechseln. „Hast du das Geld für deine Steppplatten bald zusammen?"

Seppl kam es entgegen, nicht mehr über den Krieg reden zu müssen. „Ja, fast. Dann hole ich sie mir. Sie liegen schon bereit." Seine blauen Augen funkelten, als er das sagte. Die Platten, das war sein Traum. Schuhe hatte er schon. Aber die Platten dafür fehlten noch.

„Wieviel fehlt Dir denn noch?" fragte Horst.

„45 Mark." Die Antwort schoss ihm förmlich aus dem Munde.

„Das ist aber noch ganz schön viel." Horst ging zu einer Vitrine, in der er seine Schmuckstücke aufbewahrte, holte eine Blechdose hervor und zählte Geld.

„Hier", damit reichte er Seppl den fehlenden Betrag. „Du holst die Platten, versprichst mir aber, am Samstag in den Park zu kommen. Meine Freunde sind da, wir machen Musik und du kannst uns deine Künste zeigen!"

Seppl lächelte über beide Ohren.

Es war Horst ein Vergnügen, die herzliche Freude seines Bruders zu sehen. Er brauchte das Geld jetzt nicht, zumal sein Militärdienst bevorstand und es zum Geldausgeben wenig Gelegenheiten geben würde. Und hier konnte er mit seiner Gabe etwas Gutes tun. Für einen Menschen, den er sehr liebte, der hart in seiner Freizeit gearbeitet hat, für ein Hobby, von dem er überzeugt war, dass es der Durchbruch sein könnte, vielleicht sogar für eine berufliche Karriere.

Er mochte Menschen, die trotz aller Hindernisse ihrem Weg folgten, um etwas aus sich zu machen.

Horst ging zu seinem Vater hinaus, der seine Mutter gerade tröstete, nahm ihn in den Arm und sagte nur „Papa."

Sein Vater drückte ihn ebenfalls und ließ ihn erst nach einer ganzen Weile wieder los.

„Mein Sohn. Ich würde dir gerne helfen. Vielleicht könnte ich etwas erreichen, wenn ich deine Musik hervorhebe, die für die Veranstaltungen und Revuen in der Heimat vonnöten sind. Ich könnte …“ Er hielt inne. Horst hatte ihn am Arm gefasst und schüttelte den Kopf.

„Das will ich nicht.“ Dabei dachte er an die Unannehmlichkeiten, die seinem Papa in diesem Zusammenhang entstehen könnten. Er wollte nicht bevorzugt werden, dafür sprach sein Pflichtbewusstsein, das anerzogen war, und die Charaktermerkmale, zu denen er stand.

Willi mit i setzte sich und meinte: „Du musst sehr vorsichtig sein. Sei kein Held. Das liegt uns nicht im Blut. Mir auch nicht. Ich habe den großen Weltkrieg mitgemacht. In Gräben gelegen, meine Kameraden sterben sehen. Nie wollte ich das noch einmal erleben. Und nun müssen meine Söhne den gleichen Weg gehen. Ob vor 200, vor 100 oder 25 Jahren. Der Krieg bleibt immer der gleiche.“ Er schaute seinem Sohn tief in die Augen, in der Hoffnung, seinen Worten damit mehr Gewicht geben zu können. „Der Krieg wird immer mit Blut befleckt sein. Wessen Blut es sein wird, das steht zum Anfang nicht fest. Aber klar ist, Blut wird fließen. Wenn ich daran zurückdenke, mit wie viel Begeisterung und Ehre wir damals in den Krieg zogen. Voller Zuversicht, bald wieder zu Hause sein zu können. Aber glaube mir, ein Krieg dauert immer länger als geplant. Nicht alle kamen zurück, aber die, die das Glück hatten, waren gebrochen. Gebrochen vom Schicksal, das über sie kam, von den vielen toten Soldaten, unter ihnen auch Brüder, enge Freunde … und dann sind da die furchtbaren Schmerzensschreie, die dich durch die Nacht verfolgen. Durch alle Nächte.“ Er schaute auf und nahm Horsts Hand: „Sei bitte kein Held!“

Horst nickte zustimmend. Seine Mutter hatte alles stumm und unter Tränen mitangehört. Wie recht hatte doch unser Willi mit i.

An diesem Abend war es ruhiger in der Stube als sonst, die Nachtruhe kam später als normal. Nur einer schlief beruhigt ein.

V

Voller Angst um ihre Brüder, die sie alle bald an der Front sah, wollte sich das Irmschen, ein aufgewecktes fünfzehnjähriges Mädchen mit einer Pagenkopffrisur, ablenken und Gutes tun. In der Hoffnung, einen Ausgleich zu finden und damit die wohlbehaltene Rückkehr für sie zu erbeten. Ja, so dachte sich Irmschen das. Wenn sie etwas für die Menschheit Dienliches vollbrachte, würde ihr das Schicksal freundlich gesonnen sein und ihre Brüder würden heimkehren. Im Oberlinhaus, einem Heim für Taubblinde, wollte sie Erfüllung finden. Das besuchte sie regelmäßig und half bei allerlei Arbeiten. Sie führte Taubblinde an die frische Luft, machte mit ihnen lange Spaziergänge. Falls sie nicht selbst essen konnten, fütterte sie sie. In der Küche kochte sie ihnen Essen, spülte das Geschirr und trocknete es ab. Reinemachen lag ihr zwar nicht so, aber sie tat es. Alles zum Wohl ihrer Brüder. Die alten Gemäuer der Anstalt flößten ihr Angst ein. Die Flure waren dunkel, die Fenster in den Räumen zum Teil verhängt. Die Schwestern waren für jede Unterstützung dankbar. Es war keine leichte Arbeit, die psychische Belastung sehr hoch. Aber Irmschen fand hier sehr schnell ihre Bestimmung. Sie lernte das Lormalphabet und konnte sich so mit den Insassen verständigen. Mit erstaunlicher Geschicklichkeit meisterten die taubblinden Kinder den Alltag. Viele blieben auch als Erwachsene hier und machten sich nützlich. Ihre Klassenkameradinnen verstanden Irmschen nicht, wie sie dort arbeiten gehen konnte, während ihre Freundinnen anderen Interessen nachgingen oder im Park badeten und die Sonne genossen. Irmschen aber setzte strenge Prioritäten und stellte ihre humanitäre Tätigkeit zuoberst. Daheim wurde sie, wie viele ihrer Altersgenossinnen, zur Hausarbeit angehalten. Mit Martha, ihrer Mutter, bereitete sie die feinsten Gerichte zu, die in den Kriegsjahren möglich waren. Sie schnitt Zwiebeln, schälte gekonnt Kartoffeln, briet das Fleisch, wenn es welches gab, hobelte Gemüse, fertigte köstliche Soßen. Dank ihrer Mama hatte sie früh das Kochen erlernt. Sie tat es gerne und es machte ihr Spaß. In der kleinen Küche ging Irmschen und Martha die Arbeit schnell von der Hand. Die Portionen waren größer als in anderen Familien. Immerhin mussten drei Männer versorgt werden, deren Appetit auch in schweren Zeiten nicht geringer war. Entsprechend mussten immer genügend Lebensmittel besorgt werden. Lebensmittelkarten wurden schon kurz vor Kriegsbeginn in Deutschland ausgegeben. Sie berechtigten zum Empfang von Waren, aber nur, sofern sie zur Verfügung standen. Die Zeiten waren hart. Vielen war nicht klar, dass sie noch viel härter werden würden.

Martha und Irmschen waren von Zeit zu Zeit unterwegs, „über Land" sagte man dazu. Immer bestrebt, etwas Essbares aufzutreiben, was mit Lebensmittelkarten nicht zu bekommen war. Die Taschen voll mit Tauschwaren, boten sie diese für Obst, Gemüse und Nahrungsmittel den Bauern an. Meistens war das für die Damen ein schlechtes Geschäft, weil die Bauern es verstanden, ihre Not auszunutzen. Aber mit irgendeiner Ausbeute kamen sie immer heim. Und dann wurde gekocht. Kohlrüben standen oft auf der Speisekarte. Martha verstand es vortrefflich, auch daraus immer unterschiedlich schmackhafte Gerichte herzustellen. An Einfällen fehlte es ihr nicht. So fertigte sie das sogenannte Stalinschnitzel, eine Scheibe Brot in Fett gebraten, das gut gewürzt vertilgt wurde.

Mit der Reichskleiderkarte sollte eigentlich Kleidung gekauft werden. Oft wurde sie aber auf einem nicht registrierten Markt in Lebensmittelkarten eingetauscht.

Horst und Seppl beteiligten sich zudem an Schiebergeschäften. Sie zogen es vor, nach Berlin reinzufahren, um dort ihre Besorgungen zu erledigen. Ihr Ziel waren die bunten Warenhäuser, deren Regale noch mit allerlei Waren bestückt waren. Vor einem Musikgeschäft am Kudamm machten sie regelmäßig Halt, schauten durch die Schaufensterscheibe die Musikinstrumente an. Wenn etwas Kleingeld übrig war, besuchten sie natürlich auch die Filmtheater wie den Gloria Palast oder die Filmbühne Wien. In Babelsberg hatten sie ja nur kleine Kinos. Aber hier in Berlin waren die Lichtspielhäuser große Theater. Und sie boten die neuesten Filme an, die in den Studios gedreht worden waren. Bei vielen hatte ihr Vater mitgearbeitet. Er war für die Kulissen zuständig, hatte dadurch einen Einblick in die Filmbranche und konnte darüber viel erzählen. Er verstand es, seine Zuhörer so zu faszinieren, dass sie still vor ihm saßen und nicht den Blick von ihm wandten. Die Macken der Stars, die Tricks bei den Aufnahmen. Alles fesselte sie. Er hatte seine Freude an kleinen Anekdoten. Unterhaltsame Geschichten waren das. Aus der Stummfilmzeit, dann die schwierigen Übergänge zum Tonfilm, worauf viele Schauspieler nicht vorbereitet waren. Ihre Stimmen entsprachen plötzlich nicht mehr den Anforderungen für Tonaufnahmen. Für einige war die Karriere zu Ende. Andere konnten sich in der Filmbranche anderweitig betätigen.

An diesem Abend war alles etwas anders bei der Brotzeit. Der Familienvorstand saß am Tisch, aber völlig ruhig, was sonst nicht seine Art war. Er hatte eigentlich immer etwas zu sagen, entweder über Arbeiten, die nicht erledigt waren, oder über seinen Tagesablauf.

Es wurde sogenannter gefüllter Kohl aufgetischt, auch ein Spezialgericht des Hauses. Martha hatte es ausgeklügelt. Statt Kohlrouladen mühevoll zu formen, schnitt sie den Kohl in kleine Stücke und mischte das Gehackte darunter. Eigentlich kam sie darauf, weil sie aus dem Fleisch nicht genug Rouladen fertigen konnte. Geschmacklich übertraf das Essen sogar das ursprüngliche Gericht. Irmschen hatte noch etwas Salat aus dem Oberlinhaus mitgebracht, der dort nicht aufgebraucht werden konnte.

Horst und Seppl brachten großen Appetit mit. Seppl hatte seine Metallstepplatten heute abgeholt und den ganzen Nachmittag darauf gesteppt. Und Horst war von seiner Arbeit in der Fabrik Orenstein & Koppel total fertig. Die Produktion war zeitverzögert auf Militärgüter umgestellt worden. So kam es vor, dass Überstunden anfielen. Das fehlende Personal, das an der Front eingesetzt wurde, musste ersetzt werden.

Martha war froh, eine Mahlzeit für ihre Lieben gekocht zu haben. Sie wollte gerade auftun, als es an der Tür klingelte: Es war Lotte, ihre jüngere Schwester, eine außergewöhnliche Persönlichkeit, die gezeichnet vom Leben war. Als Jugendliche hatte sie eine mehrtägige Misshandlung nur mit knapper Not überlebt und sich nie mehr so richtig davon erholt. Psychische Hilfe gab es nicht, so dass sie selber mit dem Erlebnis fertig werden musste. Einen Ausgleich suchte sie in der Wahrsagerei. Mit ihren geistigen Möglichkeiten erlernte sie das Kartenlegen. Ihre Kunst in puncto Kartenlegen war weit über die Grenzen von Potsdam bekannt. Ab und zu verirrten sich sogar einige Berliner zu ihr, die ihre Hilfe suchten. Mit viel Geschick legte sie erste Karten aus und konnte allgemeine Aussagen treffen. Aber auch Gefühle, die Zukunft sowie Gefahren sprachen aus den Karten zu ihr. Ebenso versuchte sie Sportwetten aus den Karten zu lesen. Für ein paar Pfennige gab sie diese preis.

Lotte hatte nichts gelernt. Gelegentlich fand sie Arbeit in der Fabrik oder den Studios. Aber sie war immer auf Suche nach einer Tätigkeit. Ja, obwohl sie keiner regelmäßigen Beschäftigung nachging, konnte man sagen, dass sie immer eine hatte. Das wenige Geld rann ihr durch die Finger und sie hatte ständig Hunger. So tauchte sie auch öfters bei ihrer Schwester auf. Abgemagert, mit strähnigen Haaren, in eine dünne Schürze gekleidet. Sie sah einfach Mitleid erregend aus.

Martha bat sie herein. „Komm herein, Lotte. Für dich wird es auch noch reichen!" Lotte freute sich. Wird es doch das erste sein, was heute ihren Magen füllen wird. Gerne nahm sie in Kauf, auf der Fensterbank Platz zu nehmen. Sie verhielt sich recht still.

„Na, Lotte, hast du wieder welche glücklich gemacht?", wollte Willi mit i wissen.

„Die Geschäfte sind schlecht. Die Menschen auch!", erwiderte sie.

Damit waren ihre Worte erschöpft. Jeder hier kannte sie. Reden im Fluss konnte sie nur, wenn die Karten sprachen. Sie ließen sie in Ruhe essen. Etwas Warmes im Bauch. Das tat ihr so gut.

Irmschen tat es leid, wie Lotte so einsam am Fenster saß. Sie bemutterte sie und Lotte liebte sie dafür. Sie war so warmherzig und tat ihren Mitmenschen einfach gut.

„Du bist ein guter Mensch, Irmschen!"

Sie drückten sich beide. Dieses herzliche Gefühl kannte

Lotte überwiegend von ihr. Sie wurde sonst selten in den Arm genommen.

Horst blickte in Richtung Lotte. „Was würdest du sagen, wenn ich zum Militär eingezogen werde?", wollte er wissen.

„Das ist nicht gut. Die Karten verheißen nichts Gutes für die Zukunft. Flüchte, renne weg. Ich sehe nur noch Schwarzes." Sie schaute ihn mit leerem Blick aus Augen mit dunklen Rändern an, denn sie hatte verstanden. Es war keine Frage von Horst, sondern eine Feststellung.

Die Stimmung am Tisch wurde ernster.

Lotte stand auf, ging zu Horst. „Schau bitte", sie zog ein silbriges Medaillon aus ihrer Tasche und legte es in Horsts Hand. „Das ist der Heilige Christophorus. Der Schutzheilige der Reisenden. Er wird dich beschützen!"

Lotte hatte im Leben nicht viel zu geben, aber wenn, dann gab sie es gerne. Sie griff sich ihren zerschlissenen Beutel und verschwand ohne jedes weitere Wort.

Irmschen belastete die ganze Situation sehr, obwohl sie es nie zugegeben hätte. Wieder flüchtete sie gedanklich in eine andere Welt, sie hatte sich aus dem Oberlinhaus ein Buch ausgeliehen über die Lebensgeschichte der Helen Keller. Es faszinierte sie, wie die taubblinde Frau ihr außergewöhnliches Leben gemeistert hatte: Durch ihre Lehrerin, Anne Sullivan, lernte Helen, Begrifflichkeiten zu erkennen und das Lormalphabet, das Hieronymus Lorm entworfen hatte. Sie eignete sich die Braille-Schrift an und wurde selbst eine bekannte Schriftstellerin.

Irmschen vertiefte sich in das Buch, das sie mehrfach las, um noch die kleinsten Hintergründe aus dem Text herauszukitzeln. Immer wieder ertappte sie sich dabei, wie es ihr wohl selbst gehen würde, wenn sie taubblind wäre. Sie bewunderte die Arbeit der Lehrerin, wollte es ihr gleichtun.

Ja, so war das Irmschen. Immer in Sorge um ihre Mitmenschen.

„Wirst du uns schreiben, Horst?", wollte Seppl wissen.

„So oft es mir möglich sein wird", erwiderte dieser. Dabei lächelte er über beide Ohren.

Du wirst mir fehlen, dachte Seppl. Das Leben hier wird einsamer werden, wenn du weg bist. Es war schon verloren, als Willy an die Front reiste. Er wollte sich das nicht vorstellen, schaute hinüber zu seiner Mutter, die das Geschirr spülte, und bemerkte ihre Tränen in den Augen, von denen sie in den letzten Tagen zu viele vergossen hatte. Trost konnte ihr keiner spenden, es waren ja doch nur Ablenkungen, die sie von ihren Gedanken abbringen sollten. Ihr Blick wanderte wieder hinaus durch das Küchenfenster auf die weiten Wiesen und Gärten. Warten würde sie. Ja, jeden Tag warten auf ihre Söhne. Dann senkte sie den Kopf und das Herz war ihr so schwer.

VI

Horst hatte allen seinen Bekannten Bescheid gegeben, dass er am Samstag im Park, wie er es schon öfters getan hatte, Musik machen würde. Er hoffte, seine Freunde noch einmal sehen zu können, bevor er ins Feld ziehen musste.

Seppl hatte auch Monika gebeten zu kommen. Sie trafen sich jetzt regelmäßig und ihre Freundschaft wurde enger. Auch wenn Monika ihren Mitmenschen eher kokett gegenübertrat, war sie doch im Liebesleben sehr zurückhaltend. Seppl versuchte zwar ihre Gefühle mit allerlei Zärtlichkeiten zu wecken, aber das brauchte bei ihr eine gewisse Zeit. Er geduldete sich, wollte nichts überstürzen. Seppl war sicher, dass er sich in sie verliebt hatte. Das merkte er, weil sie ihm sofort fehlte, sobald er sie verlassen hatte. Auch Monika fühlte sich zu ihm hingezogen. Ihre Treffen konnte sie kaum erwarten. Sobald sie aufeinandertrafen, schlossen sie sich in die Arme und wollten nicht voneinander lassen. Ihr erster Kuss war eher flüchtig, aber es lag so viel Wärme in ihm, dass ihre Glut entfacht wurde. Arm in Arm gingen sie durch die Straßen.

Horst war schon früh im Park. Mit Akkordeon, Bier und Schnaps hatte er sich auf den Weg gemacht. Er freute sich auf die Zusammenkunft mit den Musikern. Walter kam ihm in Lederhosen mit Hosenträgern vom Flatow-Turm her entgegen. Er hatte eine kleine Trommel über den Rücken geschnallt und machte mit seinen Trommelstöcken während des Gehens Schlagbewegungen. Horst musste lachen.

Neben der als Badestelle genutzten Fläche machten sie es sich unter einem Baum gemütlich. Egon radelte mit seiner Freundin heran, das Banjo trug er um den Hals gehängt.

Das Wetter war lau, einige Spaziergänger schlenderten noch im Park herum. Sie liebten diese Abende hier. Konnten sie doch dem Alltagstrott entfliehen, ihren Hobbys nachgehen.

Gerhard hatte sich verspätet. Mit einem Bollerwagen, auf den er seine große metallene Stepp-Platte gelegt hatte, rannte er die staubigen Pfade entlang, stolperte, fing den Fall ab und lief weiter. Ächzend, völlig außer Puste landete er bei den anderen. Freudig begrüßten sie sich und Horst drückte seinen Bruder fest an sich. Beide wussten, warum.

Stimmung kam schnell auf. Erst wurde reichlich getrunken, über viele Themen gesprochen, natürlich auch über den Krieg. Was hatte die Jugend schon groß zu reden? Die Hitlerjugend, das Säbelrasseln, der Krieg. Das waren die Anliegen der jungen Leute in dieser Zeit. Sie versuchten etwas Freude in den grauen Alltag hineinzubringen. Rissen ihre Witze, brachten lustige Anekdoten. Aber das Schönste: Sie machten Musik. Das, was ihnen keiner verbieten konnte und was so viel aussagte. Horst griff sich als erster sein Akkordeon und fing an mit „Ein Lied geht um die Welt". Alle stimmten ein, erst mitsummend, dann textsicher. Egon spielte sein Banjo wie ein Profi. Seine Fingerfertigkeit war erstaunlich, wie geschmeidig er die Saiten anschlug und den Rhythmus aus dem Resonanzkörper herauskitzelte. Dabei drehte er sich um sich selbst und wirbelte den Kopf hin und her. Horst glitt mit seinen Fingern anmutig die rechten Tasten entlang und schlug mit den Fingern der linken Hand die Bässe an. Das Akkordeon hatte eine respektable Größe, nahm vom Spielenden die komplette obere Körperhälfte ein, so dass nur der Kopf hervorlugte.

Walter legte sein eben aufgemachtes Bier nicht aus der Hand. Schlug aber dafür umso kräftiger mit einem Arm die Trommel, so dass die Vibrationen deutlich auf der

Schweineblase zu sehen waren. Breit war sein Lachen. Er hatte sichtlich Freude an seiner Darbietung.

Seppl machte sich gerade fertig, legte seine Metallplatte auf dem Boden aus und zog sich seine Steppschuhe mit den neuen Platten an, als abrupt laute Geräusche aus der Ferne zu hören waren. Eine dunkle Gestalt mit Gitarre auf dem Rücken und einem Grammophon unter dem Arm torkelte den Weg entlang, gab undefinierbare Laute von sich. Plötzlich, für alle unerwartet, blieb er stehen, drehte sich zu einem Baum um und redete auf ihn ein. Dann umarmte er ihn und küsste seine Borke. Den an seinen Lippen hängengebliebenen Schmutz spie er angeekelt auf den Boden. Mit den Handrücken wischte er sich seine Lippen ab. Nun hob er das vorher abgestellte Grammophon vom Boden auf und schlenkerte weiter entlang des Weges. Ein paar Schwäne konnten mit dem verwirrt aussehenden Menschen nichts anfangen und flüchteten ins Wasser. Er schaute ihnen nach und winkte ab.

„Theo!", riefen die anderen. Er war es.

Mit einem „Hallo, Freunde", stand er plötzlich vor ihnen, verlor das Gleichgewicht und schlug bäuchlings hin. Dabei fiel ihm das Grammophon gegen einen Strauch, worauf der Schalltrichter abbrach.

„Hat überhaupt nicht wehgetan", lächelte er, während aus seiner Nase leicht das Blut sickerte. Alle mussten lachen. „Muss nur raufgesteckt werden", womit er den Trichter des Grammophons meinte, das schnell in Betrieb genommen wurde. Sie hoben ihn auf, versuchten ihn zu stützen. Aber wieder und wieder sackte er zu Boden.

„Ach, ihr Lieben", er brach ab. Sein Nuscheln war kaum mehr wahrnehmbar. Im Schneidersitz saß er im Sand, sank tiefer ein und schaute jämmerlich aus. Er drehte die Kurbel des Grammophons bis zum Anschlag, legte eine Schellackplatte auf, zwinkerte mit den Augen und versuchte, die Nadel zu positionieren. Sogleich erschallte es im Park. „… Muss i denn …" Dazu dirigierte Theo mit beiden Armen und lachte lauthals. Er schnappte sich Egons Bierflasche und trank sie aus. Erst wollte Egon protestieren, aber er ließ es dann doch und zuckte mit den Schultern.

„Isch. Isch hab 'ne Einladung bekommen." Sein Satz war beendet. Jeder wusste Bescheid. Diese Aussage hatte nichts weiter zu bedeuten, als dass auch Theo, gerade 18 Jahre alt geworden, an die Front musste.

Horst ging zu ihm. „Komm, lass uns Musik machen. Ich auch. Muss am Mittwoch vorstellig werden."

Theo schaute ihn mit glasigen Augen an. „Scheiße!", platzte es aus ihm heraus.

Er hakte sich bei Horst ein und sie setzten sich auf einen Stein. Die Gitarre wurde ihm gereicht, er schlug die ersten Töne an und freute sich über die Klänge. Er wusste das Instrument zu spielen. Auch wenn sein Zustand ange-knackst war, fand er trotzdem die richtigen Töne. Schnell war er in Schwung und gab den Takt vor. Die anderen stimmten ein. Nun harmonierten sie, als ob sie alles vorher einstudiert hatten. Auf allen Gesichtern war ein Lächeln zu sehen. Die Köpfe gingen mit den Tönen mit. Seppl machte sich daran, auf die Platte zu springen und gleich loszulegen. Seine eleganten Bewegungen, zusammen mit dem Schwung seiner Arme wirkten sehr graziös, beinahe schwerelos.

Alle waren jetzt in der richtigen Stimmung. Diesen Abend wollten sie sich nicht nehmen lassen. Sie spielten Lied um Lied, von „Ein Lied geht um die Welt" bis zu Zarah Leanders „Kann denn Liebe Sünde sein?" Aber so richtige Stimmung kam mit der Weise von Lilian Harvey:

„Das gibt's nur einmal, das kommt nicht wieder ... das kann das Leben nur einmal geben, vielleicht ist's morgen schon vorbei ... jeder Frühling hat nur einen Mai ...“

Die Schrittkombinationen auf dem Blech wurden immer schneller, immer perfekter. Hier war ein Künstler, der sein Handwerk verstand. Alle schauten auf Seppl. Auch Spaziergänger wurden zu Zuschauern und waren nicht wenig erstaunt über das, was sie zu sehen bekamen. Horst war stolz auf seinen Bruder. Anerkennend nickte er ihm zu. Jetzt klatschten alle im Takt seiner Darbietung mit, bis er völlig außer Puste war und den Endstepp zeigte. Die Arme angewinkelt, den Kopf in einer angedeuteten Verbeugung senkend.

Der Beifall kam spontan. Seppl lachte, seine Wangen waren knallrot, seine blauen Augen blitzten, und er verbeugte sich.

„Das war ja was“, kam plötzlich Monika auf ihn zu und küsste seine schwitzige Stirn ganz zärtlich.

Sie hatte bereits einige Zeit abseitsgestanden und den Musikern bewundernd zugeschaut. Wie schön das doch anzusehen war. Diese jungen Menschen, die, jeder auf seine Weise, ihr Handwerk verstanden. Sie war regelrecht ergriffen. Seppl stellte ihr die Truppe vor. Holte seinen Bruder unter dem riesigen Akkordeon hervor, betonte dabei, dass er bald ins Heer musste. Wie eben Theo auch. Der saß etwas abwesend weiter weg von den anderen, zupfte auf den Saiten der Gitarre herum.

„Ihr wart toll!“, versicherte sie den Anwesenden. „Eine richtige tolle Kapelle.“

„Das war noch nicht alles. Wir können noch mehr“, sein breites, verschmitztes Grinsen war nicht zu übersehen.

Sie setzten sich alle, nachdem sich die Zuschauermenge

aufgelöst hatte und tranken aus der Schnapsflasche, die jetzt die Runde machte. Die Frauen verzogen ihre Gesichter. Aber Ausnahmen wurden nicht geduldet.

„Alle müssen trinken", damit reichte Horst die Flasche in die Runde und wartete, bis die Reihe an ihm war. Es wurde wild durcheinander gesprochen.

„Ich werde eine Malerlehre anfangen", sagte Seppl. „In zwei Wochen beginnt sie. Dann werde ich etwas mehr Geld verdienen." Horst nickte ihm zu. „Ja, das tu mal."

Der Abend rückte näher, der Mond ging auf und spiegelte sich auf dem Wasser, es wurde eine laue Abendstunde. Die Musik wurde leiser, bekam einen melancholischen Hauch. Horst spielte die hohen Töne, Walters Schläge auf der Trommel wurden gedämpft piano. Gerhard hatte sich mit Monika in eine Ecke hinter dem Schilf verzogen, eng aneinandergeschmiegt, sich gegenseitig streichelnd, lauschten sie den Tönen.

„Bist du traurig, dass Horst zum Militär muss?", wollte sie von Seppl wissen.

„Sicher, das Schicksal kann hart zuschlagen. Und das ist ein Schlag. Nicht nur für mich, besonders aber für unsere Mutter", antwortete er.

„Könnte es dich auch treffen?"

Seppl hatte sich mit dem Gedanken seiner Wehrpflicht noch nicht näher auseinandergesetzt. Aber nun, als das von Monika angesprochen wurde, wurde ihm klar, dass auch er nicht so weit davon entfernt war.

„Natürlich, wenn der Krieg noch lange geht. Jetzt sieht alles nach einem guten Ende aus. Aber in die Zukunft kann keiner schauen."

„Ich möchte das nicht!" Sie schaute ihm verliebt in die Augen, streichelte seine Wangen. Er wollte etwas sagen, aber ihre Lippen verschlossen seinen Mund und er spürte die Bewegungen ihrer Zunge. So etwas Zärtliches hatte er noch nicht erlebt und gefühlt. Dieses Kribbeln, diese Wärme. Ein wohliges Gefühl durchfuhr ihn. Er erwiderte ihren Kuss und ihre Bewegungen wurden wilder, voller Leidenschaft.

„Ich will das nicht, bitte nicht", hauchte sie ihm wieder ins Ohr. „Nicht ...", sie ließ aber nicht von ihm ab, zog ihn enger an sich. Ihre Augen blieben geschlossen ... Hinterher waren sie beide verschwitzt und atemlos. Er streichelte ihren Rücken und ihre Brüste. Sie zog ihn weiter innig zu sich heran, spürte seine Wollust und seine Zärtlichkeit.

„Es war so schön ...", sagte sie, was mit einer wilden Küsserei besiegelt wurde.

Theodor war zwar musizierend bei den anderen, aber sonst mit seinen Gedanken abwesend. Horst versuchte mit ihm ins Gespräch zu kommen. Beide waren jetzt schon ziemlich betrunken, aber umso herzlicher kamen ihre Worte rüber.

„Na, mein Kleiner." Horst saß neben ihm und drückte Theos Kopf an seine Brust.

„Uns hat es beide erwischt. Diese grausame Welt."

Theo drückte sich ab und schaute tief in Horsts Augen. „Werden wir es schaffen?" Sein Blick schien hilfesuchend.

„Na, klar", dabei konnte auch Horst das nicht mit Bestimmtheit sagen. Aber in diesem Moment trösteten seine Worte. Theo nickte. „Dann sehen wir unseren Park wieder und machen Musik, das wäre schön ..." Er griff sich die Schnapsflasche und nahm einen kräftigen Schluck. Horst tat es ihm nach.

„Horst, ich habe Angst, fürchterliche Angst." Er nahm Horsts Hand. Sein Gegenüber vermochte ihn nicht zu trösten. Hatte doch auch er Befürchtungen.

Walter saß neben Egon und Hilde, die mit ihnen gekommen war. Er streichelte seine Trommel, Egon sein Instrument. Hilde, die auch nicht mehr ganz nüchtern war, fing plötzlich an, sich zu entkleiden, was bei den jungen Burschen für erwartungsvolle Blicke sorgte.

„Los, ihr Schlappis!", kam es mit schwerer Zunge aus Hildes Mund, womit sie die Stimmung etwas lockerte. „Jetzt gehen wir baden!"

Nur noch im Höschen, aber noch mit Strapsen und Strümpfen rannte sie zum Strand und sprang voller Leidenschaft in die Havel. Die beiden Herren sprangen auf, zogen sich schnell aus und sprangen ihr nackt hinterher. Lautes Lachen war zu vernehmen, als die Wasserspiele immer wilder wurden. Das kühle Nass wirkte herrlich erfrischend auf die Badenden, die mit ihrem übermütigen Treiben die Blicke der wenigen Spaziergänger auf sich zogen. Horst und Theo mussten lachen und feuerten die Drei an. Die Schwäne zogen sich erschrocken ins Schilf zurück.

Monika, die gerade mit Seppl um die Ecke kam, rief: „Ein Bad, das kann ich gut gebrauchen!" Sie lachte lauthals und sprang in voller Bekleidung glücklich jubelnd und mit ausgebreiteten Armen in den Fluss. Seppl ahnte nicht, wie ihm geschah, er war sprachlos. Dieses Mädel ist einfach wunderbar, dachte er.

Nun ging auch er schwimmen, tollte mit den anderen im Wasser herum. Tauchend fummelte er Monika an den Beinen herum, die entzückt zusammenschrak. Beide umarmten sich fröhlich. Unbeschwert verbrachten alle diesen Abend. So völlig ungezwungen. Noch lange saßen sie zusammen im Gras, bis auch das letzte Bier ausgetrunken war. Man sah sie im Schatten des Mondlichtes den Heimweg antreten. Seppl zog den Handwagen, darin saß Monika, die nun kein Mädchen mehr war, völlig erschöpft und mit feuchten Kleidern. Horst hatte das Akkordeon umgeschnallt und spielte im Gehen „In einem kühlen Grunde". Die anderen sangen mit.

In einem kühlen Grunde
Da geht ein Mühlenrad
Mein' Liebste ist verschwunden,
die dort gewohnt hat.

Sie kamen an der Biege zum Forsthaus an. Horst spielte weiter, und alle sangen mit.

Sie hat mir Treu versprochen,
Gab mir ein'n Ring dabei,
Sie hat die Treu gebrochen
Mein Ringlein sprang entzwei.

Hör ich das Mühlrad gehen:
Ich weiß nicht was ich will –
Ich möchte am liebsten sterben,
Dann wäre es auf einmal still

...

Am Ausgang des Parks verabschiedeten sich alle und gingen ihrer Wege, ohne zu wissen, ob und wann sie so einen Abend wieder erleben würden.

VII

Monika war sich nicht sicher, ob sie das Richtige getan hatte. So dachte sie in den nächsten Tagen. Sie wollte sich nicht so hingeben, hatte aber ihre ganze Scheu verloren. Und nun war es passiert. Hin und her gerissen zwischen Zweifel und Korrektheit wartete sie auf Seppl, der ihr sehr fehlte. Des Nachts hatte sie sich in ihre Decke gehüllt, an ihn gedacht und sich auf den heutigen Tag gefreut, an dem sie ihn wiedersehen würde. Mit ihren Eltern hatte sie noch gar nicht über ihren Freund gesprochen, obwohl sie sonst nie Geheimnisse vor ihnen hatte. Aber diesmal blieb sie verschwiegen.

Seppl war derweilen auf den Weg zu ihr. Das Mädel hatte ihn erobert. Glücklich begab er sich zu ihrem Haus.

Er hatte sich extra seine Steppschuhe angezogen, in der Hoffnung, Frau Rökk zu treffen, das Klacken der Metallplatten war bei jedem Schritt deutlich zu hören.

Am Vormittag hatte er noch Horst zum Bahnhof gebracht. Er war mit seinem Militärsack und seinem Akkordeon losgezogen in eine ungewisse Zukunft. Ihm war bei dem Abschied nicht wohl. Willy hatten sie noch beide zusammen zur Bahn gebracht. Jetzt würde er allein zurückbleiben.

„Pass du schön auf unsere Alten auf und auf das Irmschen", hatte Horst ihm noch zugeflüstert.

„Und du, pass auf dich auf. Sei kein Held!", rief er ihm mit Bezug auf Vaters Worte nach, als Horst die Bahn betrat. Der lächelte nur zurück.

Er sah Horst mit seinen lockigen Haaren hinter der Scheibe des S-Bahnwaggons stehen und winken.

Noch lange verfolgte er den Zug, bis dieser um die Kurve gebogen war. Betrübt ging er nach Hause, um seine Mutter zu trösten. Sie war nicht mit zum Bahnhof gekommen. Das fiel ihr zu schwer. Schon allein vom Fenster aus zuzusehen, wie Horst gegangen war, tat ihr zu sehr weh. Nun hieß es wieder warten.

Für Gerhard war Monika heute besonders wichtig. Sie tröstete ihn, obwohl sie das gar nicht mitbekam. Alleine ihre Anwesenheit reichte. Einen Menschen neben sich zu wissen, konnte so hilfreich sein. Frau Rökk erblickte er zwar nicht, aber Monika sah er schon von Weitem stehen, sie wartete auf ihn und winkte.

Wie immer, wenn sie sehr traurig war, besuchte das Irmschen mit einem Zögling den Nowaweser Waisenfriedhof unweit des Oberlinhauses. Er existierte bereits seit 1727 und diente als Begräbnisstätte des großen Militärwaisenhauses. Das war kein Friedhof, auf dem man Blumen auf den Gräbern fand. Nur schlichtes Efeugewächs schmückte die traurigen Stätten. Hand in Hand gingen sie den Weg dorthin. Besuchten die verfallenen Gräberfelder an einer Waldlichtung. Schlichte Kreuze schmückten die Ruhestätten, die mit dem Immergrün verwachsen waren. Die Namen waren nur noch undeutlich zu lesen, aber manche Daten waren noch erkennbar.

Den Friedhof gab es bereits vor 200 Jahren, versuchte das Irmschen mit den Lormalphabet ihren Schülern zu erklären. Bisweilen stand sie mit ihrer Begleitung auch nur vor den Grabstellen und dachte nach. So wie heute. Ihr Bruder war fort. Es würde einsamer zu Hause werden ohne Horst. Sie versuchte zwar nicht, an die kommenden düsteren Zeiten zu denken, konnte es aber nicht verhindern, dass ihre

Gedanken doch in diese Richtung gingen. Traurig staksten sie an den Gräbern entlang. Keiner würde sich mehr um diese Stätte kümmern, gleichwohl hier ab und zu doch noch Beerdigungen stattfanden. Aber die alten Grabstellen verwilderten.

Irmschen lief abends noch ein wenig durch Babelsberg, sie wollte nicht nach Hause gehen. Die Beklemmung, die in den Stuben in der Luft zu hängen schien, machte ihr Angst. Auch von ihren Freundinnen waren die Brüder Soldaten geworden. Immer mehr junge Leute mussten ihrem Vaterhaus den Rücken kehren und verließen Babelsberg. In den Fabriken kam es zu Engpässen, weil die Fachkräfte fehlten, so dass mehr Frauen eingestellt bzw. zwangsverpflichtet wurden.

Auch bei Martha wurden sie vorstellig. Ihre Söhne waren eingezogen worden, und sie unterstützte diesen Wahnsinn nicht. Kurzerhand warf sie die Bittsteller aus ihrer Wohnung mit lauten Schimpfworten, sich bloß nicht mehr hier blicken zu lassen. Willi mit i würde das nicht recht sein. Das wusste sie genau. Denn wenn es darauf ankommen sollte, waren sie immer auf der Verliererseite, und da half nur eines: sich möglichst unauffällig zu verhalten. Er war nicht zu Hause, weil er in den Studios arbeitete. Aber Marhas Haltung zeigte Wirkung. Jedenfalls kamen in der nächsten Zeit keine Herren mehr und wollten sie zur freiwilligen Arbeit auffordern.

Natürlich bekam auch die Hausgemeinschaft den Vorfall mit. Insbesondere ein Herr Grotte, der es sich als Hausmeister zur Aufgabe gemacht hatte, im Hause und Umgebung ein wenig nach dem Rechten zu schauen. Wenn ihm Abweichungen auffielen oder gar Verstöße erkennbar waren, schwärzte er die Leute gleich bei der Verwaltung an. Für ihn war das ganz normal. Er verstand sich als Vertreter der Staatsgewalt, auch wenn er nur Hausmeister war. Aber solche Leute waren die geheimen Unterstützer des Staates, den andere verachteten.

Mit seiner zum Scheitel streng zur Seite gekämmten öligen Frisur und seiner Brille mit kreisrunden Gläsern sah Herr Grotte besonders autoritär aus. Entsprechend war auch sein Auftreten. Die Hosen waren etwas zu kurz geraten, daher waren seine unterschiedlich farbigen Socken zu sehen. Für die Kinder ein besonderer Anblick, der sie immer aufs Neue ermunterte, Witze über ihn zu reißen. Stets mit einem ordentlichen blauen Kittel bekleidet ging er seiner Arbeit nach, wobei er seine Mitmenschen mit wachsender Aufmerksamkeit beobachtete. Von der Hausgemeinschaft wurde Herr Grotte, sofern möglich, gemieden. Zwar folgten die meisten Bewohner des Häuserblocks mit mehreren Aufgängen seinen Anweisungen, aber eine nähere Beziehung wollte keiner so recht mit ihm haben. Nicht die Leute gingen auf ihn zu, er ging auf die Leute zu, um zu ihnen Kontakt zu bekommen. Ein besonders heller Mensch war er nicht, allerdings verstand er es, sich mit dem Regime zu arrangieren, ja ihm sogar möglichst unterwürfig zur Seite zu stehen. Obwohl kein Uniformträger, grüßte er zackig alle Militärangehörigen, die auch so zu erkennen waren. An seinem bevorzugt für Beobachtungen vorgesehenem Wohn-zimmerfenster hatte er sich gut sichtbar einen halbrunden gelben Baldachin anbringen lassen, der es ihm ermöglichte, auch bei Regen intensiv seinen Nachforschungen und Bewachungsmaßnahmen nachzugehen. Passanten bemerkten mitunter einen kleinen runden Kopf hinter dem Blumenkasten, der sich hin und her bewegte.

Seiner Aufmerksamkeit war nicht entgangen, dass sich Frau Bündel aus seiner Sicht neulich einigen Herren gegenüber nicht korrekt verhalten hatte. Auch so war er nicht gut auf die Familie Bündel zu sprechen. Er stichelte gerne gegen sie. War sie doch die Einzige in seinem Block, die keine Fahne besaß, die zu besonderen Anlässen an den Fenstern der Wohnungen gut sichtbar angebracht werden sollten. Ihr Familienoberhaupt, Willi mit i, sympathisierte zudem nicht mit der Partei, deren Mitglied er auch nicht war. Grotte hielt ihn für ein Weichei aus der Filmbranche, das sich vor dem Militärdienst zu drücken verstand. Bei ihm war das etwas anderes, weil er durch eine Verletzung aus dem großen Krieg am Oberschenkel behindert war. Das kam ihn nur zupass. Auch hier in der Heimat musste jemand aufpassen.

Martha grüßte ihn schon lange nicht mehr besonders aufmerksam. Nur die nötigsten üblichen Floskeln zwischen ihnen wurden gewechselt.

Als Martha eines Tages die Treppe herunterkam, hörte sie bekannte Schritte entgegenkommen.

Natürlich. Es war Herr Grotte, dessen schwere Stiefel auf den Boden stampften. Diese mit Stolz getragenen und immer akkurat geputzten Knobelbecher hatte er einem Soldaten abgekauft. Frau Bündel wollte sich gerade an ihm vorbeizwängen, als er sich ihr in den Weg stellte und sie ansprach: „Das war aber neulich keine feine Art, wie Sie sich den Herren gegenüber benommen haben."

„Ach, haben Herr Grotte wieder gelauscht?", gab sie ihm unumwunden entgegen.

„Da brauchte ich nicht zu lauschen. Das war gut zu hören im Flur." Er wurde etwas lauter. „So benimmt man sich Parteigenossen gegenüber nicht", legte er nach.

„Kümmern Sie sich um Ihre eigenen Angelegenheiten, dann haben Sie genug zu tun. Und wenn Sie mir nicht gleich Platz machen, dann trete ich Ihnen …"

Sie vermied es, den Satz zu Ende zu sprechen, da Herr Grotte bereits Anstalten gemacht hatte, die Beine zu schließen, und zur Seite wich.

„Das ist ja eine Frechheit. Aber das ist man ja von Ihrer Familie gewohnt", schrie er ihr lauthals hinterher, als sie sich entfernte.

Er sah ihr nach, wollte gerade noch etwas herausbrüllen, als aus dem Kelleraufgang ein groß gewachsener Mann herauskam und die Treppe hochkam. Martha drehte sich noch um und erblickte ihn.

„Der Herr Grotte. Waren Sie eben hier so laut?", wollte der Herr wissen.

„Ich, ja, aber. Na ist schon erledigt", kam es stotternd aus Grottes Mund.

„Nichts ist erledigt. Haben Sie eben meine Mutter angebrüllt?" Sein Ton war fordernd scharf, eine Antwort seines Konterparts herausfordernd.

„Das war nicht so gemeint, Herr Bündel."

Obwohl Willy eine Stufe tiefer stand, ging ihm Herr Grotte nur bis zur Schulter.

„Das wollte ich wohl meinen", entgegnete ihm Herr Bündel. „Haben Sie nicht grüßen gelernt?"

Grotte war sichtlich überrascht über den Ton.

„Ja, äh doch." Beeindruckt von der schicken Uniform, die sein Gegenüber schmückte, hob er den Arm und salutierte mit dem ausgestreckten Arm zum Hitlergruß.

Herr Bündel nahm mit einem kräftigen Druck die Hand seines Diskutanten und drückte diese gegen die Schläfe des Kontrahenten.

"Bei uns grüßt man so", lächelte Bündel.

Grotte war dermaßen verdattert, schaute Bündel verwundert durch seine dicken Augengläser an und rannte wie wild die Treppe hinunter aus dem Haus.

Martha hatte ihren Sohn gesehen, wie sie ihn kannte. Immer für eine gerechte Sache kämpfend. Sie rannte auf ihn zu und umarmte den Hünen, der sie genauso fest drückte wie sie ihn.

„Willy, du bist da", hauchte sie freudig. Ihre Stimme versagte. Bitterlich fing sie an zu weinen. Einer der Söhne ist ausgezogen in den Feldzug, ein anderer kommt nach Hause. So nah beieinander liegen Freud und Leid. Sie war glücklich. Hatte sie doch lange von Willy nichts gehört. Die Post kam immer unregelmäßiger und brauchte schon mal über zwei Wochen, soweit sie überhaupt ankam. Aber jetzt war er da.

Sie gingen in die Wohnung, Martha machte einen starken Kaffee, so wie sie ihn am liebsten hatte, und wollte von ihrem Sohn wissen, wie es ihm ergangen war. Sie war der Meinung, er sähe schlecht aus. Etwas blass. Aber Mütter stellen immer ihren sorgenvollen Blick voran.

„Es geht mir gut!", beruhigte Willy seine Mutter. „Ich habe eine Woche Urlaub. Muss nächste Woche wieder weg."

Martha hörte nur halb hin, ihr war bange, was sie denn zur Feier des Tages auftischen könnte. Vielleicht einen kräftigen Eintopf? Der würde dem Jungen doch bestimmt munden, dachte sie bei sich. Eine Woche! Die geht so schnell vorbei. Aber die Zeit schob sie beiseite. Vom Abschiednehmen wollte sie heute nichts wissen. Also wurschtelte sie nervös in der Küche herum.

„Ich mache gleich Essen …"

„Setz dich erst einmal." Willy zog Martha zu sich heran und ließ sie neben sich Platz nehmen.

„Erzähl mal. Wie geht es den anderen?"

Und da brach es aus ihr heraus. Wieder vergoss sie Tränen. Berichtete, dass Horst eingezogen worden war und nun auf dem Weg in die Kaserne. Sie sollte in die Fabrik arbeiten gehen, weil dort die Arbeitskräfte fehlten. Die jungen Leute mussten ja alle kämpfen.

„Aber ich weigerte mich. Warf sie aus der Wohnung. Die sollen mir nochmal kommen. Mir die Söhne nehmen und mich Munition herstellen lassen. Nicht mit mir", sie hatte sich in eine Art Rage gesteigert und erwartete Unterstützung von ihrem Sohn.

„Aber Mama, das wird doch bestimmt Ärger geben. Was hat denn Willi mit i dazu gesagt? Wo ist er eigentlich?"

„Er ist arbeiten. Sie drehen jetzt mehr Filme als zu Friedenszeiten. Und Papa ist immer dabei, weil er einer der wenigen ist, die wegen ihres Alters nicht eingezogen werden. Dazu kommt sein Augenleiden."

Sie hatte sein Auge angesprochen. Mit genau 18. Jahren hatte Willi mit i eine tumoröse Verwachsung am rechten Auge und es musste entfernt werden. Eine andere Möglichkeit, das Auge durch eine Operation zu retten, gab es nicht. Seitdem trug er ein Glasauge. Seltsamerweise schlug ein ähnliches Schicksal auch bei Willy zu. Ebenso mit genau 18 Jahren verirrte sich ein Metallsplitter in seinem linken Auge, das er daraufhin ebenfalls verlor. Martha fielen ihre damaligen Befürchtungen wieder ein. Überrascht von der Diagnose war sie erst völlig hilflos, aber dann nahm sie das Schicksal an und ging aufrecht und kämpferisch mit der Sache um. Sie war eine starke Frau, die ihren Männern Mut zusprach.

Willy wurde trotz seines Handicaps als bedingt kriegsfähig eingezogen und eingeschränkt als tauglich eingestuft. So blieb ihm zwar der Frontdienst erspart, aber in den hinteren Reihen wurden er und andere Gehandicapte bzw. gering Einsetzbare benötigt. So wurde Willy in Frankreich und in Österreich stationiert. Von dort schickte er auch gerne Karten nach Hause.

Nun sollte er in Polen eingesetzt werden, das als erstes Land von den Deutschen unterworfen worden war. Martha war besorgt. Polen. Von Polen hatte sie so schlimme Sachen gehört. Aber war nicht alles ganz schlimm?

„Aber sage doch, was machen denn Irmschen und Seppl?"

„Das Irmschen geht nachmittags ins Oberlinhaus und hilft dort bei der Betreuung der Patienten. Sie macht mir auch Sorgen, weil sie die ganze Lage so ernst nimmt. Willy, sie hatte mir gesagt, dass sie Gutes tun möchte, und hofft, bei ihm für ihre Brüder glückliche Umstände zu bewirken", sie zeigte mit dem Zeigefinger gen Himmel.

„Verstehst du? Eigentlich lebt sie nicht wie ein junges Mädchen. Sie hat sich total der Mitmenschlichkeit verschrieben."

„Unser Irmschen." Er lächelte. „Immer besorgt um ihre Mitmenschen. Ich sehe das aber nicht als so problematisch an. Ist bestimmt nur eine Phase. Mach Dir keine Sorgen! Und Seppl?"

„Ein lieber Junge. Hat eine Lehre als Maler angefangen. Erlernt einen richtigen Beruf. Und dann sein Steppen. Das macht er leidenschaftlich gerne und sehr gut. Viele Leute bewundern ihn. Willi mit i meint, er könnte Karriere machen."

„Das hört sich gut an. Warte, ich helfe Dir." Er stand auf und reichte ihr einen großen Kochtopf. Dann begab er sich zur Kochmaschine und feuerte den Ofen an. Willy freute sich wieder zu Hause zu sein. Das alte Leben hatte sich hier überhaupt nicht verändert. An der Front da wechselt das Leben von Minute zu Minute. Aber hier war der Ablauf immer der gleiche. Da liegt Ruhe drin, was an der Front nicht der Fall ist. Das ist Familie, aber was bedeutet das im Krieg? An der Front ist die Familie so weit weg, trotzdem immer nah, da die Gedanken des Soldaten an ihr ständig hängen.

Irmschen war an diesem Tag wieder mit einer Taubblinden spazieren gegangen, war in den Park mit ihr gegangen und den Heimweg nahm sie über den Waisenfriedhof. Stets ihrer Begleitung erklärend, wo sie langschritten. Sie beschrieb ihr die Natur, ließ sie an Blumen und Kräutern riechen. Betastete mit ihr die Bäume, die verschiedenen Rinden, die unterschiedlichen Blätter, die diese austrieben. Das Mädchen war nicht älter als 10 Jahre, hieß Elvira. Betätigte sich eifrig und sehr interessiert an den ihr näher gebrachten Dingen. So spazierten sie aus dem Park heraus, gelangten zum Waisenfriedhof.

Dort sah sie erstmals, dicht neben einem Baum, eine Schwester stehen. Neben ihr stand ein Herr mit einem Spaten in der Hand. Auf dem Boden stand eine schlichte Holzkiste, die der Herr nun in die vor ihm liegende Grube herabließ. Die Kiste, die nicht größer als einen Meter maß, versank darin und der Mann nahm seine Schaufel, schippte eifrig Sand von einem benachbarten Hügel darauf.

Irmschen ging mit Elvira darauf zu, sah sich das neugierig an. Sie war von der Schwester bemerkt worden, die jetzt auf sie zuging.

„Wird hier jemand beerdigt?", doch gleich wurde ihr die Überflüssigkeit ihrer Frage klar. Es war doch deutlich zu sehen, dass es ein Begräbnis sein musste, nur eben anders, als Irmschen es bekannt war.

„Ja, guten Tag", antwortete die Schwester, der das unangenehm schien. „Leider. Das ist der Walter gewesen." Sie schwieg. Irmschen kam es vor, als überlegte die Schwester.

Nach Worten suchend fuhr diese fort: „Er war nur fünf Jahre alt."

Irmschen war verwundert. Ohne jegliche Feierlichkeit wird hier ein Kind beerdigt. Sie war bislang nur auf der Beerdigung ihrer Oma. Aber was sie dort gesehen hatte und was sie auch von anderen Beerdigungen gehört hatte, wurden immer Reden gehalten, manchmal auch Musik gespielt. Hier war alles so monoton, so fremd und einsam. Keiner schien den Kleinen zu betrauern, oder gar zu vermissen. Keiner hatte Mitleid. Irmschen wollte das genauer wissen.

„War er alleine? Hatte er denn keine Eltern?"

„Der Vater ist im Krieg geblieben, die Mutter hatte Schwindsucht, ist wohl elendlich daran zugrunde gegangen. So kam Walter zu uns ins Waisenhaus." Der Schwester wurde es langsam ungemütlich, als müsse sie Rechenschaft ablegen.

Während der Friedhofsgärtner die Grube weiter zuschüttete, wollte die Schwester sich auf den Weg machen. Aber Irmschen löcherte weiter: „An was ist er gestorben?"

Die Schwester überlegte einen Moment: „Er hatte Diphtherie. So, ich muss jetzt…"

Es war schwer, das zu begreifen. „Aber hätte man nicht etwas sagen sollen?" rief sie der Schwester hinterher, immer Elvira an der Hand haltend. Aber die Schwester verließ eilig den Ort und verschwand hinter einer Baumgruppe.

Die Beiden begaben sich zum Grab, Irmschen schaute zu, wie die letzten Schippen Erde zu einem Hügel aufgetürmt wurden. Der Friedhofsgärtner war freundlich, lächelte die Kinder an. „Das ist nun mal so", war alles, was ihm über die Lippen kam.

Irmschen und Elvira verweilten noch eine ganze Weile am Ort. Sie wollte noch etwas sagen. Sprach das Vaterunser, das sie mit einem Amen abschloss. Wenigstens hatte sie ein paar Sätze gesprochen, für einen Menschen, den sie nicht kannte. Das beruhigte sie ein wenig. Noch lange hatte sie darüber nachgedacht. Es wollte ihr nicht klar sein, wie der Abschied eines Menschen so lieb- und belanglos vonstattengehen konnte.

Ihr tat der Kleine leid, der da unten in der Grube so eingeengt lag. Wie musste er vielleicht ohne Trost leiden? Das ging ihr sehr nahe. Als sie des späten Nachmittags nach Hause kam, wollte sie das Erlebte ihrer Mutter erzählen, die ihre Bestürzung bestimmt teilen würde.

Aber wie froh war sie, als sie plötzlich ihren Bruder Willy an der Tür sah.

„Welch hübsches Mädchen kommt denn da?", scherzte der. Irmschen, ganz verlegen, war erst verdattert, dann hoch erfreut. Sie umarmte und küsste ihren Bruder, drückte seinen Hals so fest an sich, dass der kaum noch Luft bekam.

„Hey, mir fällt ja das Glasauge raus", lachte Willy. Nun gab ein Wort das andere. Aufgeregt wollte Irmschen von ihm alles wissen. Wo er eingesetzt war, was er erlebt hatte und wann er wieder gehen müsste. Ach wie schön wäre es doch, wenn der verdammte Krieg zu Ende gehen würde. Alle Lieben sind dann wieder zu Hause und die Familien glücklich vereint. Keiner bräuchte mehr Angst um die Jungen haben. Das wäre so schön.

Irmschen hing am Mund von Willy und hörte aufmerksam zu. Im hinteren Land, so erzählte er, ist man nicht solch einer Gefahr ausgesetzt wie an der vorderen Front. Das Elend ist nicht so gravierend wie dort. Trotz allem sieht man auch davon genug. Die Verwundeten, die notdürftig im Lazarett verarztet wurden, wurden in die Heimat verlegt und passierten allerlei Frontstationen.

Und die vielen Leichen in Särgen, manchmal auch nur in Tüchern gewickelt, die am Anfang des Krieges noch ins Geburtsland gebracht wurden. Später sollten es so viele werden, wie keiner erwartet hatte, dass sie an Ort und Stelle begraben wurden, wenn überhaupt.

Das Gesicht von Irmschen bekam einen trübsinnigen Ausdruck. Heute den Kleinen auf dem Waisenfriedhof, hier die erschütterlichen Schilderungen ihres Bruders.

Am Abend saßen alle beisammen. Willi mit i war von der Arbeit gekommen, Seppl erschien erst, als bereits die Sonne am Untergehen war, mit verschmierten Malerhosen. Natürlich war die Freude bei allen groß. Martha tischte auf, was es aufzutischen gab. Willy hatte noch einige Konserven aus seiner Einheit mitgebracht, deren Inhalt freudig Abnehmer fand.

Martha sah mit einem Augenzwinkern in die Runde, dachte schon wieder an den Abschied. Aber der sollte ja erst in einer Woche sein.

Seppls Augen leuchteten. Morgen würde er Monika wiedersehen. Sie wollte ihn ihren Eltern vorstellen. Er war schon ganz aufgeregt.

Willi mit i war abgespannt. Die Studioaufnahmen eines Fliegerfilms mit Heinz Rühmann waren beendet worden. Die letzte Klappe war heute im Studio gefallen. Andere Projekte standen an.

„Macht mal die Türen zu", sagte er plötzlich. Als alles, sogar die Fenster geschlossen waren, ging er zum

Volksempfänger und suchte Sender. Die deutschen fielen nach der Machtübernahme der Verstaatlichung zum Opfer und dienten jetzt in Kriegszeiten nur mehr als Macht-Medium. Um eine objektive Darstellung der Ereignisse zu bekommen, mussten sie die nicht so linientreuen Feindsender hören, die schon kurz nach Kriegsbeginn 1939 durch zahlreiche Gesetze verboten wurden. Die Londoner BBC war der Sender, der am stärksten ausstrahlte. Unverkennbar die Paukenschläge als Erkennungsmelodie und die Ansage: „Hier ist England, hier ist England!" Wer beim Hören von ausländischen Sendern erwischt, oder von anderen angeschwärzt wurde, sie gehört zu haben, hatte mit drastischen Strafen zu rechnen.

Willi mit i war ein eifriger Hörer von Schwarzsendern. Er wollte die Wahrheit wissen, wie es um das Land stand. Keine Propaganda. So war er über die aktuellen Ereignisse an den Fronten gut informiert. Begreifen konnte er nicht, wie sich Teile des Deutschen Volkes durch das Regime belügen ließen. Warum verschlossen so viele Leute die Augen? Aber tat er das nicht auch?

Als er vom Vorfall am Vormittag mit Grotte hörte, wollte er aufspringen und zu ihm gehen, ihn zur Rede stellen. Glücklicherweise konnte er von den Jungs beruhigt werden.

„Das ist erledigt", sagte Willy. Alle mussten lachten, als Martha erzählte, wie Willy die Hand Grottes zum Gruß korrigierte. Da war sogar ein Schmunzeln auf dem sonst so ernsten Gesicht von Willi mit i zu sehen.

„Dieser Grotte, der ist gefährlich", stammelte er. „Aber ich bekomme ihn noch. Wohl dem, in dieser Sache ist das letzte Wort noch nicht gesprochen."

Für Irmschen erschien diese Welt grausam und unehrlich. Immer mehr verdichtete sich ihr Verdacht, der Mensch gelte hier gar nichts. Sie trauerte um ein kleines Kind, das nur fünf Jahre alt geworden war und so herzlos bestattet wurde. Und an der Front starben so viele junge Leute, denen ebenso ein angemessenes Begräbnis versagt blieb. Irmschen verfiel in tiefe Traurigkeit darüber. Sie wollte das Thema nicht am Tisch bereden. Das hätte der heiteren Stimmung nicht gutgetan. Sie behielt den kleinen Walter für sich.

Seppl dagegen war guter Laune. Gerne tauschte er sich mit seinem Bruder aus. Willy war der älteste von ihnen, Seppl der letztgeborene männliche Nachkomme. Noch lange unterhielt er sich mit Willy und mit Willi mit i. Die Damen hatten sich bereits zurückgezogen, aber die Männer redeten noch viel über den Krieg. Das war das Hauptthema in diesem Abschnitt ihres Lebens. Alles drehte sich darum. Und das Land konzentrierte alle seine Anstrengungen darauf. In Babelsberg liefen jetzt viele Männer in Uniformen herum. Einige trugen ihre Dienstkleidung mit Stolz, hofften dadurch, die Augen auf sich zu ziehen. Andere sahen den Ernst, der hinter der Kleidung stand. Die Stimmung war exorbitant angespannt in der Bevölkerung.

VIII

Die Silbermanns waren eine der letzten noch in Babelsberg verbliebenen jüdischen Familien. Die Eheleute Dorit und Josef mit ihren beiden Töchtern Nurit und Irit wohnten im Haus vis-a-vis der Gartenstraße 21, das aber noch zum Wohnblock gehörte. Nach 1933 wurde die jüdische Bevölkerung, wie in ganz Deutschland, so auch hier in Babelsberg, allmählich vertrieben, in Lagern festgehalten und ermordet. Mitunter mussten sie innerhalb von Stunden ihre Wohnungen bzw. ihre Häuser verlassen, ohne noch groß Habseligkeiten einpacken zu können. Man hatte ihnen versprochen, dass sie nur zum Ersatzdienst verpflichtet wurden, so gingen sie mit, obwohl jedem von ihnen der bevorstehende Weg bekannt war. In der Spitzweggasse 1 lag einst die Villa des jüdischen Arztes Dr. Karl Heidmann. Dieses Haus wurde ab 1940 zu einem jüdischen Siechen- und Altenheim umfunktioniert. Hier wurden die Potsdamer Juden konzentriert und von dort in die Vernichtungslager deportiert.

Martha hatte zu dieser Familie ein gutes Verhältnis, wenn auch kein freundschaftliches. Sie merkte, wie mit den Jahren die Familie mehr und mehr von anderen Einwohnern gemieden wurde und sich daraufhin immer stärker zurückzog. Man grüßte sich, sprach ein paar Worte und jeder ging seiner Wege. So verhielt es sich auch zwischen den Silbermanns und den Bündels.

Herr Grotte schikanierte die Silbermanns regelmäßig, immer an ihren verwundbarsten Stellen. So verbot er den Kindern auf der Straße mit anderen zu spielen oder verweigerte den Silbermanns die Nutzung der Waschküche und andere Notwendigkeiten, wie den Gebrauch des Gases, das er kurzerhand für ihre Wohnung sperrte.

Die Bündels, aber auch andere Bewohner beobachteten das alles und machten sich ihre Gedanken.

Doch ehe sie alle die Tragweite begriffen, war es dann irgendwann zu spät.

Martha war gerade beschäftigt, Kartoffeln aus dem Keller zu holen, um Bratkartoffeln aufzutischen. Sie stellte in ihrem Kellerraum den Eimer ab und füllte diesen mit Kartoffeln, die sie sorgsam auswählte. Mehrmals drehte sie jede ausgesuchte Kartoffel in der Hand, ehe diese im Eimer oder wieder daneben auf dem Haufen landete. Die Geräusche, die sie wahrnahm, waren eigentlich die allgemein bekannten, nur die Schritte waren schneller. Sie drehte sich um und sah plötzlich Dorit Silbermann hinter sich stehen. Sie war überrascht. Damit hatte sie nicht gerechnet. Schnell nach Fassung ringend, begrüßte sie die Frau mit einem Handschlag.

„Bitte, nicht erschrecken. Ich bin's ja nur", sagte Frau Silbermann eingeschüchtert.

„Schon gut, ich hatte nur nicht erwartet, dass Sie bereits hinter mir stehen. Wie geht es Ihnen?" Diese überflüssige Frage bereute Martha gleich wieder. Aber ihre Gesprächspartnerin reagierte gar nicht erst darauf, ihre Hände zitterten.

„Frau Bündel, ich glaube, wir werden bald gehen müssen." Sie blickte scheu hinter sich, ob auch keiner etwas hören konnte. „Bitte verraten Sie das nicht den anderen, aber wir haben gehört, dass auch die letzten Juden aus Potsdam wegkommen sollen. Wir sind ja nur noch einige."

Martha war auf solche offenen Worte nicht eingestellt und blickte ungläubig. Sie nahm Frau Silbermann beim Arm und zog sie in den Kellerraum, streichelte beruhigend ihren Arm, was diese wohl als angenehm vernahm, denn ihre unruhigen Zuckungen wurden weniger.

„Woher wissen Sie das?", wollte Martha wissen.

„Das ist unverkennbar", flüsterte sie. „Auch wenn wir nicht mehr viele sind, aber über den Flurfunk hören wir es doch. Sie sind die einzige, mit der ich hier noch reden kann. Deshalb möchte ich Ihnen etwas anvertrauen."

Sie grub in ihrer Schürzentasche, hob ein prall gefülltes Taschentuch heraus.

„Das ist das Letzte, was wir noch haben. Ich möchte, dass Sie das nehmen. Uns nützt es ja wahrscheinlich nichts mehr. Bitte nehmen Sie es!"

Damit reichte sie ihr den kleinen Ballen. Martha zögerte.

„Was ist das?"

„Das ist unser Familienschmuck. Den haben wir immer aufbewahrt, für schwere Zeiten. Die Zeiten sind schwer, aber wir können damit nichts mehr anfangen." Sie drückte Marthas Hand in die der Schmuck gewechselt war. In ihren Augen standen Tränen. „Wenn nur die Umstände anders wären", nun weinte sie bitterlich.

„Das kann ich nicht annehmen", wollte sich Martha weigern. „Es ist zu wertvoll und für Sie viel zu wichtig. Daran hängen doch Ihre Erinnerungen. Das geht nicht."

Aber Frau Silbermann war nicht von ihrem Vorhaben abzubringen.

Martha überlegte noch eine Weile, was sie antworten könnte. Aber so recht fiel ihr nichts ein. Sie war richtig hilflos. Da war diese verzweifelte Dame, die ihr ganzes Vermögen weggeben wollte, ohne dafür eine Gegenleistung zu erhalten. Als ob es das Letzte war, was sie noch in dieser Welt tun konnte.

„Aber Sie können es doch noch gegen etwas eintauschen", Martha wollte auf die allgemeine Versorgungsnotlage hinweisen. Das Elend der Bevölkerung nahm zu, da nicht mehr alle Lebensmittel herangeschafft werden konnten. Die Fronten mussten ebenfalls versorgt werden. Und das in einem Maß, dass die kämpfenden Truppen gut genährt und bei Laune gehalten werden mussten. Besonders schlimm aber traf es die jüdische Bevölkerung, die allerlei Repressalien unterworfen war. Zum Beispiel, nur eine Stunde am Tag für den Einkauf zur Verfügung hatte.

„Nein, nein", war die energische Antwort von Frau Silbermann. „Das ist schon gut so. Ich hoffe nur, meine Kinder kommen gut durch." Ihre Tränen wurden nicht weniger.

Ja, das war zu hoffen, dachte Martha bei sich.

„Frau Silbermann, passen Sie bitte auf. Ich werde das für Sie bei uns aufbewahren und dann können Sie es sich bei mir wieder abholen, wenn dereinst der Tag gekommen sein wird."

Frau Silbermann blickte sie an. Ihre Augen waren leer. Wie hoffnungslos sich diese Worte doch anhörten. Beide erkannten die Ausweglosigkeit darin. Frau Silbermann nickte nur und fiel Martha um den Hals. Dann rannte sie durch den Kellergang in Richtung Treppe.

Martha blieb wie starr stehen, wie angenagelt. Sie bekam ihre Gedanken nicht in den Griff. Sie setzte sich auf einen Haufen Kartoffeln und begrub ihren Kopf in den Händen. Nun musste auch sie losweinen. Dieser Krieg wird uns alle umbringen, dachte sie. Am liebsten hätte sie das lauthals hinausgeschrien. Was sollte das nur alles?

Mit dem gefüllten Eimer voller Kartoffeln und dem Taschentuchbündel ging sie die Treppe hoch. Oben vermied sie, das Gespräch von eben zu erwähnen. Das wollte sie unter vier Augen mit ihrem Ehemann bereden. Die Gelegenheit ergab sich am Abend. Sie erzählte ihm die ganze Geschichte und zeigte ihm das Taschentuch.

„Es ist in aller Munde", betonte Willi mit i. „Auch in den Studios", schob er nach. „Die jüdischen Akteure, Regisseure werden immer weniger. Viele Häuser am Griebnitzsee und um das Filmstudio stehen schon leer. Es hört nicht auf."

Er nahm das Taschentuch und öffnete es. Darin waren mehrere Goldketten mit Brillanten und zwei goldene Uhren. Martha erschrak.

„Das ist doch alles echtes Gold?", sie stellte diese Frage in Richtung ihres Mannes. Der schaute auf die Punzen und holte eine Lupe, um die Stempel richtig lesen zu können.

„Das will ich wohl meinen. Pures Gold." Martha wollte es nicht glauben.

„Das muss ja ein Vermögen wert sein", sprach sie erregt aus.

Willi mit i war etwas anderes viel wichtiger. Wohin damit? Er legte seine rechte Hand auf Marthas Arm und sagte: „Wir müssen es gut verstecken." Er schaute ihr tief in die Augen. „Ich weiß auch wo!"

Er nahm einen Stuhl, stellte ihn neben die Kochmaschine und stieg darauf. Oben, wo der Schornstein sich den Weg zum Dach bahnte, öffnete er eine Lüftungsklappe und nahm eine Blechschachtel heraus. Seine Ehefrau kam aus dem Staunen nicht mehr heraus. Er setzte sich neben Martha und öffnete die Blechschachtel. Heraus nahm er eine Pistole und etliche lose Patronen. Es war eine 08 der Firma Luger. Er hielt sie in der Hand, den Blick auf Martha gerichtet, und sagte: „Die stammt noch aus dem großen Krieg. Habe ich damals behalten und beiseitegeschafft. Hat sich seinerzeit eh keiner so genau drum gekümmert. Sie kann uns noch von Nutzen sein."

„Aber Willi", sie vermied dieses Mal das i. „Das ist doch strafbar!"

„Na und, weiß doch keiner. Und hier machen wir den Schmuck rein. Da ist er sicher."

Sie waren sich beide einig über das Versteck und darüber, den Kindern erst einmal nichts davon zu erzählen. So wussten sie nichts, kamen nicht in Bedrängnis. Die Pistole, so legte Willi mit i Martha nahe, könnte im Notfall helfen. Sie wusste nun, wo sie lag. Beide sollten das noch lange für sich behalten.

Lotte ging derweil ihrer ungeregelten Arbeit nach. Sie verdiente einige Reichsmark dazu. Kein Wunder: Die Zeiten waren danach, dass viele Leute wissen wollten, was die Zukunft bringen würde. Speziell fragten die Leute nach dem Ende des Krieges. Das konnte sie zwar nicht voraussagen, aber was sie in den Karten sah, waren düstere Aussichten. Sie gab nicht alles preis. Einiges blieb ihr Geheimnis, verschlossen in ihrem Gedächtnis.

Wenn sie so durch die Gassen des Weberviertels ging, waren es die Bewohner, die auf sie zukamen und sie zu einem Kaffee oder ähnlichem einluden. Sie nahm das gerne an. Eine warme Stube, ein warmes Getränk, ab und zu auch ein Stückchen Kuchen. Sie legte dann ihre Karten, an die sie bedingungslos glaubte, deren Orakel immer ein wenig, wenn nicht sogar die ganze Wahrheit verdeutlichten. Lotte war eher verschwiegen, aber wenn sie aus den Karten las, dann sprudelten die Worte nur so heraus. Am liebsten gute Prognosen, aber wenn nicht anders möglich, auch düstere. Für Babelsberg und die Welt sah es nicht gut aus. So oft sie die Karten – auch für sich allein – legte, die Ergebnisse waren immer deprimierend. So konnte sie sich einen Reim darauf machen, dass das Land dem Untergang geweiht war. Ohne Umschweife äußerte sie sich auch ungehemmt in ihrer Umgebung, oft zudem in der Kneipe Zum Löwen, die direkt gegenüber dem Rathaus lag. Da endete meistens ihre tägliche Reise. Wenn sie die schweren Vorhänge des Lokals, die die Eingangstür umkleideten beiseiteschob, dann kam ihr eine nach Hopfen und Qualm stickig stinkende Rauchwolke entgegen. Stets wurde sie freudig von den Besuchern empfangen. Spendierten ihr das eine oder andere Getränk, nicht ganz uneigennützig.

Auch Willi mit i besuchte gern dieses Etablissement, spielte seinen Skat mit den immer gleichen Partnern. Dabei ging es hoch her. Das Lästige daran war, dass sie allesamt schlechte Verlierer waren. Da wurde dann geflucht, Karten wurden auf den Tisch gedroschen, man beleidigte sich gegenseitig. Sie schenkten sich nichts, Freundschaften standen auf der Kippe. Abgerechnet wurde nach jedem Spiel am Tisch. Die Pfennige und Groschen wanderten mal von dem zu dem, dann wieder umgekehrt, ein Vermögen gewann niemand. Auch Lotte nicht, die an diesem Abend das Lokal betrat. Ein Gast spendierte ihr ein warmes Bier – sie trank immer warmes Bier, das ihr am besten bekam und in einem alten Tauchsieder in Zylinderform, der schon erhebliche Spuren von Kalk aufwies, aufgeheizt wurde, bis die erforderliche Temperatur erreicht war. Der Wirt musste genau den Zeitpunkt abschätzen, lange bevor die Flüssigkeit den Siedepunkt erreicht hatte. Denn sonst konnte es passieren, dass die ganze Stromversorgung unterbrochen wurde, wenn die Sicherungen durchbrannten, was wiederum nichts Ungewöhnliches war in den Zeiten der Verdunkelung.

Der spendable Gast wollte sich von Lotte die Zukunft sagen lassen. Auf einem runden Tisch blätterte sie die Karten nach und nach auf zu einem Bild. Die umstehenden Neugierigen warteten ebenfalls gespannt auf den Ausgang und ihren Kommentar zu dem bunten Blatt. Dann legte Lotte los, erläuterte die Blätter, gab ihre Prognose ab. Immer endend mit der düsteren Voraussage, das Land sei dem Untergang geweiht. Viele wendeten sich von ihr ab, obwohl sie derselben Meinung waren wie die Wahrsagerin. Ärger wollte keiner. So widmeten sie sich ihrer Gesellschaft wieder und tranken ihr Bier, als ob sie nichts gehört hätten.

Immer wieder hatte Martha Lotte davor gewarnt, ihre Meinung öffentlich kundzutun. Das wäre nicht gut. „Es wird noch schlimm mit dir enden." Aber Lotte sah das überhaupt nicht so. Sie plapperte es heraus, wartete nur auf ein Widerwort, das sie kontern konnte.

Das erfolgte aber heute. Ein Gast stand an der Theke auf, ging zu ihr hin, sagte: „Sie sollten etwas vorsichtiger sein mit Ihrer Äußerung!" Lotte schaute nach oben. Sie hatte den Herrn noch nie hier gesehen.

„Was wollen Sie von mir? Ich kenne Sie nicht! Also lassen Sie mich zufrieden."

Der Gast trat näher an sie heran. „Sie haben sich gerade abschätzig über unser Reich geäußert."

„Welches Reich?" gab sie zur Antwort. „Ich kenne kein Reich. Ich kenne nur Deutschland!"

Der Herr wurde rot im Gesicht. „Was erlauben Sie sich? Es ist das Reich, das Sie ernährt."

„Ernährt? Schauen Sie mich bitte an!", sie öffnete ihre Schürze, zeigte allen Anwesenden ihre hagere Gestalt, an der ihre schmalen Brüste herunterhingen. „Das nennen Sie ernährt?"

Sie sah wirklich wie ein magerer Haufen Elend aus, der dringend Nahrung benötigte.

Mit einer schnellen Handbewegung nahm er Lotte die Karten weg.

„Diese Karten beschlagnahme ich. Das ist ja Hokuspokus, was Sie hier veranstalten."

„Ich habe noch Ersatz", sagte Lotte ruhiger werdend. Sie zeigte keine Angst, obwohl sie ahnte, dass der Herr wohl ein Funktionär war.

„Das wird Sie teuer zu stehen kommen", sagte der Herr und verließ erbost das Lokal. Vorher wurde er aber noch vom Wirt dazu aufgefordert, seine Zeche zu begleichen.

IX

Sie war aus Nächstenliebe freiwillig im Oberlinhaus tätig. Das tat ihr gut und sie glaubte, damit Schuld abzugelten. Schuld, die sonst ihren Brüdern angelastet würde. Aber jetzt war es an der Zeit, dem Irmschen die Pflichten einer Frau näherzubringen, einer Frau, die homogen ins Reich passt und dieses angemessen verkörpert. Sie wurde dazu aufgefordert, da gab es keine Ausnahmen, außer aus rassistischen Gründen, dem Bund Deutscher Mädel beizutreten. Vor dem Jungmädelbund, der Vorgänger-Institution, hatte sie sich noch diskret drücken können. Doch nun kam die Pflichtmitgliedschaft im BDM. Das passte Irmschen überhaupt nicht. Dort musste sie Veranstaltungen besuchen, musste immer verfügbar sein, brauchte für jedes Versäumnis eine Entschuldigung. Das war ihr alles viel zu bürokratisch streng. In einem hübschen Rock und weißer Bluse und mit schmalem Schlips musste Irmschen mit ihren Eltern zum Fahnenspruch in ihrer Schule erscheinen. Anschließend war ein freier Nachmittag geplant, an dem Kaffee und Kuchen gereicht wurde. Ihre Tätigkeit im Oberlinhaus musste sie nun sehr einschränken. Dabei hatte sie sich doch gerade diesen Menschen verschrieben, dort auszuhelfen zu ihrer Hauptaufgabe gemacht. Ebenso wichtig war es ihr geworden, alle zwei bis drei Tage ein Blümchen auf Walters Grab zu legen, um ein Zeichen zu setzen, dass ebenfalls an ihn gedacht wurde.

Gegenwärtig, das heißt in Kriegszeiten, würde sie im Lazarett- und Luftschutzdienst eingesetzt werden. Das war zwar auch ein Dienst an der Menschheit, aber Irmschen hatte davon andere Vorstellungen. Martha sah das genauso.

Es war ein Kriegsdienst, zu dem sie die jungen Mädels einzogen. Sie mussten für den Krieg ihre Arbeitskraft opfern. Das gefiel ihr ganz und gar nicht. Mit Willi mit i wollte sie darüber reden. Vielleicht hatte er eine Lösung für das Problem. Sie glaubte jedenfalls nicht, dass er eine andere Meinung vertrat. Aber es war nur eine trostsuchende Hoffnung, die doch, wie so viele, verrauchen würde.

Irmschen musste im Moment ihre Pflicht für das Vaterland tun. Anfangs war ihr Einsatz noch auf Potsdam beschränkt, aber sekundär dehnte er sich auf die weitere Umgebung bis nach Groß-Berlin aus. Auch die Schule wurde nachranging behandelt. Wichtig waren jetzt die Kriegsgebiete und der militärische Schutz des Heimatlandes. Alles deutete darauf hin, dass alle zur Verfügung stehenden Ressourcen dafür ausgenutzt wurden. Aber wenn es so weit war, Mädels für solcherart Dienste auszusuchen, war dann nicht schon viel, wenn nicht sogar alles verloren? Diese Frage stellten sich Martha und Willi mit i bei ihrer Unterhaltung. Was mussten Eltern in dieser Zeit nur durchmachen? Aber auch Willi mit i wusste kein so rechtes Mittel dagegen.

„Martha, wir müssen es annehmen, so bitter es ist", sagte er. Sein Blick war nach unten gerichtet, als ob er den Blickkontakt mit ihr scheute, da er so hilflos wirkte. Martha wollte einen Kaffee kochen, um sich irgendwie abzulenken, aber ihr Mann hielt sie davon ab.

„Spar dir das", er zwang sie sich zu setzen. „Wir werden das alles nicht ändern können. Aber wir haben uns, Liebes." Es war nicht seine Art, so liebevoll mit seiner Frau zu sprechen. Komplimente, anerkennende Worte waren eigentlich nicht in seinem Wortschatz enthalten. Martha drückte ihm die Hand. Sie konnte nicht sagen, wie gut ihr das in ihrer jetzigen Situation tat.

„Was ist, wenn sie unseren Jüngsten auch holen?", fragte sie gezielt.

Der schwieg, wollte sich nicht dazu äußern. Sagte nur etwas abschweifend, dass der Krieg doch bestimmt bald vorbei wäre. Martha glaubte ihm nicht. Das zähe Ringen um Kriegsgebiete, das würde sich ziehen. Die Kämpfe wurden hartnäckiger. Und die Fronten würden verstärkt werden müssen. Es würde alles hineingeworfen werden, nur um das Elend noch etwas hinauszuziehen.

„Sage mir bitte, was suchen wir in Polen, in Russland? Was haben wir da nur verloren?"

Sie wussten keine Antwort auf die immer wieder auftauchenden Fragen, die sie zermürbten. Schweigend saßen sie Hand in Hand, als Irmschen nach Hause kam.

„Ich habe noch schnell eine Blume auf Walters Grab gelegt", wollte sie sich entschuldigen, obwohl es dafür keinen Grund gab. Martha lächelte ihr liebes Mädel an.

„Irmschen, du bist so lieb. Die Menschen lieben dich, weil du immer für sie da bist. Das ist alles so aufopfernd." Irmschen ging zu ihrer Mutter. „Mach dir keine Sorgen, es wird alles gut!", tröstete sie Martha. Wie stark dieses junge Fräulein war. Sie tröstete ihre Mutter, obwohl das doch eigentlich deren Aufgabe war. Willi mit i kam sich in diesem Moment noch verlorener vor.

Willy hatte jeden Tag seines kurzen Urlaubs genutzt und viel geschlafen, sich richtig ausgeruht. Alte Freunde hatte er besucht, die nicht eingezogen worden waren. Soweit möglich waren sie noch in ihren Berufen tätig oder bereits in der Metallverarbeitung für den Munitionsnachschub eingesetzt. Über seine vielen Erlebnisse an der hinteren Front erzählte er den Daheimgebliebenen, schilderte aber auch die Sehenswürdigkeiten der Regionen, in denen er eingesetzt war. Die Woche war schnell vergangen, der Abschied stand wieder bevor. Marthas Gefühle waren ganz unten angelangt, sie schien depressive Züge anzunehmen. Wieder beobachtete sie, wie einer ihrer Söhne das Haus verließ. Seppl brachte Willy zur Bahn, die ihn wieder zurück an die Front bringen würde. Wieder schaute er winkend einem seiner Brüder nach, bis der Zug die Kurve genommen hatte.

Willys Gedanken rankten sich um das, was ihn erwarten würde, und um die Zukunft, in die das Land steuerte. Martha hatte ihn mit ihren Gedanken aufgerüttelt. Er war sehr nachdenklich darüber geworden, dass ein Feldzug nicht ewig nach vorne gehen konnte, Rückschläge musste es früher oder später geben. Junge Männer waren in Babelsberg nur noch vereinzelt anzutreffen. Und so lief es auch in den anderen Städten und Landkreisen. Er wischte sich den Schweiß von der Stirn, der Zug war stark beheizt. Wenn es für die vielen Toten auf dem Felde keinen Ersatz mehr gab, dann konnten auch die Reihen nicht besetzt werden, die das eroberte Terrain verteidigen sollten. Seine Gedanken brachten ihm Besorgnis und Missbehagen. Er schaute aus dem Fenster seines Abteils, sah die vorbeiziehende Landschaft, wie schön sie doch war … wie gerne wäre er hiergeblieben.

Für Horst war der Vorbereitungsdienst abgeschlossen. Er und seine Kameraden bekamen nun ihre Ausrüstung für die Front, packten ihre Sachen reisefertig. Und dann wurden die Jungs in alle Himmelsrichtungen geschickt. Von Norwegen bis Italien, von der Westfront in Frankreich bis zum tiefen Osten in Russland. Die Gefechtsfelder lagen weit auseinander. Und überall wurden sie eingesetzt, diese jungen

Menschen, von denen viele mit geschwollener Brust, überzeugt von ihrem Einsatz in den Kampf gingen. Andere waren nicht so überzeugt. Aber die Abscheulichkeit der Kämpfe würden sie alle erfahren. Vielleicht war das auch notwendig, um die Gräuel des Krieges zu verstehen.

Wann immer er die Gelegenheit dazu hatte, spielte Horst auf seinem Akkordeon und unterhielt die Truppe. So auch im Zug an die Front nach Osten. Viele Kameraden hatten sich um ihn versammelt, als er Hans-Albers-Musikstücke spielte oder sehnsüchtige Volkslieder zum Besten gab. Mit einem Schwung seiner Arme forderte er die Zuhörer zum Mitsingen auf. Binnen kurzer Zeit war im Zug eine solche Stimmung, wie sie nicht besser im Winter-Palais in Berlin hätte sein können. Horst verstand es, die Leute mit seiner Musik mitzureißen, ja eins mit ihr zu werden. Für einen Moment schien ihnen die Welt in Ordnung und sie konnten einige Minuten vergessen, wohin ihre Fahrt ging.

Immer wieder waren von draußen Explosionen zu hören. Sie kamen immer näher, die Abstände der Detonationen wurden kürzer, bis sie nicht mehr aufhörten. Hier mussten sie wohl am Ziel angekommen sein. Mit LKWs wurde die Fahrt fortgesetzt. Dicht gedrängt saßen die Rekruten in Reih und Glied längs der Ladefläche. Mit der Bibel im Gepäck erwarteten sie ihr Schicksal. Lasen Psalme und glaubten an das Wort Gottes. Was sollte das für ein Herr sein, der ihnen bestimmt hat, hier zu sein? Wo stand das in dieser Schrift? – Nirgends fand sich eine Antwort. Nur in einigen Passagen konnte man Bezüge zu den jetzigen Ereignissen finden, aber nur mit sehr viel gutem Willen. Sonst war dem Buch kein Grund zu entnehmen, warum sie kämpfen und für den Tod eintreten mussten.

Mit lautem Gebrüll wurden die Jungs aufgefordert, den LKW zu verlassen. Schwungvoll sprangen sie von der Ladefläche und blickten in die wüste Landschaft, in die sie entlassen wurden. Wie einsam es hier war, aber trotzdem waren so viele Menschen da, die nicht hierhergehörten. Ob Verteidiger oder Feind, keiner war in seiner Heimat.

Horst ließ sein Akkordeon sinken, er schaute sich um. Mit Unbehagen bewegte er sich vorwärts. Wohin war er hier geraten? Mama hatte recht gehabt mit ihrer Angst. Sie war eine starke Frau, und er wäre jetzt so gerne bei ihr.

X

Es war spät abends, als Grotte in Babelsberg auf dem Weg nach Hause war und ihn plötzlich und unvermittelt ein Herr anrempelte, der gerade aus der Eckkneipe herausstürzte. Er schien sehr wütend. Beide schauten sich kurz an und musterten sich. Nun hoben sie fast gleichzeitig ihre Arme zum Hitlergruß, brüllten sich gegenseitig mit „Heil Hitler!" an.

Grotte kannte den Mann. Auf Veranstaltungen hatte er den Sturmbannführer erlebt. Bei Reden und Unterhaltungen war er ihm aufgefallen. Ein folgsamer Verfechter des Reiches mit strenger Achtung vor dem Führer. Grotte verehrte ihn. Unterwürfig neigte Grotte seinen Kopf zum Gruß vor seinem Gegenüber.

Der erfasste sofort, dass hier ein treuer Verehrer des Reiches vor ihm stand.

„Herr Sturmbannführer Schalk", stammelte Grotte ehrfurchtsvoll, als ob er eben dem „Führer" persönlich begegnet wäre. Dem war Grotte natürlich völlig unbekannt. Aber seinen Rang ausnutzend, könnte ihm dieser Herr hier bestimmt behilflich sein.

„Äh, ja. Wie war noch einmal Ihr Name?", er betonte diesen Satz so, als ob er seinen Gesprächspartner schon einmal gesehen hätte.

„Grotte, Berthold Grotte", antwortete dieser treu ergeben. War er doch erfreut, dass der Sturmbannführer ihn irgendwie in Erinnerung zu haben schien.

„Ja, sicher", sagte dieser. „Ähem, hier hat sich eben eine unerfreuliche Sache zugetragen. Ich war in diesem Lokal", er zeigte mit dem Zeigefinger auf das Ecklokal des Löwen.

„Ich hoffe, ich kann Ihnen das anvertrauen?" Seine Frage war ebenso sachlich wie fordernd.

„Aber natürlich, Herr Sturmbannführer!" Grotte stand immer noch steif mit angeschlagenen Beinen vor Schalk.

„Das ist erst einmal nur formal", er zog Grotte zu sich heran und sprach ihm fast direkt ins Ohr. „Sie könnten mir behilflich sein." Jetzt zog er Grotte hinter sich her.

„Ich hoffe, das ist Ihnen recht!"

„Aber ja, gerne."

Sie standen beide vor der Scheibe des Lokals und lugten hinein, schauten durch die gelben Vorhänge in den verrauchten Raum.

„Schauen Sie", forderte Schalk Grotte auf. „Die da, die Frau am Tisch mit dem gesenkten Kopf. Die hatte doch die Unverfrorenheit, staatsfeindliche Parolen über das Reich zu verbreiten."

„Was?" Grotte brüllte geradewegs das eine Wort heraus, um sein Entsetzen darüber auszudrücken. Er war sicher, seine Emotion damit klar zum Ausdruck gebracht zu haben. „Das geht gar nicht", schob er nach, ohne überhaupt zu wissen, was die Dame gesagt haben sollte.

Berthold Grotte schaute noch einmal durch die Scheibe und erkannte die Dame. Mit Stolz verkündete er: „Ich kenne die Frau!"

„Ja, das ist ja famos, Parteifreund." Grotte wuchs. Der Sturmbannführer nannte ihn Parteifreund, obwohl er nicht in der NSDAP war. Er hatte nun einen Trumpf in der Hand.

„Das ist die Schwester von Frau Bündel, die in der Gartenstraße wohnt. Dort wohne auch ich, wenn ich das noch bemerken darf."

Den letzten Satz musste er noch loswerden. Schließlich konnte ihm das einmal von Vorteil sein.

„Ich brauche von der Dame den vollständigen Namen, Geburtsdatum und Adresse." Die Freundlichkeit in seinem Ton hatte sich gelegt. „Können Sie mir die Angaben morgen Vormittag in die Gestapo-Zentrale in die Priesterstraße 11 nach Potsdam bringen?"

Grotte war verblüfft. Eine Aufgabe für die Partei. „Aber natürlich. Gleich morgen früh."

„Danke, ich werde das würdigend im Hause erwähnen!"

Grotte dankte dem Herrn. Beide gaben sich zum Abschied die Hände und gingen mit einem Hitlergruß auseinander. Berthold Grotte war stolz. Erhobenen Hauptes ging er zu seinem Haus in die Gartenstraße. Ein Parteiauftrag. Er war sich seines Auftrages und der daraus resultierenden Pflicht vollkommen bewusst. Endlich würde man ihn für voll nehmen.

Noch bevor er seine Wohnung betrat, schaute er mit zugekniffenen Augen hinauf, wo die Wohnung der Bündels lag. Jetzt wird es euch treffen, dachte er bei sich.

Grotte tat, wie ihm geheißen. Am frühen Morgen besorgte er sich die nötigen Informationen, die er sich durch Beziehungen auf dem Rathaus erschlich. Eiligst begab er sich damit in die Priesterstraße in Potsdam und übergab seine gesammelten Informationen dem Sturmbannführer. Zufrieden und mit allerlei Lob behaftet ging er nach Hause.

Das Irmschen war indes nach dem Schulunterricht vom BDM aus im Krankenhaus in Babelsberg eingesetzt und half dort bei allerlei pflegerischen Tätigkeiten aus. Da das Krankenhaus in unmittelbarer Nähe des Oberlinhauses lag, es war auf dem gleichen großen Gelände gelegen, konnte sie auch ihre Besuche bei den taubblinden Patienten fortsetzen.

Deren Freude, die sie Irmschen entgegenbrachten, war eine Befriedigung für das Mädchen. Auch weil ihre Besuche nun seltener werden mussten. Sie versuchte ihren Zöglingen die Gründe dafür zu erläutern, aber sie konnte wenig Verständnis bei ihnen finden. Oberschwester Elisa war dankbar, dass Irmschen es trotzdem immer noch fertigbrachte, Zeit für das Oberlinhaus zu finden. Mit ihr verstand sich Irmschen sehr gut. Lagen doch ihre Überzeugungen und Einstellungen zu hilfsbedürftigen Personen auf der gleichen Linie. Schwester Elisa konnte sich sogar vorstellen, dass Irmschen in naher Zukunft einen Beruf in dieser Richtung erlernen würde.

An diesem Tag hatte Irmschen erst Essen serviert und war dann mit der Taubblinden Elvira spazieren gegangen. Es war ihr üblicher Weg durch den Park. Sie gingen die Wege entlang der Havel bis zum Kleinen Schloss, machten dann kehrt. Das Irmschen beobachtete Krähen in der Luft, die wild umherfliegend einen Habicht jagten. Es war ein richtiges Kesseltreiben am Himmel. Wahrscheinlich wollte der Habicht ein Nest der schwarzen Vögel plündern und nun rächten sie sich mit der Hatz an dem Greifvogel. Dabei pickten sie ihn immer wieder bei den Federn und griffen von allen Seiten fortwährend an. Irgendwann hatte der schönere der Vögel, das war nach Irmschens Meinung der Habicht, genug, versuchte sich den Angriffen durch Flucht zu entziehen. Er war allein, und die Krähen waren eine richtige wilde Meute, die zusammenhielt, um ihre Brut zu schützen. Über kurz oder lang bekam der Habicht etwas Vorsprung, schlug ein paar Haken und entschwand. Die Rabenvögel kreischten laut umher, als ob sie ihren Sieg gehörig feierten. Während Irmschen das alles beobachtete, gab sie Elvira Informationen über die Geschehnisse am

Himmel. Sie stand ganz still und wartete auf den Ausgang der Ereignisse. Danach gingen beide weiter zum Waisenfriedhof, wo Irmschen eine im Park gepflückte Blume auf das Grab von Walter legte. Ein Kreuz hatte das Waisenhaus anfertigen lassen, das jetzt am Kopfende der Ruhestätte stand.

„Walter Groß" stand darauf. Sein Geburtsdatum war nicht bekannt, nur das Todesdatum war angegeben. Sie standen beide noch eine Weile vor dem Grab, gedachten des kleinen Walter. Dann machten sie sich auf den Weg zum Oberlinhaus.

„Wann wirst du denn wieder vorbeischauen?", wollte Schwester Elisa wissen. Für sie war Irmschen vereinzelt mit in ihrer Planung für die Freizeitgestaltung enthalten.

„Im Krankenhaus haben wir sehr viel zu tun. Dann muss ich auch daheim noch Hausarbeit erledigen. Mutter ist angeschlagen, schafft das alles nicht mehr. Wir sind zwar jetzt weniger, weil zwei meiner Brüder im Krieg sind, aber trotzdem noch vier Leute."

„Verstehe", erwiderte die Schwester. „Ich mag dich, Irmschen. Deine wohltätige Arbeit ist nicht hoch genug einzuschätzen. Danke dir dafür."

Sie nahm Irmschens Hand und drückte sie fest. Die fühlte sich sehr geehrt, wurde etwas rot.

Auf dem Nachhauseweg sah sie Grotte aus der Straßenbahn aus Potsdam kommend aussteigen.

Wie immer in viel zu kurzen Hosen. Er sah sie nicht. Irmschen verlangsamte ihren Schritt, um ihn nicht einholen zu müssen und womöglich noch in ein Gespräch verwickelt zu werden.

XI

Seppl war wieder auf dem Weg zu Monika. Er besuchte sie nun regelmäßig in ihrem Haus. Schwer beeindruckt von der schmucken Immobilie und der prunkvollen Einrichtung, wollte er möglichst unauffällig bleiben. Er fühlte sich an diesem Ort nicht wohl, weil er glaubte, nicht in diese vornehme Gesellschaft zu passen. Er, aus ärmlichen Verhältnissen stammend, mit seiner unmodernen Kleidung empfand sich in diesem Rahmen unangemessen. Er, der sich mit sechs Personen eine Stube teilte, der sich mit seinem Bruder die Schuhe teilen musste, weil ihnen nur ein Paar zur Verfügung stand, der ging durch ein reich gestaltetes Reich mit schmucken Möbeln, kostbaren Bildern. Trotz seines, seiner Meinung nach, abgerissenen Aussehens, wurde er von den Eltern stets höflich begrüßt. Sie waren besonders von seiner netten freundlichen Art angetan. Er wurde einfach akzeptiert.

Monika hatte im oberen Stockwerk ein eigenes Zimmer, das ebenso prunkvoll gestaltet war wie die unteren Räumlichkeiten. Sie hatte hier ihr eigenes Reich, wo sie ihre Ruhe hatte. So etwas kannte Seppl nicht. Monikas Zimmer wurde für beide fortan der Rückzugsort. Ihre Eltern akzeptierten das, hatten nichts dagegen. Der Blick aus Monikas Fenster auf die Villa der Rökk war für Monika eher etwas ganz Normales, aber doch für Seppl außergewöhnlich.

Ihm hing ständig der Gedanke nach, eingezogen zu werden. Der Krieg war eben Tagesgespräch, fortwährend gab es etwas Neues, was bekannt gegeben wurde. Aber die Kriegseuphorie war verflogen. Außerhalb der ständig herausposaunten Parolen des Machtapparates wurde in der Bevölkerung viel gemunkelt. Tratschgeschichten und Gerüchte, teils auch von ausländischen Radiosendern verbreitet, waren an der Tagesordnung. Wenn sie kriegsbezogen waren, kamen so allerlei Einzelheiten über den wahren Frontverlauf zu Tage. Seppl verfolgte das alles aufmerksam. Ob bei ihm in der Malerfirma, oder in den Filmstudios, wenn er dort zu tun hatte. Je schlimmer die Geschichten waren, je länger dieser Krieg dauern würde, desto mehr würde auch er im Visier sein.

Mit seinem Chef, dem Malermeister Müller, hatte er auch darüber gesprochen. Der hatte ihn in der Weise getröstet, dass ja nicht alle zur Armee gehen konnten. Wer würde denn hier die Arbeit erledigen? Das war ein kleiner Trost, der für den Moment ein wenig beruhigend wirkte, aber ebenso schnell wieder verflogen war, so dass die alte Besorgnis schnell wieder zurückkam.

„Was machen wir, wenn ich zur Wehrmacht muss?", fragte Seppl, besorgt, als er bei Monika war. Er wollte das Thema nicht anschneiden, aber es konnte ganz schnell gehen. Von den Musikkollegen waren alle zur Front versetzt worden. Der Egon, der Walter. Theodor war ja schon länger weg. Ihm wurde ganz mulmig.

„Ich weiß auch nicht", antwortete Monika, sie schauten sich beide an, rückten auf der Coach enger zusammen und hielten sich im Arm. Langes Schweigen war die Folge. Ihre Beziehung war noch enger geworden. Jeder liebte den anderen inniger, wollte so viel Zeit mit ihm verbringen wie nur möglich. Aber wegen seiner Arbeit als Maler konnten sie sich immer seltener sehen. Seppl hatte große Angst, sie zu verlieren, weil er so wenig Zeit für sie hatte. Er legte seinen Kopf in ihren Schoß, und sie streichelte sein blondes Haar.

„Wäre es nicht schön, wenn wir einfach weggehen könnten? Irgendwohin, wo kein Krieg ist?", meinte Monika. „Ist dir schon einmal aufgefallen, wenn es das Wort Krieg nicht gäbe, gäbe es gar keinen Krieg?"

Seppl musste lächeln. „Auf was für seltsame Gedanken du kommst. Dann würde ein anderes Wort dafür gefunden."

„Aber Krieg ist ein schreckliches Wort. So grausam und immer mit Tod verbunden." Er musste ihr zustimmen. Wirklich ein scheußliches Wort. So sah er es auch.

Sie blieben noch lange zusammen und kuschelten.

Sein Heimweg führte ihn über den Platz Am Findling, der von einer immer dunkler werdenden Straßenbeleuchtung erhellt war. Es wurde wegen der verordneten Verdunkelung und aus Sparsamkeitsgründen nur noch jede zweite Laterne okkasionell mit Gas gespeist, die nur noch kleine Lichtkegel beleuchteten. Er atmete tief durch. Morgen würde er wieder arbeiten gehen, ganz normal. Und vielleicht klappt es ja eines Tages mit einer Karriere als Stepptänzer. Davon träumte er den Rest des Weges bis nach Hause.

XII

Monika kannte das Irmschen von den vielen Zusammen-
künften beim BDM. Sie fiel ihr auf, weil sie sehr hübsch in
ihrem Uniformkleid aussah und sich stets als Freiwillige für
Tätigkeiten meldete, die andere nicht unbedingt machen
wollten. Ein fleißiges Mädchen war sie. Monika wurde in
einer anderen Gruppe eingesetzt, da sie älter war als
Irmschen. Letztendlich trafen sie sich auch daheim bei den
Bündels, als Seppl Monika eines Tages mit nach Hause
brachte und sie als seine Freundin vorstellte. Irmschen
lächelte, wusste sie doch schon längere Zeit, dass die beiden
zusammen waren und viel Zeit miteinander verbrachten.
Martha hingegen wurde unruhig. Sie wollte aus diesem
Anlass doch etwas anbieten, etwas Besonderes, hatte aber
nichts Gescheites für eine Gästebewirtung im Hause.
Schließlich machte sie ein paar Brote, Häppchen, und bot sie
dem Besuch an. Natürlich wurde Monika ausgefragt. Martha
wollte alles wissen, wo sie wohnte, was sie machte, wie ihre
Pläne aussahen. Monika erzählte ihr alles und Seppl wollte
sich eigentlich mit seiner Freundin zurückziehen, aber
Martha ließ nicht locker. Hatte sie doch so wenig Besuch,
mit dem sie reden konnte. Lotte war auch schon länger nicht
erschienen, so dass sich Martha regelrecht Sorgen machte.
Ihre Schwester besuchte sie zwar nicht regelmäßig, aber so
lange nichts von sich hören zu lassen, das war nicht ihre Art.
Auch im Lokal war Lotte nicht mehr aufgetaucht. Willi mit i
hatte dort nachgefragt, gerade gestern, als er beim Skat
gewesen war. Martha war in dieser Hinsicht alarmiert.

Schließlich machte sie sich am nächsten Morgen zu Lotte auf den Weg und begab sich zu der Wohnung am Weberplatz, wo sie eine Dachgeschosswohnung in einem Weberhäuschen, der sogenannten Villa Friedrich, nach der dort beheimateten Kirche benannt, bewohnte. Aber auch dort konnte ihr keiner Auskunft geben. Nachbarn erzählten ihr, Lotte ebenfalls lange nicht gesehen zu haben, man munkelte, dass etwas mit der Polizei sein sollte.

Lotte und Polizei? Martha konnte da keine Verbindung herstellen. Noch unruhiger geworden, wollte sie bei der Polizei nachfragen, hielt es aber schließlich für angebracht, auf Willi mit i zu warten.

Als sie in die Gartenstraße einbog, sah sie mit Entsetzen, wie die Wohnung der Familie Silbermann ausgeräumt wurde. Alles wurde auf einen LKW geladen, manche Sachen auch einfach unsanft darauf geworfen. Sie hatte die Familie schon eine Weile nicht mehr gesehen. Ab und zu erblickte man wenigstens die Kinder, aber auch diese waren wie verschwunden. Heute fiel ihr das besonders auf. Sie erinnerte sich, wie Frau Silbermann mit ihrem gelben Stern auf der Brust im Keller vor ihr stand. Oje, dachte sie, jetzt sind sie abgeholt worden, und sie dachte an den Schmuck in ihrem Schornsteinschacht. Wie achtlos mit den Möbeln umgegangen wurde, die gerade noch von Menschen reinlich und gepflegt gehalten worden waren, weil sie doch noch lange gebraucht werden würden, noch lange ... Und jetzt?

Sie ging betroffen weiter und lief Herrn Grotte direkt in die Arme, als er aus ihrem Aufgang trat. Hinterlistig lachte er, so als ob er der Familie gerade einen Stich versetzt hätte.

„Na, Frau Bündel, alles klar?"

Schon die hämische Frage verletzte sie. Mit bösen Augen schaute sie ihren Gesprächspartner an. Sie hoffte, ihm damit genug Abneigung gezeigt zu haben, um ihn zum Weitergehen zu veranlassen. Aber dem war nicht so.

„Ja, die Familie Silbermann ist nun auch endlich weg", legte er nach, schaute genüsslich zur Wohnung hinüber. Was wollte er? Strebte er an, sie aus der Reserve zu locken? Sie blieb ruhig, obwohl es ihr schwerfiel.

Ungeachtet seiner Worte, öffnete sie die Haustür. „Und Ihren Jüngsten wird es auch noch treffen", das war zu viel für die Frau. „Für das Reich wird er kämpfen, für den Sieg. Dann wird sich noch mehr ändern hier."

Er hatte so vor sich hin gesprochen, als plötzlich Martha vor ihm stand. Der Moment war gut. Niemand sah zu. Sie schaute ihm tief in die Augen, dass ihm die Angst durch den Körper fuhr. Plötzlich war er sich nicht mehr sicher, ob er zu weit gegangen war. Unvermittelt spuckte sie ihm ins Gesicht. Er blieb wie angewurzelt stehen, blank entsetzt über die Reaktion von Frau Bündel, die ihm auf diese Weise ihre Verachtung gezeigt hatte.

„Lassen Sie meine Kinder aus dem Spiel", schrie sie ihn an. Zufrieden mit ihrer Aktion und ihrer Aussage ging sie ins Haus.

Grotte wischte sich die Spucke aus dem Gesicht und stand noch eine Weile mit schweren Füßen vor der Tür. Er schwor Rache. Die Bündels werden es spüren, dachte er sich. Leise vor sich hin schnaufend ging er über den Damm, zum Wohnhaus, wo die Silbermanns gewohnt hatten.

Lotte saß in ihrer Zelle im Untersuchungsgefängnis Lindenstraße in Potsdam, gebückt und gezeichnet: der Körper zerschunden, mit blauen Flecken im Gesicht und an den Armen. Der Kopf war blutig verschmiert, ein blutunterlaufenes Auge, dick geschwollene Lippen. Sie konnte sich kaum bewegen, da ihre Gelenke angebrochen oder derart zugerichtet waren, dass jede körperliche Bewegung unerträgliche Schmerzen bereitete. Liegen durfte sie nicht. Nur sitzen. Wenn sie aufgefordert wurde, musste sie sich hinstellen. Und das über mehrere Stunden. In Gedanken rief sie sich die Karten auf, versuchte ihr Gedächtnis damit in Gang zu halten. Ihre Kleidung war verschmutzt, ihre Schürze zerrissen. Doch das störte sie nicht. Als junges Mädchen hatte sie sich immer rausgeputzt, dass ihr die Jungs hinterherschauten. Ein von Schmerzen begleitetes Schmunzeln zog über ihr Gesicht, als sie daran dachte. Man sah es Lotte nicht an, aber sie war stark, eine in sich gefestigte Persönlichkeit von beinahe stoischer Ruhe. Sie hatte keinen Laut von sich gegeben, als ihr die Haare büschelweise aus der Kopfhaut gerissen wurden. Ihre ganze Persönlichkeit und ihre Einstellung zum Leben, die ihr nicht zu nehmen war, machte sie so stark. Ob sie weiterhin so verleumderische Phrasen verbreiten würde, wollten sie wissen. „Die Wahrheit", hatte sie gesagt, „die Wahrheit werde ich immer wieder sagen." Darauf bekam sie einen kräftigen Schlag ins Gesicht, dass sie wie ein Stein vom Stuhl fiel.

Aber das alles tat ihr nicht weh. Weh taten ihr die ständigen Lügen, die ihr eingeredet wurden, die sie nicht bereit war zu wiederholen. Lieber würde sie den Tod in Kauf nehmen, als sich mit diesem Reich und seinen Handlangern zu arrangieren.

Die Tür öffnete sich krachend. Im nächsten Moment stand der Wachhabende im Raum mit ihm und befahl Lotte mitzukommen. Sie stand unter Schmerzen auf, folgte dem Uniformierten, wobei ihr jeder Schritt unerträgliche Beschwerden bereitete. Sie gingen eine steile Metalltreppe hinauf und betraten einen langen Flur. Auf beiden Seiten des Flures lagen Gefängniszellen. Am Ende öffnete sich eine Gittertür. Menschliche Schreie unterbrachen die sonst streng einzuhaltende Stille. Dahinter ein breiter Korridor, den sie durchschritten und an dessen Ende Büros lagen. In einer Amtsstube wurde Lotte aufgefordert, sich auf einen Holzstuhl zu setzen, der mitten im Raum stand. Sie wartete, war nach dem Verlassen des Aufsehers völlig allein in der Stube. Die vergitterten Fenster waren abgedunkelt. Ein Schreibtisch stand direkt ihr gegenüber. Ein Bild des „Führers" hing hinter dem Bürosessel. Ein schmucker Teppich verschönerte den tristen Raum, der ihr große Angst einflößte.

Nach einer ganzen Weile erschien ein Mann in Uniform. An der Schulterklappe seines Blousons war deutlich das SS-Zeichen zu sehen.

„Frau Roth", fing er unvermittelt das Gespräch an. „Frau Roth, haben Sie sich nun besonnen?", wollte er von der vor ihm sitzenden Frau wissen.

„Was besonnen?", fragte Lotte zurück. Sie sah ihm in die Augen. Sie scheute nicht seinen Blick, er aber konnte dem ihren nicht standhalten.

„Frau Roth, wir können auch anders. Das, was Sie bislang erlebt haben, war nur ein Bruchteil von dem, was wir an Möglichkeiten haben. Ich würde Ihnen dringendst raten zu kooperieren."

Lotte überlegte. Was sollte sie antworten? Egal was sie sagen würde, inhaftiert würde sie sowieso.

Sie schwieg, lächelte den Uniformierten ruhig an, dem diese Unverfrorenheit zuwider war. Er hasste solche Vernehmungen. Aber wenn die Inhaftierten nicht mitmachen wollten, dann gab es andere Möglichkeiten. Schließlich war diese Frau Roth nur eine von vielen. Gewissensbisse waren ihm fremd.

Solche Menschen hatten kein Recht, im Deutschen Reich zu leben, dessen Vorteile zu genießen.

„Ich werde Sie der Psychiatrie überstellen lassen. Die werden Sie schon kleinkriegen." Er fühlte sich stark bei seiner Aussage.

„Abführen!"

Sie gingen den gleichen Weg wieder zurück zu ihrer Zelle.

Sollen sie doch, dachte Lotte trotzig. Sie legte ihren Kopf in die Hände und fragte sich, ob sie überhaupt vermisst werden würde. Sie war doch ganz alleine, lediglich Martha mit ihrer Familie standen ihr zur Seite. Ihr ganzes Leben lief nun schon so ab. Und nun war sie inhaftiert. Für was nur? Weil sie das Reich infrage stellte? Dafür wurde man eingesperrt … Das Kreuz tat ihr weh. Ein Finger musste ihr gebrochen worden sein, das merkte sie jetzt, als sie den rechten Zeigefinger bewegen wollte. Sie hatte das bisher noch nicht bemerkt, er war beinahe kugelförmig angeschwollen.

Sie wurde in dieser Nacht noch dreimal zum Verhör geholt. Immer derselbe Weg, dieselben Fragen, das gleiche Angstmachen. Zwei Schläge von einer Aufseherin musste Lotte wieder einstecken. Sie schmerzten nicht mehr so stark. Die ersten Hiebe hatten mehr wehgetan. Jetzt wurde sie zwar immer noch misshandelt, aber sie war nicht mehr so überrascht davon, sie hatte sich an die Schmerzen gewöhnt, die nicht mehr aufhörten. Darüber hinaus war sie psychischer Gewaltanwendung ausgesetzt. Schlafen war ihr verboten. Sitzen auf dem Bettgestell ebenfalls. Auf dem Stuhl durfte sie Platz nehmen, die Arme angewinkelt, sodass die Hände leicht den Tisch berührten. Wenn es ihren

Wärtern in den Sinn kam, musste sie lange in angespannter Haltung stehen. Das waren entwürdigende Behandlungen. Weder am Tag noch in der Nacht hatte sie ihre Ruhe. Immer musste sie damit rechnen, aus der Zelle geholt zu werden oder den Schikanen ihrer Bewacher ausgesetzt zu sein. Sie zitterte ständig am ganzen Körper. Auch daran hatte sie sich gewöhnt. Wie ein Mensch gequält werden konnte. Wie grausam die Menschen sein konnten. Das hatte sie aus den Karten nicht lesen können. Wenn sie einen ihrer guten Momente hatte, schaute sie sich in ihrer Zelle um. Die kahlen Wände, der Eimer für die Notdurft, dieses Bett, besser ein Holzgestell, das oben liegende kleine, vergitterte Fenster, unerreichbar, um noch einmal die Sonne sehen zu können. Wieder senkte sie ihren Kopf. Wie grausam das alles war. Sie glaubte sich ihrer Seele beraubt. Würde sie je hier wieder rauskommen?

Sie verließ das Gefängnis, aber nicht, weil sie entlassen worden war, nein, sie verließ es in einem Gefängnisauto. Kurz nach ihrer letzten Anhörung wurde sie in den Wagen verfrachtet, in ihrer verschmutzten Kleidung, mit ihren kaum verheilten Wunden.

Eine Fahrt mit unbekanntem Ziel.

XIII

Die Tage vergingen. Der Sommer war vorbei, der Herbst begann. Die welken Blätter fielen von den Bäumen, die Blumen verblüht, die Wiesen abgemäht und das Stroh eingefahren. Das Leben in Babelsberg ging seinen Weg.

Die ersten Bombenabwürfe auf den Ort waren bereits 1940 erfolgt. Nun waren sie fast an der Tagesordnung. Immer wieder suchten Bomber der britischen Airforce des Nachts Potsdam und Umgebung heim. Besonders laut waren die Flugzeugverbände zu hören, die auf dem Weg nach Berlin waren, um die Hauptstadt heimzusuchen. Die Explosionen von dort waren bis hierher zu hören. Auch wenn sie weiter entfernt lagen, so fuhren sie doch den Menschen durch Mark und Bein.

In Babelsberg waren Bombenkrater zwischen den Gebäuden und auf den Straßen entstanden, einzelne Häuser waren zerstört. Ohne Rücksicht wurde angegriffen. Die Zivilbevölkerung war den schrecklichen Folgen hilflos ausgesetzt. Hatte man zu Beginn betrauert, die eigenen Kinder in den Krieg ziehen lassen zu müssen, so war jetzt jeder Einzelne betroffen, es ging ums Überleben. Der Bombenkrieg hatte das friedliche Idyll, die kleine Welt von Babelsberg erreicht.

Die Versorgung der Bevölkerung wurde weiter einge-schränkt. Die grammweise Herausgabe von Lebensmitteln reichte nicht zum Sattwerden. Der Hunger wurde für viele Babelsberger alltäglich.

Martha hatte immer noch nichts von Lotte gehört. Ihre Versuche, bei der Polizei Näheres zu erfahren, blieben erfolglos. Nichts war dort bekannt. Das Krankenhaus Babelsberg und auch die Krankenhäuser in Potsdam hatte sie aufgesucht, dort bei den Schwestern nachgefragt. Aber nichts, sie erhielt keine Informationen. Willi mit i versuchte ebenfalls, durch Nachfragen etwas herauszufinden. Martha wurde immer niedergeschlagener. Die Ungewissheit zermürbte sie. Was, wenn Lotte etwas passiert wäre? Sie hatte doch niemanden, der sich um sie kümmern könnte! – Ihr Leben lang war Lotte allein geblieben, und jetzt erst wurde Martha klar, wie einsam ihre Schwester all die Jahre gewesen sein musste. Wie sehr würde sie sich um sie bemühen, wenn sie doch nur wiederkommen würde. Das Letzte würde sie ihr geben. Sie könnte auch bei ihr wohnen. Genug Platz hatten sie ja nun. Ihr fehlte die Schwester, immer wieder sah sie ihre schmale Gestalt vor sich.

Irmschen bekam von die Besorgnis ihrer Mutter am Abend mit, als sie von ihrer Tätigkeit im St. Josef Krankenhaus in Potsdam, einer christlichen Klinik, wo sie zurzeit eingesetzt war, heimkam. Aber die richtigen tröstenden Worte wollten ihr nicht einfallen. Beim kärglichen Abendbrot war die Stimmung gedrückt. Keiner sagte ein Wort. Etwas lockerer wurde es erst, als Seppl nach Hause kam. Er erzählte von seiner Arbeit in einer Fleischerei, wo er und sein Kollege die Lagerräume malerten. In seiner Malerkluft sah er wie ein richtiger Handwerker aus. Irmschens jüngster Bruder wollte nun Geselle werden. Denn wieder war ein Geselle abgezogen worden, weil er zur Armee musste. Malermeister Müller konnte seine Aufträge nicht mehr erfüllen, weil ihm die Kräfte fehlten.

„So langsam wird es eng", war Seppls Kommentar. Das hellte die Stimmung nicht auf.

Am Tag darauf war Martha auf dem Lande unterwegs, versuchte etwas Essbares aufzutreiben für die Familie. Zwei Kohlköpfe und einen Kohlrabi konnte sie ergattern. Mehr war für die Uhr ihrer Mutter nicht zu bekommen.

Irmschen war wieder in Potsdam und wollte unbedingt mit der Arbeit früher aufhören, um endlich wieder einmal auf den Waisenfriedhof zu gehen. Schließlich schaffte sie es, ein Blümchen, das sie im Krankenhaus unbemerkt stibitzt hatte, auf das Grab von Walter zu legen. Abends fand sie noch kurz Zeit, im Oberlinhaus vorbeizuschauen. Sie hielt Elvira die Hand und verständigte sich so mit ihr.

Herr Grotte war unterdessen ständig im Wohnkomplex unterwegs und schaute nach dem Rechten. So sehr manche hofften, ihn nicht zu treffen, so unverhofft tauchte er plötzlich doch auf. Besondere Neugierde legte er an den Tag, wenn die Post kam. Dann blieb er im Flur stehen und horchte auf Kommentare der Einwohner. Penetrant stieg er dem Postboten hinterher, tat so, als ob er in seiner Nähe zu tun hätte.

Indessen kam die Post in diesen Tagen immer unregelmäßiger. Viele warteten auf Nachrichten von der Front, andere auf Botschaften ihrer Verwandten im Reich. Überall gingen Bomben nieder, auf allen deutschen Städten lag der Tod. Das Land war in Aufruhr, es war dem Niedergang geweiht.

Der Brief kam während der Adventszeit.

XIV

Gerhard hatte es eilig. Er war auf dem Weg zu Monika. Mit den Gedanken war er aber nicht bei ihr, sondern ganz woanders: bei seinen Brüdern. Beide hatten sich gemeldet, Karten aus Danzig und Dänemark waren angekommen. Horst war an der Ostsee in Danzig stationiert, sollte in den nächsten Tagen, wie er geschrieben hatte, weiter in Richtung Leningrad versetzt werden. Und Willy war in Dänemark. Versorgte dort Verletzte in den Krankenhäusern. Immer wieder las Martha die schönen, bunten Ansichtskarten, schaute sich die Bilder an, dann dachte sie: viel zu schade für einen Krieg. Die schöne Gegend, die wundervollen Städte. Bald würde alles zerstört sein. Potsdam hatte es auch schon sehr stark getroffen. Sie ertappte sich dabei, dass ihre Gedanken schon wieder abschweiften, dabei wollte sie doch eigentlich die Freude über die eben erhaltenen Nachrichten genießen.

Gerhard kam schnellen Schrittes dem Haus von Monika immer näher. Freudig wurde er begrüßt. Er drückte Monika an sich, küsste ihre Ohrläppchen. Sie lächelte ihn an, merkte aber an seinen Gesichtszügen, dass irgendetwas los war. Aber erst wollte sie die Nachricht loswerden, die sie so belastete.

„Ich habe schon so gewartet", sagte Monika. „Stelle dir nur vor, sie wollen mich doch vom BDM tatsächlich in Berlin in einem Krankenhaus einsetzen." Sie machte ein entsetztes Gesicht.

Gerhard überlegte: Berlin, das so dolle bombardiert wird. Das darf doch nicht sein!

„Oh, Schatz, das tut mir leid. Aber wie soll denn das funktionieren?"

„Das weiß ich nicht so recht. Wissen tue ich nur von anderen Mädchen, dass sie dort übernachten müssen, damit sie Tag und Nacht einsatzbereit sind. Ich finde das dumm." Sie zog dazu die passende Schnute. Gerhard dachte daran, dass die Situation immer ernster wurde. Wenn sie jetzt schon Mädchen vom BDM aus der Provinz in die Hauptstadt holten, musste der Notstand an Hilfskräften enorm sein. Aber man merkte auch hier in Babelsberg, wie sich die Lage verschärfte. An der Versorgungsnotlage, und daran, dass immer weniger Leute hier wohnten. Viele waren zum Militär eingezogen, andere inhaftiert oder versuchten ganz einfach, aus dem Land zu flüchten.

„Ja", erwiderte er kurz. Er nahm sie bei der Hand und sagte: „Komm, gehen wir ein Stück!"

Sie warf sich einen Mantel über. Am Gartentor zeigte sie auf das Haus von Marika Rökk.

„Man munkelt", sie sprach leise, als ob sie ein Geheimnis preisgeben würde, „die Rökk würde bald gehen."

„Was?" Gerhard schien entsetzt. „Woher weißt du das?"

„Mein Vater erzählte das." Sie schaute in sein bestürztes Gesicht.

Gerhard schockte die Nachricht etwas. Die Rökk, sein Schwarm. Die, die ihn zum Steppen animiert hatte. Gern dachte er jetzt an das Erlebnis zurück, als er sie hier vor ihrem Haus getroffen hatte. Das schien ihm alles schon eine Ewigkeit her zu sein. Dabei waren es nur acht Monate.

Am Ufa-Gästehaus vorbei wanderten sie zum Griebnitzsee. Seppl nahm einen Stock auf und spielte verlegen damit herum. Zupfte ein paar vertrocknete Blättchen ab. Monika schien mit ihren Gedanken schon in Berlin zu sein.

Sie gingen zum Ufer, schauten auf den See. Es war bereits sehr kalt geworden, über die Seenplatte stieg leicht der Nebel auf. Bestimmt würde es bald Schnee geben.

„Monika, was würdest du sagen, wenn ich auch woanders hinmüsste?" Er wollte ihr ganz vorsichtig die Mitteilung beibringen, die er bekommen hatte.

„Was soll das heißen?", wollte sie wissen.

„Na ...", er wurde unterbrochen. „Nein!", schrie sie auf. „Nein!" Sie schlug die Hände vors Gesicht. Tränen rannen über ihr Antlitz. Sie brachte kein Wort mehr heraus, ließ sich von Seppl in den Arm nehmen und ganz fest drücken. So standen sie beide eine Weile da, sagten kein Wort, sie verstanden sich auch so. Den ganzen Heimweg weinte sie heftig, so dass sie öfters Halt machten, damit sie das salzige Nass trocknen konnten.

„Du wirst sehen, es wird nicht für lange sein. Und wenn du jetzt sowieso in Berlin ...", er sah ein, es war ein blödsinniger Versuch, damit Monika trösten zu wollen.

„Und wann wirst du gehen?", fragte sie leise, fast lautlos.

„Schon in einer Woche. Ich werde in Krampnitz meine Grundausbildung haben. Vielleicht komme ich von dort gleich wieder nach Hause. Habe gehört, einige werden sofort wieder heimgesandt, weil sie nicht einsatzfähig sind."

„Ein schwacher Trost", bemerkte Monika hustend, da sie sich vor Nervosität verschluckt hatte.

Noch lange saßen beide zusammen, drückten und streichelten sich gegenseitig.

„Lass uns die Zeit noch nutzen, die wir haben", hauchte sie ihm ins Ohr. Das kitzelte Seppl, ließ seinen Körper erzittern. Wieder küssten sie sich innig, ließen nicht voneinander ab.

„Warte, ich schließe das Zimmer ab", sie sprang halbnackt

aus dem Bett, Seppl schaute auf ihre strammen, gut geformten Oberschenkel. Die Hand austreckend, lag er auf den Rücken und zog sie zu sich heran, liebkoste zärtlich ihren Rücken.

„Was meinst du, wenn wir uns nach dem Krieg verloben würden?" Gerhard suchte nach Hoffnung.

„Dann heiraten wir, suchen uns eine kleine Wohnung", er baute weiter an seinem Wunschschloss.

„Und Kinder werden wir haben ..."

Sie drückte ihn immer fester an sich heran. „Ach Seppl, das wäre so schön." Sie schaute hinauf zur Decke und träumte.

Eigentlich wollte sich Gerhard kurz danach verabschieden, aber Monika drängte ihn, noch zum Abendbrot zu bleiben. Ihm war das unangenehm. Aber auch die Eltern stimmten ihn durch ihr Bitten um.

Inge und Kurt Darbenhof waren im mittleren Alter. Sie eine schmucke Frau, die sehr auf ihr Äußeres achtete – Lockenkopffrisur, glitzernde Ohrringe unterstrichen ihr schönes schmales Gesicht. Kurt Darbenhof hatte einen Schnurbart und eine dicke Hornbrille, die ihm zwar einen strengen Ausdruck verlieh, was aber überhaupt nicht seinem Naturell entsprach. Sehr freundlich trat er Gerhard entgegen.

„Bitte setzen Sie sich, Herr Bündel", forderte er ihn auf.

Gerhard tat dies, schaute verwundert auf den reichlich gedeckten Abendbrottisch. Cervelat- und Mettwurst, Käse, drei verschiedene Sorten, von Gouda bis Camembert. Er bekam Appetit.

„Bitte, bedienen Sie sich", drängte ihn Frau Darbenhof. Monika lächelte ihn an, verstand sie doch seine Verlegenheit.

„Sie können steppen", begann nun Herr Darbenhof das Gespräch.

„Ja, das habe ich mir beigebracht", war die kurze Antwort. „Aber ich muss noch viel üben."

„Üben Sie denn regelmäßig? Ich meine, jeden Tag?"

„Zurzeit nicht. Durch meine Arbeit komme ich doch später nach Hause, und da fehlt mir dann die Lust, noch mal richtig mit dem Steppen loszulegen." Er lächelte nun auch Monika an.

„Monika sagte mir, Sie machen eine Malerlehre?"

„Ja, bei Malermeister Müller."

„Ach, Müller. Den kenne ich", das Gespräch wurde vertraulicher. „Vor Jahren hat er bei uns hier renoviert. Und auch in den Studios ist er gut im Geschäft."

Gerhard konnte das nur bestätigen. Stets hatte sein Chef einen Gesellen für das Filmgelände abgestellt.

„Aber jetzt werde ich meine Lehre unterbrechen müssen", er schluckte. „Muss zum Militär. Weiß nicht, wann ich dann wieder weitermachen kann."

Frau Darbenhof schaute ihn mit offenen Augen an. Auch Kurt Darbenhof war etwas erschrocken.

„Das ist schade", sagte Frau Darbenhof.

„Ja", stimmte ihr Mann zu. „Das ist es wirklich. Aber vielleicht kommen Sie schnell wieder heim." Man merkte, das Thema behagte Herrn Darbenhof nicht, bereitete ihm Unbehagen und Besorgnis, zumal er sah, wie seine Tochter litt. Er wollte es damit gut sein lassen.

„Meine beiden Brüder sind schon an der Front." Seppl wollte damit seiner negativen Meinung hierzu und der psychischen Belastung mehr Ausdruck verleihen.

„Das ist schlimm. Das ist sehr schlimm", entfuhr es dem Herrn des Hauses. „Wie kann denn so etwas sein? Eine ganze Familie in dieses Gemetzel zu schicken." Er konnte sich nicht beruhigen. Seine Frau nahm seine Hand und schaute ihn streng an. So, als ob sie ihn auffordern wollte, nichts mehr zu sagen. Er hielt inne. Schenkte sein Bier nach.

„Ich muss ja auch nach Berlin", schaltete sich jetzt Monika in das Gespräch ein. „Papa", sie wandte sich ihrem Vater zu, „ich finde das alles so furchtbar!"

Das war es für viele Menschen. Alle Familien mussten leiden und ihren Anteil an diesem Krieg tragen, den sie nicht vorausgeahnt, nicht gewollt haben.

Herr Darbenhof schaute den Jungen an, der ihm am Tisch gegenübersaß. Er wirkte eher schmächtig auf ihn, als ob er noch nicht voll entwickelt war, nicht ausgereift. Und sowas schickte man an die Front, in einen Krieg, der selbst für Erwachsene zu grausam, schwer zu ertragen war. Der junge Mann tat ihm leid, obwohl auch seine Tochter betroffen war, die in Berlin Krankenpflege ableisten sollte. Ihn schauderte bei dem Gedanken, seine Tochter in Berlin zu wissen.

„Der Krieg dauert schon zu lange", er sagte diese Worte ohne Vorsicht, wohlwissend, dass sie bei Bekanntwerden schlimme Folgen haben könnten. „Ich höre so allerlei. Viele, die bereits im Kampf waren, erzählen von den Gräueltaten der Kampfhandlungen. Für uns hier, die nur Positives zu hören bekommen, ist das schwer zu verstehen. Dann gibt es noch Leute, die uns vorgaukeln, den Krieg gewinnen zu können." Er sprach nicht weiter, auch wenn er noch vieles hierzu zu sagen hätte. Aber seine Frau hatte ihn wieder am Arm gefasst, mit ihrem Blick dazu aufgefordert.

„Krieg ist immer schlimm", Gerhard war dankbar, hier einen Menschen anzutreffen, der so offen, ohne ihn näher zu kennen, das Thema anschnitt. „Ich bin zwar noch sehr jung, aber ich weiß sehr wohl, was das bedeutet. Mein Bruder Willy, der gerade auf Urlaub hier war, berichtete sehr deutlich, was er erlebt hatte und was er zu hören bekam. Klar ist mir auch, umso mehr junge Leute zum Wehrdienst eingezogen werden, desto mehr ältere Soldaten sind bereits geopfert worden." Aus Seppl sprudelte es nur so heraus. „Mein Vater war im großen Krieg, hat uns davon erzählt. Und das ist noch gar nicht mal so lange her. Jetzt stehen wir wieder da ..." Ihm wurde bewusst, wie sehr er mit seinen Worten ins Schwarze getroffen hatte. Lotte fiel ihm plötzlich ein, die auch zur Familie gehörte und plötzlich verschwunden war.

„Monika sagte mir, dass Frau Rökk anscheinend Babelsberg verlassen möchte", Gerhard drückte sich sehr vorsichtig aus.

„Sie wäre nicht die erste. Andere sind schon weg", antwortete Herr Darbenhof frei heraus. „Filme werden nun viel außerhalb in ländlichen Gegenden gedreht, wo die Geräuschkulisse geringer ausfällt."

„Mein Vater berichtete mir", antwortete Gerhard kurz. Nun war die Neugier seines Gastgebers geweckt und Gerhard musste berichten, welche Tätigkeiten Willi mit i beim Film ausübte, für was er zuständig war. Das Gespräch zog sich, ohne für die Anwesenden langweilig zu werden. Es war schon spät abends, als sich Gerhard dankend verabschiedete, aber von Herrn Darbenhof noch beiseite genommen wurde.

„Hören Sie, Gerhard, ich darf Sie doch so nennen?", er wollte eine Bestätigung haben.

„Aber ja doch", gab Gerhard lächelnd zurück.

„Hören Sie, ich würde mich freuen, Sie bald wieder zu sehen. Wenn Sie einmal meine Unterstützung benötigen,

wäre ich Ihnen dankbar, wenn Sie sich melden würden."
Herr Darbenhof forderte Gerhard geradezu heraus, ihn
anzuschauen. Der war über so viel Nähe verwundert.

„Danke, ich weiß das zu schätzen."

Beide drückten sich die Hände, lächelten einander an.
Der Ältere mochte den jungen Burschen, sein offenes
Wesen, seine partiell noch so jugendliche Unbedarftheit. Er
hatte sich immer einen Sohn gewünscht. Es tat ihm heute
gut, mit diesem jungen Burschen geredet zu haben.

Monika brachte Gerhard noch ein Stück des Weges. „Ich
hoffe, mein Vater war nicht zu direkt mit seinen Aussagen?"
Sie lehnte ihren Kopf an seine Schulter, hielt ihn fest an den
Händen. Würden sie doch immer so beisammen sein
können.

„Ach Monika, das war schon in Ordnung. Er gefällt mir,
dein Herr Papa", lächelte er vor sich hin. „Monika", fuhr er
fort, „wir machen das so, wie wir das gesagt haben! Punkt!"
Er wollte zum Abschied noch ein affirmatives Zeichen
setzen.

„Ja, mein Lieber, das machen wir. Lass uns den Moment
noch festhalten!", flüsterte sie ihm ins Ohr. Sie küssten sich
lange und sehr innig.

Gerhard war sehr spät zu Hause. Nun wusste auch Willi mit
i von dem Brief, der Seppl erreicht hatte. Was sollte er seinem
Vater sagen, wie sollte er ihm entgegentreten? Martha saß
geknickt am Esstisch in der Küche, freute sich dennoch,
ihren Sohn zu sehen, ungeachtet dessen drückte ihr
Gesichtsausdruck nachträglich die Stimmung.

Sie sprachen noch lange an diesem Abend. Überwiegend
über den Krieg. Seppl war sehr ruhig. Er wusste nicht, was
ihn nun erwarten würde. Jeder nahm die Einberufung

anders auf. Einige mit Enthusiasmus, andere wurden introvertiert, veränderten sich in ihrem Wesen. Die Euphoriker waren mit viel Einsatzwillen bei der Sache. Das merkte man schon bei der Grundausbildung und den Schießübungen, die sie ja fast kindlich naiv ausgeführten. Die Distanzierten hielten sich zurück, ihnen war auch das Schießen nicht angenehm. Zu Letzteren gehörte Seppl.

Als ihn am Abend seine Schwester fragte, ob er auch Menschen verletzen würde, wusste er darauf nicht so recht zu antworten. Aber wahrscheinlich würde es so kommen, oder aber er würde den Kürzeren ziehen, verletzt beziehungsweise getötet werden.

„Was für ein Irrsinn", sagte das Irmschen. „Da schießen Menschen aufeinander, bis einer liegen bleibt, und dann ...?" Das ging ihr ständig durch den Kopf. Sie mochte es sich nicht vorstellen.

Sie waren nun alleine in der Stube und sie setzte sich neben Seppl aufs Chaiselongue, rückte ganz nahe zu ihm heran, so wie vorhin noch Monika. Er nahm ihren Arm, streichelte ihren Schopf.

„Mach dir mal keine Sorgen, es wird alles gut."

„Das sagen die Großen immer. Aber auch wir Kinder wissen, wie schlimm es werden kann. Was, wenn dir, dem Willy oder dem Horst etwas passieren würde? Ich könnte es nicht verwinden", die Worte taten ihr weh. „Keine meiner Freundinnen und Bekannten haben drei Brüder im Krieg." Zu denken, den Brüdern könnte eine schlimme Sache geschehen, das war leichter, aber das über die Lippen zu bringen, es auszusprechen, war doch etwas anderes, so als wenn man eine Herzwand überspringen müsste. Für Irmschen als junges Mädchen waren die kriegerischen Auseinandersetzungen etwas ganz Entsetzliches. Sie musste

Gutes tun, dachte sie, den Kopf im Kissen vergrabend. Morgen würde sie abermals das Oberlinhaus aufsuchen, und den Walter auch.

In dieser Nacht sollte Irmschen noch einige Tränen vergießen.

Martha hatte Seppl einen alten Koffer bereitgestellt, in den er seine Sachen packen konnte. Gerne hätte er seine Steppschuhe mitgenommen, doch ließ er das dann bleiben. Nicht vorzustellen, wenn sie wegkämen, wo sie ihm doch so teuer und sein wertvollster Besitz waren. Außer dem Notwendigsten packte Seppl noch ein Bild von Monika ein, das eingerahmt an seinem Bett stand.

Er schlief in dieser Nacht sehr unruhig.

Martha erging es nicht anders. Die Zeit hatte sie eingeholt. Es war Realität geworden. Ein drittes Kind wurde ihr genommen, eigentlich bereits das vierte, wenn Irmschen mit ihrer Tätigkeit im Krankenhaus hinzugerechnet werden würde. Den Kindern, einer Familie, einer Mutter das anzutun, das wurde für Martha immer unbegreiflicher. Fürs Vaterland. Habe ich sie geboren, um sie fürs Vaterland herzugeben? Das hatten wir doch alles schon einmal. Im großen Krieg waren es Chemikalien, nun aber viel furchterregendere Waffen. Damals sind die jungen Leute auch berauscht in den Krieg gezogen, mit der Überzeugung, es würde sie nicht treffen. Sie wussten ja nicht, welche Grausamkeiten sie erwarten würde. Aber in dieser Auseinandersetzung war es anders. Der letzte Krieg war noch fast greifbar nahe. Viele, die dort eingesetzt waren, waren noch am Leben, konnten von ihren Erlebnissen erzählen, die schon genug Verletzungen und Narben hinterlassen hatten. Ein schweres Erbe für die Kinder und Enkel.

Martha schaute aus dem Küchenfester. Es war dunkel. Strom und Gas sparen, war die Devise. Die Mangelwirtschaft war unübersehbar. Die Lebensnot nahm zu, die Vitalität der Bewohner ließ nach. Babelsberg verwaiste immer mehr. Das Volk musste es wieder irgendwie ausbaden, so wie damals.

Potsdam war des Nachts wieder bombardiert worden. Wen hatte es wohl getroffen? Die Bündels hatten Verwandte dort. Aber Nachrichten drangen nur spärlich hierher durch, auch wenn es lediglich ein paar Kilometer Luftlinie waren. Martha setzte sich. Licht durfte sie nicht anmachen. In der Ferne hörte sie wieder die britischen Bomberverbände auf dem Weg nach Berlin. Der Horizont würde wieder hell erscheinen, Funken würden gen Himmel steigen, wie bei einem Feuerwerk. Dabei hing so viel Leid daran.

Willi mit i stellte seine eigenen Überlegungen an. Er empfand nicht wie eine Mutter, aber das Herz tat ihm ebenso weh. Er wollte nie, dass seine Kinder in den Krieg mussten, genauso wenig wie Martha. Vor Jahren wäre das für ihn undenkbar gewesen, es hatte sich so entwickelt.

Durch sein Charisma, seine überzeugende Ausstrahlung und mit Unterstützung vieler seiner Anhänger, Helfer und Sympathisanten, verstand es der Führer, diesen Krieg nach seinen Vorstellungen zu führen. Gewählt vom deutschen Volk, ernannt von Hindenburg war er mit der Macht eines Diktators dazu ausgestattet. Und das Volk gehorchte, wie er es ihnen befahl. Das war die Grundsubstanz für das Elend, in dem sie sich jetzt befanden. Wir alle tragen die Schuld!, dachte Willi mit i.

Ungefähr mit diesen Worten versuchte Willi mit i seinem Sohn die Situation am nächsten Tag zu erklären. „Versprich mir, dass du immer gut auf dich achtest", rang er Seppl ein

Versprechen ab.

„Ich verspreche es dir, Pivo!" Seppl nannte seinen Vater Pivo, tschechisch für Bier, wie er es in vertrauten Situationen immer tat, weil doch sein alter Herr den Gerstensaft so liebte. Ob Willi mit i tatsächlich mitgenommen war, sah man ihm aber nicht an, weil Gefühle ihn scheinbar kalt ließen, sich auf seine Gesichtszüge nicht auswirkten.

Der Abschied von zu Hause fiel Seppl schwer. Irmschen wollte ihn zur Bahn bringen, aber er wollte alleine gehen, weil er noch Monika traf. Sie erwartete ihn in der Schulstraße. Er mit seinem kleinen Koffer in der Hand, mit Sakko bekleidet, darüber einen alten Lodenmantel und in der besten Hose, die er besaß. Er dachte sich, doch gut auszusehen, wenn sie ihn musterten.

Monika hatte ein schweres Herz, als sie die Straße zum Bahnhof entlang gingen. Jeder Schritt fiel ihr schwer. Zu gerne hätte sie ihn bei sich behalten. Ganz eng, so wie sie es am liebsten hatte, aber die Wirklichkeit holte sie mit jedem Schritt ein. Kühl war es, beide froren. Auf dem Bahnhof zog es gewaltig, so dass sie sich eine geschützte Stelle suchen mussten. Sie fuhr mit ihm mit der S-Bahn noch bis nach Potsdam. Das war nur eine Station. Die Holzbank war hart, aber darunter befand sich ein dickes Ofengebläse, das angenehme warme Luft um ihre Beine wirbelte.

„Endstation", kam es auf den Bahnhof in Potsdam aus den Lautsprechern. Ja, Endstation, das passt, dachte Monika bei sich. Sie blieben sitzen und küssten sich. Bald würde ein Bahnarbeiter kommen, sie auffordern, den Zug zu verlassen. Die Zeit bis dahin wollten sie jedoch im Warmen verbringen. Er streichelte zärtlich ihre Lippen, sah sie eindringlich an.

„Wirst du an mich denken?", sie spürte seinen Atem. Welche Frage? Natürlich. Seit dem ersten Tag, als sie ihn erblickt hatte, dachte sie doch nur an ihn. Seine blonden Haare, seine blauen Augen, die sie voll aufgewühlt hatten, so kannte sie ihren Körper überhaupt nicht. So ein schönes Gefühl.

Als sie aufgefordert wurden, den Zug zu verlassen, hatte der Bahnbeamte ein Lächeln im Gesicht. Er fühlte wohl, beide waren beim Abschied.

Vom Bahnhof aus begaben sie sich zur Straßenbahn, mit der Seppl dann weiterfahren würde. Der Wind war rau hier auf der Brücke. Dann kamen sie an der Haltestelle an. Für beide die Endhaltestelle.

„Ich habe dir noch was aufgeschrieben", er gab ihr einen Umschlag. „Lies es bitte auf der Heimfahrt."

Monika dachte noch: Würde doch die Bahn nie kommen, aber da quietschten schon die Räder durch die Kurve. Sie drückten sich noch einmal, gaben sich Versprechen, ließen nur sehr langsam voneinander. Monika weinte bitterlich, obwohl sie sich versprochen hatte, stark zu bleiben. Aber es kam einfach über sie. Auch Seppl hatte Tränen in den Augen. Er blieb auf dem Trittbrett stehen, hielt sich mit der einen Hand am Außengriff fest, mit der anderen winkte er ihr noch lange nach.

Monika ließ mit dem Brief in der Hand keinen Blick von ihm und der Bahn. Bis diese rumpelnd entschwunden war.

Allein betrat sie wieder die Bahn, mit der sie beide hergefahren waren. Sie setzte sich auf dieselbe harte Holzbank, aber die Wärme konnte ihr nicht guttun. Es fiel ihr so schwer, ihn gehen zu lassen. Mit zitternden Händen öffnete sie das Couvert, entnahm das dicht beschriebene Briefpapier. Als sie mit dem Lesen beginnen wollte, wurde sie jäh von dem Schaffner unterbrochen, der sie beide zusammen gesehen hatte. Nachdem die Fahrkarte abgeknipst war, ging er weiter durch die Reihen, mit den Gedanken bei diesem jungen Mädchen, das gerade ihren Freund verabschiedet hatte.

„Meine Liebe", fing das Schreiben an. Wieder vergoss sie bittere Tränen. „Bald werde ich wieder da sein. Ich werde immer an Dich denken...", sie musste abbrechen, schaute aus dem Fenster. Viel schrieb er, über sie beide, über sie und über sich. Aber nicht einfach so dahergeschrieben. Es steckte viel Herz darin. Im Post Scriptum schrieb er: Wir hätten eine bessere Zeit verdient!

Ihr Herz pochte in der Brust bei jedem Wort, das sie las. Sie nahm die Sätze in sich auf, gab sie nicht mehr her. So einfühlsam sanft hatte er geschrieben. Sie drückte das Papier an ihre Brust, als sie den Zug in Babelsberg verließ. Fest daran glaubend, ihn bald wieder zu sehen, lief sie einsam die Straßen durch Babelsberg, die sie vorher gemeinsam gegangen waren.

Martha schaute aus dem Küchenfenster ihrem Sohn nach, der sich immer weiter fortbewegte, wobei er zweimal zurückschaute und winkte. Sie war mit Irmschen allein, Willi mit i war noch auf Arbeit. Er hatte sich bereits am Vorabend von Seppl mit guten Wünschen verabschiedet. Hatte er es nicht eilig, an diesem Abend pünktlich zu Hause zu sein? Für ihn war das Heim auch verlassen und trostlos geworden. Willi mit i versuchte die Gedanken daran zu vergessen. Mit seiner Aktentasche in der Hand ging er in die Kneipe des Löwen, vielleicht traf er dort jemanden zum Skatspielen. Er sollte.

Martha hatte Seppl noch gefüllten Kohl gemacht. Für das dafür benötigte Hackfleisch war Martha lange unterwegs. Schließlich hatte sie einem befreundeten Fleischer in Potsdam die kostbare Ware abringen können. Er überließ ihr ein Pfund für ein paar Reichsmark, die durch die Auswirkung der täglichen Not immer mehr an Wert verlor.

Als sie an diesem Abend von Ferne wieder den Lärm der Fliegerverbände vernahm, wurde Fliegeralarm ausgelöst. Mit Irmschen ging sie in den Keller, wo sich alle Bewohner trafen. Grotte fühlte sich hier in seinem Element. Hier konnte er befehlen, den Führer spielen. Eine braune Armbinde hob seine Stellung hervor. Nicht nur Martha hasste ihn, auch das Irmschen durchbohrte Grotte mit ihren Augen. Sichtlich darauf bedacht, es nicht zur Eskalation kommen zu lassen, hielt er sich abseits der beiden auf.

Die armen Menschen saßen bibbernd und warteten auf die Detonationen, die sich durch näherkommende, lauter werdende Explosionen ankündigten. Es fielen an diesem Spätabend nur vereinzelt Bomben auf Babelsberg. Die Flüge gingen weiter nach Berlin. Als Irmschen und Martha anschließend die Gartenstraße wieder betraten, sahen sie Rauchwolken, die von Potsdam herzogen. Nach der Flächengröße der Wolken zu urteilen, waren mehrere Häuserblöcke, vielleicht Fabriken getroffen worden. Jetzt hatten die Flugzeuge Berlin erreicht, von wo aus der Schall die Detonationen bis nach Babelsberg trug.

Willi mit i wurde vom Angriff in der Kneipe überrascht. Die Besucher mussten alle hinunter in den Keller, wohlgemerkt, alle mit einem Bier in der Hand. Anschließend eilte Willi mit i unruhig nach Hause. Froh, alles in Ordnung vorzufinden, nahm er Martha und das Irmschen in den Arm.

„Willi, was soll das bloß noch werden?", fragte Martha, als ob er eine Antwort darauf wusste. „Nicht alleine unsere Kinder an der Front zu wissen, jetzt noch die fortwährenden Angriffe, auf unser Babelsberg. Wo warst du?" Letzterer Satz klang keineswegs vorwurfsvoll.

„Ich war beim Löwen. Wir mussten auch alle in den Keller. Bin aber gleich danach zu euch geeilt", entgegnete er, um Nachsicht bittend.

„Ich bin so verzweifelt ...", Martha war einem Nervenzusammenbruch nahe. „Dazu noch die Ungewissheit mit Lotte. Was ist mit ihr geschehen? Wo ist sie?" All das belastete sie sehr. Schlafen konnte sie nur noch sehr schlecht, wälzte sich von einer Seite zur anderen, fand keine Ruhe. Als sie noch sechs Leute hier zu Hause in der kleinen Stube waren, hatte sie viel besser geschlafen. Aber nun mit der ganzen Aufregung, dem Druck, der auf ihr lastete, da war ans Einschlafen nicht zu denken. Die anderen waren ebenfalls von Schlaflosigkeit geplagt.

Monika hatte den Bombenangriff bei ihren Eltern daheim im Keller erlebt und die ganze Zeit an Seppl gedacht, der in Potsdam war, wo die Bomben herunterkamen. Sie hatte Angst um ihn, fühlte sich aber im Villenviertel von Babelsberg sicher. Nachdem der Angriff vorbei war, setzte sie sich an ihren Schreibtisch und schrieb einen langen Brief an Seppl. Nach Krampnitz, wo er stationiert war. Sie schrieb von ihrer Liebe und von der Angst, die sie heute Nacht gehabt hatte. Wie es ihm gehen möge? Ob er alles gut überstanden hatte, fragte sie wiederholt in einigen Sätzen. Dass sie ihn so sehr vermisste, er doch bei ihr sein sollte. Das wünschte sie sich so sehr. Sie sah hinaus auf die Villa der Rökk. Nichts tat sich dort. Aber in Gedanken sah sie ihren Seppl dort stehen, wie er unruhig auf den Star wartete.

Am nächsten Tag war ihr erster Einsatz in Berlin.

XV

Beim nächsten Angriff auf Potsdam blieben Martha und Irmschen nach dem Fliegeralarm in ihrer Wohnung. Beiden war zwar die Gefahr bekannt, aber Martha meinte, dass sie dort viel sicherer seien als in dem engen Keller. Die Flugzeuge kamen wieder in der Nacht von Westen her. Fürchterlich laute Geräusche waren am Himmel zu hören. Sie ließen die Menschen zusammenzucken, ja erschaudern. Blitze aus Maschinengewehren steuerten näher auf die ängstlichen Augen der Betrachter zu. Im Gegensatz zu sonst lag diesmal auch Babelsberg im Visier der Piloten. Potsdam hatte schon mehrere Einschläge. Der Horizont war dort hell erleuchtet, die Rundung der Erde funkelte wie die Sichel des Mondes. Die ersten Explosionen in unmittelbarer Nähe der Gartenstraße nahmen die ängstlichen Bürger in den Kellern bzw. in ihren Wohnungen wahr, sofern sie der Forderung zum Aufsuchen der Luftschutzanlagen nicht gefolgt waren.

„Wir wollen uns ins Bett legen", sagte Martha zu Irmschen. Willi mit i war entweder noch auf Arbeit oder befand sich auf dem Weg nach Hause. Besorgt bereitete Martha die Betten vor. Wenn ihm bloß nichts passiert, dachte sie bei sich. Und Seppl, der ist doch auch noch bei Potsdam in der Kaserne interniert. Oh, die Sorgen, diese Unruhe ... Wäre Irmschen nicht in ihrer Nähe, sie hätte durchgedreht, glaubte sie. Ihre Hände zitterten, als sie die Bettdecken zurückschlug.

„Komm, lass uns zudecken." Irmschen kroch zu ihr ins Bett, beide nahmen die Decke, kuschelten sich darin ein, wie früher. Und draußen dröhnte es donnernd, blitzte es lichterloh. Martha streichelte das junge, unschuldige Gesicht ihres Töchterchens.

„Mach dir keine Sorgen", flüsterte sie ihr ins Ohr. „Ich dachte schon einmal, es sei vorbei. Damals war es, nach dem großen Krieg bei den Bürgerrevolten in Berlin. Ich war bei einer Freundin, als in den Straßen in Moabit gekämpft wurde. Von Weitem hörten wir die Schüsse, die sich unserem Haus immer mehr näherten. Sie klangen hohl und waren furchteinflößend." Irmschen hörte ihr interessiert zu. „Ängstlich", fuhr Martha fort, „schauten wir aus dem Fenster, wo in den leeren Gassen in der Umgebung der Sickingenstraße Bewaffnete entlangliefen. Und jedes Mal dieses dumpfe Knallen aus Waffen, deren Nachhall ich noch heute in den Ohren habe. Unaufhörlich schossen die Bewaffneten kurze Salven mit ihren Gewehren. Meine Freundin und ich weinten, da nun auch Schüsse im Haus auf den Fluren zu hören waren. Schließlich waren wir beide ganz allein, so wie wir jetzt", sie lächelte Irmschen an. Der Bombenhagel nahm zu, aber Martha versuchte keine Pausen zu machen, wollte so ihre Tochter ablenken.

„Plötzlich war ein lautes Knallen zu hören, wir zuckten beide zusammen, hielten uns fest. Ein Kämpfer hatte die Wohnungstür mit seinen schweren Stiefeln eingetreten, sich so Zutritt zu der Wohnung im dritten Stock verschafft. Er schaute in jedes Zimmer, sah uns beide zusammengekauert in der Ecke sitzen. Schnaufend kam er auf uns zu und hielt uns seinen Karabiner direkt vor das Gesicht. Ob wir alleine seien, wollte er wissen. Wir bejahten zu zweit im Chor. Dann ließ er seine Waffe sinken, erstmals erschien ein leichtes Lächeln in seinem Gesicht. So schnell er gekommen war, so schnell war er auch wieder verschwunden. Aber glaube mir, wir hatten damals eine furchtbare Angst."

Sie hatte geendet und war mit ihren Gedanken in der damaligen Zeit. Es war still im Raum. Auch draußen war für einen Moment nichts zu hören. Eine unheimliche Ruhe, als ob die Welt sich nicht weiterdrehte, als ob das Herz von Babelsberg aufgehört hätte zu schlagen.

Im nächsten Augenblick war eine laute Detonation zu hören, die folgende Erschütterung ließ die Wände der Wohnung und die Körper darin erbeben. Der Einschlag musste in unmittelbarer Nähe der Gartenstraße gewesen sein. Ein Lichtstrahl erleuchtete das Fenster der Bündels, und in diesem Moment schepperte es entsetzlich, die Fensterscheiben zerbarsten und ein Bombensplitter durchschlug die Wohnzimmervitrine. Martha hatte ihren Körper schützend über Irmschen gelegt. Nun hatte der Krieg endgültig ihr friedliches Heim erreicht.

Schreie von draußen waren zu hören. „Oh, Mama, ist das schrecklich", weinte das Irmschen.

„Ich weiß, ich weiß", hauchte Martha und streichelte den jungen Körper in ihrem Arm.

Das war in dieser Nacht der letzte Treffer in Babelsberg. Die Fliegerstaffeln entfernten sich wieder, waren, als der Morgen dämmerte, kaum noch wahrzunehmen. Der Bombensplitter, der in der hinteren Schrankwand steckengeblieben war, hatte die Größe eines Tennisballs. Er war noch warm, dampfte leicht, als Martha ihn vorsichtig und mit einem Topflappen bewaffnet aus der Vitrine holte. Oje, nicht auszudenken, wenn der jemanden getroffen hätte! Sie war erschüttert und erleichtert zugleich, als endlich Willi mit i zur Tür hereinkam.

„Gott sei Dank!" rief Martha und fiel ihm um den Hals. Er lebte. In diesen Minuten verspürte sie ein Stückchen Glück, die Last fiel von ihr ab. Irmschen drängte sich dazwischen, nun standen sie alle drei mitten im Wohnzimmer und hielten sich fest. Von außen kroch der aufsteigende Rauch durch das kaputte Fenster, es roch verbrannt.

Die Bombe hatte kein Haus getroffen, sie war hinten in den Gärten niedergegangen, hatte einen großen, drei Meter tiefen Krater hinterlassen. Aus dem Zentrum zischte es, Stromfunken blitzten heraus. Wie es schien, war eine Stromleitung getroffen worden.

Als der Fliegeralarm aufgehoben war, begann wieder das Leben in den Straßen, die Leute kamen aus ihren Häusern. Sie wollten wissen, welche Häuser getroffen worden waren. Aber sie waren schon zufrieden, dem Keller lebend entkommen zu sein.

Auch Grotte war unten zu sehen, als er mit seiner auffälligen Armbinde auf die Straße trat. Für ihn war das nur ein Zwischenspiel auf den Weg zum Endsieg. Nur an sich denkend, ging er den Wohnblock ab. Tat sich wichtig, so als ob er die Häuser fachmännisch inspizierte. Ihm würde nie in den Sinn kommen, jemandem, zum Beispiel einem älteren Menschen, zu helfen. Nein, er war hier der Blockwart, der nach dem Rechten zu sehen hatte. Sobald er etwas bemerkte, das nicht linientreu war, würde er es ohne Umschweife melden. Er glaubte an seine, an die Sache der Partei.

Martha, Willi mit i und das Irmschen kauerten am Tisch, immer noch vom Schrecken gezeichnet.

„Sie haben unser Heim getroffen, Willi", sagte sie leise. „Unser Heiligstes, was wir haben."

Willi mit i drückte ihre Hand, schaute ihr fest in die Augen.

„Wir sind noch da. Wir leben. Uns gibt es noch", mit diesen drei Sätzen wollte er ihr Mut machen. Aber schon kam ihm die Skepsis wieder und stellte Fragen. Was war mit ihren Söhnen? Was mit Lotte? Es war zum Verzweifeln. Das Leben brachte nur noch Schrecken, kaum Hoffnung und schon gar nichts Erfreuliches.

Irmschen sagte: „Wir müssen immer zusammenhalten, uns nicht verlieren, dann kommen wir durch, dann schaffen wir es, als Familie!"

Willi mit i war erstaunt über die klugen Worte seiner Jüngsten. Sie konnte schon so weit blicken, sie verstand trotz ihrer Jugend schon die Maximen des Lebens. Ein gutes Kind war sie, dachte Willi mit i. Martha streichelte anerkennend ihren Rücken.

Am nächsten Tag schlich sich Irmschen in der Früh zum Oberlinhaus. Die Straßen waren wie ausgestorben. Dunkle Rauchschwaden waren in Richtung Potsdam zu erkennen. Babelsberg schien noch glimpflich davon gekommen zu sein. Auch im Oberlinhaus war alles stehen geblieben. Ihre Runde mit Elvira wollte sie an diesem Tag nicht gehen. Noch waren alle emotional angeschlagen. Wenn auch die Taubblinden nichts hörten, nichts sahen, so spürten sie doch die Erdstöße sowie die Erregungen der Mitmenschen empfindlich früher als andere. Und wenn die Bomber wieder kämen? Sie schob den Gedanken beiseite. Heute würde sie auch nicht ins Krankenhaus gehen. Als Entschuldigung hatte sie ja den Granatsplitter. Aber morgen würde sie wieder hingehen. Was wurde aus der Schule? Der Unterricht war schon über eine Woche ausgesetzt. Würde es je wieder Unterricht geben? Es gab kaum noch Lehrkräfte, und wenn, dann waren es Pensionäre. Als sie wieder auf dem Heimweg war, kamen ihr Familien entgegen, die sich eng aneinandergedrückt fortbewegten. Ihre Blicke waren ängstlich, die

Augen tief in den Höhlen. Die pure Angst sprach aus ihren Gesichtern. Alle Menschen schienen nach diesem Ereignis kurz näher zusammengerückt zu sein, obwohl das Zwischenmenschliche ansonsten immer mehr verloren ging. Jeder war nur noch auf das eigene Überleben und das der Familie konzentriert. Die Fähigkeit, respektvoll und hilfsbereit miteinander umzugehen, ging verloren.

Irmschen wurde es bange.

XVI

Willy befand sich im von den Deutschen besetzten Dänemark, seinem derzeitigen Einsatzort. Das war im Gegensatz zu den anderen Brennpunkten an den deutschen Fronten ein für einen Soldaten erträglicher Posten. Auch deshalb, weil Dänemark nach der Besatzung ein unabhängiges Königreich blieb und dem Land die territoriale Integrität zugesichert wurde. Ideologische Ziele wurden von den Deutschen im Lande nicht verfolgt. Man sah in den Dänen Arier, die gut zu der angeblich reinen deutschen Bevölkerung passten. So war die Besatzung anfangs kaum ein Problem und Willy bekam hier nicht viel von den Kriegswirren im übrigen Europa mit. Seine Aufgaben beinhalteten soziale Dienste, verbunden mit einigen Botentätigkeiten. Durch seine Behinderung kam auch kein anderer Einsatz für Willy infrage.

Seinem Bruder Horst dagegen erging es nicht so gut. Er befand sich auf dem Weg zur 18. Armee in Richtung Leningrad, das von den deutschen Truppen seit 1941 belagert wurde. Der Zug, in dem er fuhr, war voll mit Soldaten. Die Luft war stickig, verraucht und der Platz eng. Die Stimmung war noch einigermaßen, es wurde viel erzählt und man machte sich lustig über den Feind, in dessen Land sie gerade unterwegs waren. Es dauerte nicht lange, bis Horst aufgefordert wurde, seiner Quetschkommode endlich Töne zu entreißen. Und so spielte er von Station zu Station seine Heimatlieder herunter. Und die Soldaten träumten, dachten an ihr Zuhause, das sie verlassen mussten. Das Heimweh plagte so manchen. Bei melodischen Klängen zum Lied „Heimat, deine Sterne" wurden auch Tränen vergossen. Der standhafteste Soldat wurde weich, dachte an zu Hause und träumte, bald wieder daheim zu sein. Heimat, deine Sterne, sie strahlen mir auch am fernen Ort. Dieselben Sterne am Himmel, die auch die Soldaten am Himmel der Front erblickten. In der Ferne träum ich vom Heimatland ...

Horst ging es gar nicht gut. Schon seit Tagen plagten ihn Schmerzen im Unterbauch, die in Schüben auftraten, aber immer wieder verschwanden. Übelkeit überkam ihn, erbrochen hatte er sich auch ein paarmal.

Die Gegend, die sie vom Zugfenster aus erblickten, war trostlos und einsam. Keinen Menschen erblickten die Soldaten, nicht einmal irgendwelche Tiere waren zu sehen. Während er die Tasten seines Akkordeons bediente, schaute Horst sehnsuchtsvoll aus den Fenstern seines Abteils, suchte sich seine Traumbilder.

Daheim ist es so schön und er musste hier sein, dachte er sich. In diesem verlassenen Lande, wo sich nichts bewegt, nichts Blühendes zu sehen war. Keine bunte Natur, wie er sie von zu Hause in Erinnerung hatte. Das konnte nicht gewünscht sein. Hoffentlich konnte er hier bald wieder weg. So drehten sich seine Gedanken im Kopf umher. Wieder wurde sein Unbehagen unterbrochen durch Stiche in der rechten Leistengegend. Tapfer spielte er weiter. Das Abteil war nun überfüllt mit Zuhörern, die auf die Musik aufmerksam wurden. Wo war schon so eine Ablenkung zu finden? Applaus brach nach jedem Stück aus. Das Mitsingen der Soldaten hörte sich zwar nicht so harmonisch an, aber dafür waren sie mit voller Begeisterung bei der Sache. Horst hätte seine Freude an den Gesängen gehabt, wenn da eben nicht diese Schmerzen wären. Die Bauchdecke war empfindlich, sobald sie berührt wurde.

Nach seinem Spiel verkroch er sich in eine Ecke, machte die Beine lang, versuchte zu schlafen. Man ließ ihn, als Stimmungsmacher räumten die Mitfahrer ihm eine Sonderstellung ein. Unterbrochen von den Unebenheiten der Strecke sowie vom Quietschen der Räder, sobald die sich in die Kurve legten, döste er vor sich hin. Zugleich dachte er an zu Hause, suchte sich in seiner Fantasie ein Bildnis: wie er heimkam, von seinen Lieben begrüßt würde. Leicht lächelte er, fiel in einen tiefen Schlaf. Er sah Bombenhagel vor sich, Leute rannten wirr durcheinander durch die Straßen, schrien wild vor Angst vor sich hin. Kinder waren zu sehen, die ihre Eltern verloren hatten, nach ihnen suchten. Immer wieder sich umblickend, wussten sie nicht so recht, was sie tun sollten. Die Erwachsenen konnten ihnen auch nicht helfen, hatten ihre eigenen Sorgen. Dann sah er plötzlich ein Haus. Es war seines, sein Elternhaus. Martha kam herausgestürzt, mit Irmschen auf dem Arm, sie weinte Worte heraus, die er nicht verstehen konnte. Seppl flog durch die Luft, lächelte ihn aber an. Und Willi mit i kam mit einem Bier des Weges entlang, er sang feuchtfröhlich vor sich hin.

Kratzende Räder, ein lautes Bremsen war zu vernehmen. Die Soldaten versuchten sich festzuhalten, um nicht zu stürzen. Einer trat Horst versehentlich auf das Bein, so dass er abrupt aus seinem Schlaf gerissen wurde. Er versuchte, zu sich zu kommen. Merkte aber sofort wieder einen höllischen Schmerz im Bauch. Verdammt, tat das weh! Er blickte aus dem Fenster, sah in lateinischen Buchstaben das Bahnhofsschild Pushkin.

Das Krankenhaus war halb verfallen. Es standen ein paar Außenwände wie ein Gerippe in der Landschaft. Die Klinik hatte unter den deutschen Angriffen sehr gelitten. Im Hauptgebäude gab es ein paar Räume, die noch für

Patienten genutzt werden konnten. Immerhin war der OP-Bereich intakt geblieben. Die Geräte waren zwar veraltet, aber es gab zumindest Handwerkszeug für die Chirurgen, die die Soldaten wieder zusammenflicken mussten. Das Hospital war nach der Einnahme von Puschkin durch die deutschen Soldaten sofort wieder in Betrieb genommen worden. Die Heeresleitung war zufrieden, dieses Krankenhaus als Hospital nutzen und somit den Sanitätsbereich aufrecht erhalten zu können. Zu hoch war die Verletztenrate bei der Wehrmacht.

Dr. Häusle war der Arzt, der an diesem Tag hier Dienst hatte. Er war gerade dabei, einem Verletzten den Kopf zu verbinden, dem er im Vorfeld einen Granatsplitter aus der Kopfplatte entfernt hatte. Die Operation war gut verlaufen, zumal auch der Splitter nicht den Knochen durchdrungen hatte und somit das Gehirn nicht in Mitleidenschaft gezogen wurde. Die Wunde hatte er schnell durch Nähte geschlossen. Die Eintragung ins Krankenbuch war nur noch eine Formsache. Schon bereitete er sich auf den nächsten Eingriff vor, als ein Sanitäter ihn zu einem Notfall rief.

Der Soldat, um den es sich handelte, lag auf einer Trage im Eingangsbereich.

Der Sanitäter berichtete: „Der Soldat wurde gerade von Kameraden hergebracht. Er stöhnte unter schweren Schmerzen im Unterbauch. War gerade hier in Puschkin angekommen, wollte zu seiner Einheit. Aber auf dem Bahnhof ist er einfach zusammengebrochen."

Dr. Häusle schaute sich den Patienten oberflächlich an, schlug die Decke zurück, tastete die Bauchdecke ab, die angespannt war. Ein Anwinkeln der Beine funktionierte nicht. Der Soldat war blass, röchelte vor sich hin, war nicht ganz bei Sinnen. Dr. Häusle überlegte kurz und befahl dann:

„Sofort operieren", damit begab er sich schnell in den Operationssaal und bereitete sich auf den Eingriff vor. Er hatte den Verdacht einer Appendizitis, war sich eigentlich ziemlich sicher.

Sein Verdacht sollte sich bestätigen. Als der Arzt den rechten Leistenbereich des Patienten geöffnet hatte, kam ihm der entzündete Wurmfortsatz schon entgegen. Er war prall gefüllt, schien jeden Moment zu platzen. Die Operation war dringendst notwendig gewesen, um dem Soldaten das Leben zu retten.

„Was für eine Abwechslung", freute sich Dr. Häusle über die gelungene Operation. Zu seinen Helfern lächelnd fuhr er fort: „Endlich mal keine Amputation oder scheußliche Schusswunde. Ein ganz normaler Eingriff."

Der Kranke würde bald genesen. Aber ein Einsatz an der Front war nicht so schnell möglich. Dies bedeutete Heimaturlaub nach einem kurzen Lazarettaufenthalt.

Mit dem Akkordeon auf den Rücken schritt Horst die Treppen der S-Bahn herunter.

Zu Hause. Er konnte es kaum glauben. War er doch erst an einem so trostlosen Ort, hatte darum gebeten, wieder daheim zu sein. Jetzt war sein Wunsch in Erfüllung gegangen, weil ihm ein Arzt das Leben gerettet hatte. Keiner vermisst die Heimat so sehr wie ein Soldat, dachte er. Seine Gedanken hängen so an ihr, weil ihm die Gewissheit fehlt, sie wiederzusehen.

Martha konnte ihr Glück nicht glauben, als unvermittelt ihr Sohn vor der Tür stand. Irmschen, die kurz darauf heimkam, war ebenso überrascht, umarmte ihren Bruder und küsste ihn ab. Sie sahen Horst in die Augen. Etwas dunkle Augenränder, aber sonst schien er in Ordnung zu sein.

„Oh, ist das schön!" brüllte sie in den Flur hinaus.

So waren sie am Abendbrottisch wieder vier. Und Martha versuchte, die Tafel so reichlich zu decken, wie es ihr möglich war. Ein wenig hatte sie ja noch auf dem Fensterbrett zu liegen. Alles andere würde sie schon heranschaffen..

Horst musste erzählen, von der Einöde, durch die sie gefahren waren. Von einer Landschaft, die keine war, die nur so dalag, ohne jegliches Leben. Und das Kilometer um Kilometer. Von den Schmerzen, die er plötzlich bekam, vom Arzt, der ihn rettete.

An diesem Abend waren sie glücklich. Martha zündete für Willy und Seppl eine Kerze an.

Sie wusste, dass es nur ein Urlaub war, aber ihren Sohn bei sich zu haben, wo er doch so nahe am Tod gewesen war, das tat wohl.

XVII

Seppl hatte schon zweimal Post von Monika bekommen. Immer wieder las er ihre Briefe, die seitenlang waren. Immer dann, wenn seine Kameraden es nicht mitbekamen. Ging ja keinen etwas an. Sie schrieb so liebevoll und reizend, dass es ihm jedes Mal beim Lesen warm und kalt den Rücken herunterlief. Er war freilich weit weg von ihr, bald würde er noch weiter weg sein, aber im Moment war er zufrieden damit, bei ihr im Herzen zu wohnen. Nie würde er sie vergessen, jede Erinnerung an sie war wie ein Schrei nach Liebe. Bei jeder Gelegenheit, selbst bei den schwersten Übungen, waren seine Gedanken bei ihr.

In der Kaserne war das Leben von Hektik, Gerenne, Befehlen und lautem Gebrüll geprägt. Pflicht und Gehorsam standen an erster Stelle. Nie war es möglich, das Training bedächtig durchzuführen, immer war Eile geboten. Seppl sah das nicht so eng, weshalb er sich so manchen Anranzer des Spießes anhören musste. Aber in einem war er vorbildlich, das war die Waffen- und Schießausbildung. Ob mit dem Karabiner, Sturmgewehr, Maschinengewehr oder der Pistole, er gehörte mit zu den Besten seines Trupps. Das brachte ihm die Achtung der Ausbilder ein, die deshalb über andere Abweichungen gerne hinwegsahen.

Es waren durch die Bank weg junge Männer, die ausgebildet wurden und die teilweise noch nicht einmal das siebzehnte Lebensjahr vollendet hatten. Kinder, die zum Schießen, zum Töten ausgebildet wurden. Viele von ihnen waren mit wachsender Begeisterung bei der Sache. Wenn es knallte, wuchs ihr Selbstvertrauen, sie fühlten sich plötzlich stark, wie erwachsene Männer. Andere zeigten mehr ihre

Furcht, ihren Respekt vor der Schusswaffe. Die Schießlehrer sahen das genau an den Schussreaktionen, insbesondere am Augenzucken der Rekruten. Seppl war so einer, obwohl er eben ein guter Schütze war. Und die wurden an der Front gebraucht. Sie waren in jedem Krieg für die erste Reihe vorgesehen. Sie waren die, die zuerst die Grausamkeiten, den Feind zu sehen und zu fühlen bekamen. Eigentlich wussten sie alle, dass sie Kanonenfutter waren, sie gingen an die Front, um dort getötet zu werden. Nur wer Glück hatte, würde überleben.

Die Beköstigung war reichlich. Die Soldaten mussten bei Laune gehalten werden. Bekamen sogar die nicht so reichlich vorhandene Fliegerschokolade Scho-ka-kola, die ein wichtiger Bestandteil der Wehrwirtschaft war. Mit Koffeinzusatz sollte sie die Stimmung in der Truppe heben.

Aber auch so waren die Eintöpfe vortrefflich, das Fleisch reichhaltig. Das war das, worauf sich nach einem arbeitsreichen Tag im Gefechtsdienst, zum Beispiel Märsche zu Fuß und der Stellungsverteidigung, jeder der jungen Männer freute.

Fritz Schummel war ein Kamerad von Seppl. Er hatte ein auffällig langes Kinn, sein Hals war ebenfalls ungewöhnlich lang. Ein lustiger, lebensfroher Junge mit dem Hang zur Liederlichkeit. Das fiel natürlich bei den Kontrollen seines Spinds sowie seines Bettes besonders auf. Ihm war die Ordnung wirklich nicht angeboren. Stets wurde vom Stubenältesten etwas bemängelt, der die Aufsicht über das Zimmer innehatte, in dem etwa fünfzehn Rekruten schliefen. Wenn bei anderen die Decken schön sauber langgezogen glatt auf dem Bett lagen, war bei Fritz, egal welche Mühe er sich gab, stets eine Falte zu sehen. Seine Stiefel wiesen Flecken auf wie auch seine Uniform. Wenn er darauf zur Rede gestellt wurde, röteten sich seine Wangen und seine Kinnspitze, er begann schwer zu schlucken, wobei sein Kehlkopf auf und nieder wanderte. Nicht zum Soldaten geboren, verfluchte er das Heer, in das er auf Drängen des Vaters eingezogen wurde. Seine Leidenschaft lag eher in der Poesie, die sich in wundervollen Gedichten widerspiegelte. Er schrieb viel, auch hier in der Armee. Abends im Bett las er gerne den anderen die in der Nacht aufgeschriebenen Texte vor. Sie handelten von Sehnsucht und Liebe. Das, was die jungen Leute, die Landser brauchten, wonach sie sich sehnten. Sofern ihm zwischendurch etwas einfiel, unterbrach er seinen Vortrag, notierte kurz, las anschließend weiter vor. Ja, das war seine Welt.

Seppl dachte oft an Horst, der ebenfalls von seiner Musik so überzeugt war und seine Ziele ebenso wie der Fritz verfolgte. Vom Charakter her passten Fritz und Seppl gut zusammen. Obwohl sie wild zusammengewürfelt waren, hatten sie sich hier getroffen, kamen sich näher, freundeten sich an.

„Stell dir vor", sagte Fritz eines Tages zu Seppl, „ich habe nur noch ein Kapitel zu schreiben, dann ist der Roman fertig." Fritz strahlte über das ganze Gesicht, als er das dem Seppl berichtete.

„Es ist eine Liebesgeschichte. Sie erzählt von einer Romanze zwischen einer älteren Frau und einem jungen Herrn. Weißt du", sein Ton wurde jetzt sanfter, „weißt du, es hilft mir, wenn ich schreiben kann. Dann kann ich meine Sorgen beiseiteschieben und konzentriere mich voll auf mein Manuskript."

„Und du kannst das hier alles ausschließen, ohne dass es dich beim Schreiben beeinflusst?", wollte Seppl wissen und zeigte mit der Hand aus dem Fenster auf den Kasernenhof.

„Ja, das kann ich. Es ist möglich, wenn ich mich auf meine Sache richtig konzentriere."

Seppl war beeindruckt. Er konnte nie seine Sorgen einfach wegblasen, um sich auf etwas anderes zu konzentrieren.

„Nur so kommst du zu den besten Ergebnissen", schob Fritz nach. Damit hatte er wohl recht, dachte sich Seppl. „Das Erzählen ist etwas ganz Besonderes. Du beschreibst Charaktere, die von dir geformt zum Leben erweckt werden. In einer Geschichte, die real wirken und den Leser fesseln soll."

Für Seppl waren das komplett neue Erkenntnisse. Lag doch das Schreiben so gar nicht auf seiner Linie. Aber trotz allem, er war doch beeindruckt, wie ihm der Fritz das so erklärt hatte.

„Große Schriftsteller haben es uns doch vorgemacht", Fritz konnte jetzt seine Begeisterung kaum noch bremsen. „Ich bin ein großer Fan von Erich Kästner", damit schnitt er ein Thema an, das in diesen Tagen sehr sensibel behandelt wurde. „Schau", er blickte Seppl nun direkt ins Gesicht, „Kästners Bücher sind zwar verboten, aber er schreibt einen literarischen Stil, der unvergleichlich ist. Es ist schon faszinierend, dass seine Werke verbrannt wurden, dass er gegen dieses Regime ist, aber immer noch in Deutschland geblieben ist." Über so viel spontane Offenheit war Seppl erschrocken. Verwundert auch darüber, wie unbekümmert Fritz ihm davon erzählte, wo sie sich doch erst ein paar Tage kannten. Tatsächlich arbeitete Erich Kästner weiter, allerdings unter einem Pseudonym.

„Da hast du sicher recht!" Seppl trat ihm nun loyal zur Seite. „Es gibt nicht viele aufrichtige Leute in diesem Staat, die sich auch mal etwas trauen zu sagen." Er begab sich mit seiner Aussage aufs Glatteis. Fritz' Einstellung konnte doch auch gespielt sein. Gespannt wartete Seppl auf eine Antwort, war er hier zu weit gegangen?

Fritz lächelte. „Du brauchst bei mir keine Angst zu haben. Ich freue mich, in Dir einen Kameraden gefunden zu haben, mit dem ich offen reden kann. Nicht bei jedem Satz überlegen zu müssen, etwas Falsches zu sagen." Er fasste Seppl bei der Hand, drückte sie. Der war sich nun sicher und erfreut, einen wahrhaftig patenten Kerl getroffen zu haben.

„Dieser Krieg ist so schlimm", sagte Fritz. „Das Schlimmste daran ist aber der Mensch selbst. Er ist das Übel. Wenn du dir deine Kameraden anschaust, sie dir ohne Krieg vorstellst und dann siehst, wie sie sich hier verändert haben. Jeder strebt nach vorne, auch hier. Das ist der Mensch, der ohne Rücksicht nur an sich selbst denkt. Ich habe darüber heute Nacht ein Gedicht geschrieben." Er zog einen zerknitterten Zettel aus seiner Tasche, der dicht in Sütterlinschrift mit Bleistift beschrieben war.

„Hier, kannst du mal lesen", damit reichte er Seppl das Papier und der las:

Die erste Reihe

Der Mensch ist ein Streber und ein Gewohnheitstier
Schon im Babyalter, so er gedeihe
Strebt er nach oben, das wissen wir
Er will immer zuvorderst sein, trachtet nach der ersten Reihe

Dabei ist ihm jede Weise recht
Bereits im Kindergarten und sei es beim Breie
Umgeht er Freunde, über die er Worte schlecht
geredet, sucht er auf diesem Pfade die erste Reihe

Und in der Schule, dieser Bildungsanstalt
Liebkost er mit der Lehrerschaft, mit viel Schläue
Macht er mit Worten und mit Gestik gut Gestalt
Um zu kommen in die erste Reihe

Erst im Beruf müht er sich ab auf der Karriereleiter
Strebt er empor, hält mit dem Winde die Treue
Will höher, mehr Gunst und immer so weiter
Sein Blickt weicht nicht ab von der ersten Reihe

Auch von der Liebe will er möglichst viel frönen
Ist verheiratet und hat der Kinder dreie
Wiegt sich im Schoß der Liebsten und lässt sich von ihr
verwöhnen
Hier fühlt er sich in der ersten Reihe

Und ist er alt, verbraucht, vom Leben zerrissen
Blickt er beschämt zurück auf das Getane mit Reue
Zu spät, dann kommt ein anderer und drückt ihn auf das
Kissen
Nun hat er es geschafft, er steht in der Kapell' in

DER ERSTEN REIHE

Das Gedicht beeindruckte Seppl. Stand doch sehr viel
Wahrheit in den Zeilen. Er sollte in den nächsten Tagen
noch oft an das Gedicht denken.

„Seppl", meinte Fritz anschließend „im Nibelungenlied
heißt es am Anfang so heroisch:

<Viel Wunderdinge melden die Mären alter Zeit; von
preiswerten Helden, von großer Kühnheit…>

und am Ende schließlich:

<Die Ritter und die Frauen und manche schöne Maid; sie hatten um die Freunde das allergrößeste Leid>.

Ist das nicht genau auch unser Schicksal heute?"

XVIII

Boris und Gernot Fuchs waren zwei Brüder, die zusammen eingezogen wurden und nun in Seppls Einheit waren. Boris, ein schlanker großer Mann mit lockigem schwarzem Haar, hatte zwischen den Zähnen solche Lücken, dass dort gut und gerne Esel hätten durchwandern können. Sonst auch nicht gerade mit großer Intelligenz ausgestattet, hätte man meinen können, er hätte was am Helm. Ein blaues Auge zierte zurzeit sein Gesicht, da er den Karabiner beim Schießen nicht richtig in die Schulter gedrückt hatte, wodurch der Rückstoß des Gewehrkolbens ihm das Gesicht demolierte. Zur Freude der Kameraden, die ihm gleich den Spitznamen Kolben gaben. Wie Seppl musste Boris seine Lehre unterbrechen, er wollte Schreiner werden.

Sein Bruder Gernot hinterließ bei den Gefährten den Eindruck, etwas intelligenter zu sein. Er, gerade 18 Jahre geworden, somit zwei Jahre jünger als sein Bruder, war nicht ganz so groß wie Boris, aber weitaus ausladender. Im Gegensatz zum Bruder hatte er glatte dunkelblonde Haare, ein Flaumbart hob ihn noch mehr von ihm ab. Er war ein leidenschaftlicher Flötist, der sehr gut Querflöte spielen konnte.

Beide haderten mit ihrer Situation, von zu Hause in Rostock weggeholt worden zu sein. Ihre Mutter war todunglücklich über den Einsatz ihrer beiden Kinder, die sie so bitter alleine aufgezogen hatte, weil ihr Mann bei einem Unfall auf der Werft umgekommen war. Das Leben hatte es nicht gut gemeint mit ihr, so gab sie all ihre Liebe den Söhnen, die sie nach Kräften verwöhnte.

Das war nun mal das Los der jungen Mütter, das zu tragen an ihnen schwer nagte.

Boris war damit beschäftigt, seinen Fußpilz mit einer Salbe zu versorgen. Jeden machte er darauf aufmerksam, wie ihm die Wunden zwischen den Zehen weh taten. Fritz, der kurz auf Boris' Fuß sah, das Gesicht verzog, sagte: „Ich kann mir nicht helfen, aber ich habe plötzlich so einen Appetit auf Pilzsuppe." Die ganze Bude grölte.

„Kann einer von euch Skat?" Gernot ging auf Seppl und Fritz zu. Beide bejahten die Frage. Und schon hatten sich drei für eine Skatrunde gefunden. Gernot zog ein abgegriffenes Blatt heraus, warf es auf den Tisch. „18 – 20 …", schallte es bald durch die Bude, und die Spielkarten wurden auf den Tisch gekloppt. Sie hatten ihren Spaß. Bald versammelte sich eine Meute Kiebitze um sie, alle schauten interessiert in die Blätter.

Einer von ihnen war Gunnar Zumbach, ein hochgewachsener, sportlicher Typ aus Bremen, mit einem auffallend scharfen Gesicht, das auf merkwürdige Weise harte und sinnlich böse Züge vereinigte. Er war Boxer und ein überzeugter Anhänger des Reiches. Ein von Selbstbewusstsein strotzender, höchst unsympathischer, unbeherrschter Mensch, dessen Jähzorn ihn auch im Ring überkam, was ihn so manchen Sieg kostete, da klügere Gegner die Wutausbrüche für sich zu nutzen wussten. Von zu Hause entsprechend dazu erzogen, war er erfolgreich in der Hitlerjugend tätig und wollte sich auch beim Heer entsprechende Lorbeeren verdienen, um sich damit zu schmücken. Entsprechend war sein Auftreten. Er war narzisstisch, ein Ebenbild von Grotte in Babelsberg, allerdings etwas gebildeter, in seinem Auftreten einschüchternd. In der Gruppe stand er etwas abseits, ließ aber zugleich seine Bemerkungen fallen, wenn er Rudelbildung gegen sich befürchtete. Wohl wissend, dass ihm keiner so leicht etwas anhaben konnte – er war immerhin ein ziemlich erfolgreicher Boxer im Mittelgewicht.

Am Skattisch wurde es lauter, was Gunnar gleich aufregte.

„Ein wenig mehr Ruhe wäre angebracht", ermahnte er die Spieler.

„Wir haben Freistunde, da können wir auch mal etwas lauter sein", antwortete Fritz trotzig.

Gunnar wurde rot. Wer wagte es da, ihm zu widersprechen?

„Das können wir gerne draußen weiter bereden", drohte Gunnar, voll des Bewusstseins, seine körperliche Überlegenheit einsetzen zu können und die Unterstützung des Spießes zu haben. Nun war es ganz ruhig, jeder wartete, ob Fritz ihm entgegentrat. Er tat das nicht, aber Seppl meldete sich zu Wort: „Warum diese Aufregung?", er lächelte Gunnar frech an. „Vielleicht möchtest du ein Spielchen machen?", mit einer Handbewegung forderte er Gunnar zum Hinsetzen auf. Dem war das Angebot überhaupt nicht recht, denn er konnte keinen Skat – aus welchen Gründen auch immer.

„Das ist doch kein Spiel, das ist doch ein Witz", sagte er.

„Du scheinst nicht zu wissen, dass es beim Skatspiel ähnlich viele Möglichkeiten gibt wie beim Schach. Oder kennst du das Spiel etwa nicht?" Seppl war in Brast. Fritz musste ihn beruhigen. Körperlich war Seppl Gunnar unterlegen. Aber er hoffte, einen wunden Punkt getroffen zu haben.

Gunnar fühlte sich ertappt, machte ein kurzes „Pah" und

verließ den Raum. Nun wurde es wieder lauter, ein befreites Tuscheln und Lachen war zu vernehmen.

Mitten im Spiel brach es bei Fritz heraus: „Unsere Generation wird aussterben", sagte er unbekümmert in die Runde. „Bei uns in Magdeburg sind schon so viele junge Leute gefallen, auffallend viele", er verstummte, blickte umher in die Gesichter der Umstehenden. Von diesen kam aber kein Kommentar und Seppl merkte Fritz' Zweifel an seiner Aussage.

„Egal, wir ziehen in den Kampf!" Fritz wollte das Thema wechseln. Einige hatten den Raum verlassen, sie waren sich unsicher. Als die Skatgemeinschaft sich auflöste, war es Abendbrotzeit. Die Soldaten versammelten sich in der Truppenküche der Kaserne zum Essenfassen. Gunnar schnappte sich Seppl auf dem Weg dorthin, drängte ihn in eine Ecke, sah sich um, ob auch keiner zusah, und sprach: „Wenn du noch einmal so frech zu mir bist, dann passiert was." Er schnappte Seppl am Schlafittchen, hielt ihn fest an der Kehle. Seppl konnte ihm nichts entgegensetzen, aber er hielt seinem Blick stand. Er fing an, Gunnar zu hassen.

„Ich mache dich so fertig, dass du nicht mehr weißt, wer du bist. Merk dir das!"

Er löste den Druck leicht. „Was soll das?", erwiderte Seppl, schubste Gunnar weg, dass der ins Straucheln geriet, was ihn erboste.

„Ich kann dich auch melden, dann wirst du weggeschlossen. Glaub mir, wenn ich das will, dann schaffe ich das auch." Damit ließ er Seppl stehen, entfernte sich schnell. Ihm imponierte zwar die enorme Kraft, die dieser Kerl hatte, aber er fühlte sich nicht besonders eingeschüchtert, sondern rückte seine Uniform zurecht und begab sich zum Essen, denn Hunger hatte er immer noch.

Das Leben in der Kaserne war für Seppl vom Ausgehurlaub abgesehen ziemlich eintönig. Gezielt wurden die Rekruten für den Fronteinsatz einsatzbereit gemacht. Dafür wurden in kürzester Zeit die körperlichen Ertüchtigungen mehrmals am Tage durchgeführt. Schießübungen waren ebenfalls täglich angesetzt.

Der Einsatzbefehl kam im März 1943.

XIX

In der Heimat war den Bewohnern von Babelsberg das geregelte Leben abhandengekommen. Durch die ständigen Fliegeralarme und Bombenangriffe war ein normaler Lebensablauf nicht mehr möglich. Die Menschen hasteten durch die Straßen, auf der Suche nach Lebensmitteln oder auf der Flucht vor Einschlägen. Man half sich, so gut es ging, aber im Grunde war jeder auf sich und seine Familie gestellt. Das eigene Leben und das seiner Lieben stand ganz vorne. Es wurde um Essbares gerungen, es gab Anfeindungen unter den Menschen, die in Friedenszeiten undenkbar gewesen wären.

Auch in der Gartenstraße hatte sich einiges geändert.

Martha war häufig auf Hamsterfahrten unterwegs, wurde oft von Irmschen begleitet, sofern diese keinen Dienst beim Bund Deutscher Mädchen hatte. Willi mit i war voll mit seiner Arbeit in den Studios beschäftigt. Die Filmwirtschaft erlebte in den Kriegsjahren einen Höhenflug. Filme wie „Münchhausen", der zum 25-jährigen Bestehen der Ufa in Aquacolor gedreht wurde und zu dem Erich Kästner unter dem Pseudonym Berthold Bürger das Drehbuch schrieb, sollten die Bevölkerung vom grausamen Alltag ablenken. Aber auch das war schwierig, weil selbst die Filmtheater bei Angriffen in Mitleidenschaft gezogen wurden oder Vorstellungen wegen Fliegeralarms abgebrochen werden mussten. Da half es auch nichts, dass ab und zu der Bock von Babelsberg, wie Joseph Göbbels scherzhaft von den Akteuren genannt wurde, persönlich zu Dreharbeiten erschien.

Viele besuchten die Kinos nur, um sich die wöchentlich wechselnden Wochenschauen anzusehen, die aber vor Propaganda nur so strotzten.

Grotte hingegen ging seiner Leidenschaft nach, Mitbewohner zu drangsalieren und anzuschwärzen. Freilich kamen ihm verstärkt Zweifel, ob denn das alles noch so seinen rechten Lauf nahm, allerdings ließ sein Intellekt kein Umdenken zu. Die Durchhalteparolen mit der verherrlichten Vorstellung des Endsieges wurden seinerseits nicht angezweifelt. Und er träumte sogar davon, in verantwortlicher, womöglich exponierter Stellung weiterhin unter dem Hakenkreuz leben zu können. Dass die Bewohnerzahl im Ort, selbst in seiner unmittelbaren Nachbarschaft in der Gartenstraße, immer mehr abnahm, berührte ihn wenig.

Horst war genesen und wieder zu seiner Einheit unterwegs nach Puschkin. Ein langer Abschied. Im Vorfeld hatte er noch erfahren, dass sein Freund Theodor gefallen war. In Jugoslawien, wo er angeblich Partisanen in die Hände gefallen war, die keine Gefangenen machten. Das bedrückte ihn sehr auf seiner Fahrt. Mit dem Akkordeon versuchte er sich aufzumuntern. Bald hatte Horst wieder Zuhörer, die mit Gesang sein Spiel unterstützten.

Martha besaß kaum noch etwas, was sie in Lebensmittel tauschen konnte. Viel Schmuck hatten sie ja nie besessen, aber das Wenige, was sie besaß, war nun aufgebraucht. Willi mit i sprach deshalb den Schmuck der Familie Silbermann an. Aber Martha blieb hart: „Das wird nicht angerührt. Das gehört uns nicht, wir haben es nur zur Aufbewahrung bekommen." Sie kannte da keine Nachsicht. Obwohl sie mit der Familie Silbermann nie sehr eng verbunden war, war sie ihr doch ans Herz gewachsen. Und da waren auch die letzten Worte von Dorit Silbermann im Keller. Immer wieder fragte sie sich, was wohl aus der Familie geworden war.

Und dann noch die Ungewissheit wegen ihrer Schwester Lotte. Als sie neulich am Weberplatz bei ihrer Wohnung vorbeigegangen war, zogen dort neue Mieter ein. Die Wohnung war leer, von Lotte keine Spur. Ihre Sorgen zermürbten sie. Abends im Bett zählte sie die Personen auf, die ihr lieb, aber nicht bei ihr waren. Horst, Seppl, Willy und die Lotte.

Als Irmschen eines Morgens die Treppe hinunterging, hörte sie Grotte im Flur mit jemandem reden. Sie wollte ihm nicht unbedingt in die Arme laufen, deshalb hielt sie inne, wartete ab. Mit wilden Tiraden zog Grotte über einige Leute her. Sie versuchte, sein Gegenüber zu erkennen, sah aber nur den Teil einer Uniform. Wer auch immer darin steckte, musste sich das dumme Gequatsche von Grotte anhören. Auch der Name Bündel fiel, allerdings konnte sie nur Wortfetzen wie Lotte Roth und Gefängnis heraushören. Als sich die Herren entfernten, ging auch Irmschen hinunter.

Was hatte der Grotte denn mit Lotte zu tun, fragte sie sich? Das war aber ungewöhnlich. Den beiden nachblickend erkannte sie einen Sturmbannführer, der gerade dabei war, Grotte auf die Schulter zu klopfen.

Mit dem Gerede des Hausmeisters hatte Irmschen nicht viel am Hut, aber sie berichtete ihrer Mutter davon, die sehr aufgebracht war.

War es vielleicht möglich, dass Grotte etwas mit dem Verschwinden ihrer Schwester zu tun hatte? Möglich war es schon, dachte sie sich. Ihm war alles zuzutrauen. Es ließ ihr keine Ruhe, nachts konnte sie nicht einschlafen.

An Seppl ging der Kelch noch einmal vorbei. Während seine Kameraden mit dem Zug gen Osten unterwegs waren, kämpfte er mit einer schmerzhaften Blasenentzündung, die auch die Harnröhre befallen hatte. Bakterien kämpften in seinem Körper, zwangen ihn zu einem Lazarettaufenthalt. Während bei den Alliierten solche und ähnliche Erkrankungen bereits mit Penicillin behandelt wurden, war bei der Deutschen Wehrmacht das Medikament noch völlig unbekannt. So wollte es das Schicksal, dass die Behandlung im Hospital längere Zeit in Anspruch nahm. Die Schmerzen hielten über Wochen an, was sich besonders beim Wasserlassen bemerkbar machte.

Der Krankensaal war mit etwa zwanzig Leuten belegt. Nichts Ungewöhnliches im Reserve-Lazarett 101 in Schwiebus nach dem Polenfeldzug. Viele junge Männer mit den unterschiedlichsten Verletzungen und Krankheiten wurden hier behandelt. Zum ersten Mal wurden Seppl die Gräuel des Krieges richtig bewusst. Schwerstverletzte, manche frisch amputiert, ohne Beine oder Arme oder mit einem frischen Arm- oder Beinstumpf lagen in den Betten. Schmerzensschreie von Kameraden, die weitaus Schlimmereres zu ertragen hatten als er. Einer von ihnen fasste Seppl bei der Hand und sagte, streng in sein Gesicht schauend: „Was machst du bloß hier?"

So lag er darnieder, schrieb einen langen Brief an Monika, der mit „Oh, meine Liebste ...", begann. Eine Karte nach Hause hatte er gerade gestern geschrieben. An die Decke mit bräunlichen Wasserflecken blickend, überlegte er sich die passenden Worte für seinen Schatz. Aber es wollte ihn nicht so recht gelingen. Je länger er zur Decke starrte, desto mehr verschwamm das Bild, er fing an zu träumen. Die Geräusche um ihn herum hörte er nicht mehr, auch vergaß er seinen Schmerz. Er sah Landschaften, die Blumen blühten, die Bäume zeigten die ersten Knospen, einige standen schon in Blüte. Die traurige Welt erschien ihm plötzlich bunt, und so versuchte er, diese Bilder noch möglichst lange festzuhalten. Komisch, wie man sich doch selbst eine andere Welt vorgaukeln kann, dachte er sich.

„Kann ich irgendwie behilflich sein?" Seppl wurde seinen Träumen entrissen. Er blickte zur Seite, versuchte zu sich zu kommen, erkannte einen schlanken, kräftigen, etwas gedrungenen Herrn mit runden Brillengläsern in einem langen weißen Nachthemd. Er war wie alle gekleidet, die der Behandlung bedurften.

„Hallo", sagte Seppl kurz.

„Entschuldige, ich sah dich so hilflos nach oben schauen, dachte, ich könnte dir helfen?"

„Ach so. Nein, ich überlege nur."

„Ein Brief nach Hause?", wollte der Fremde wissen.

„Ja, an meine Freundin. Sie soll wissen, ich liege hier im Lazarett."

„Ich habe auch nach Hause geschrieben. Das gibt uns etwas Hoffnung. Nicht wahr?" Er wartete auf Zustimmung.

„Stimmt! Es lenkt ab, fordert zum Träumen auf, man denkt an die friedliche Heimat." Seppl lächelte ihn an.

„Komm, setz dich doch", mit der Hand wies er auf seinen Bettrand.

„Ich heiße Albert, und du?"

„Bin Gerhard, aber sag zu mir Seppl, wie es alle tun." Er freute sich über einen Gesprächspartner. Endlich hatte er jemanden, mit dem er hier die Zeit totschlagen konnte.

„Komme aus Brandenburg. Hatte mir den Arm gebrochen. Deshalb bin ich hier. Noch ein paar, vielleicht zwei Wochen, dann warte ich auf meinen Einsatz. Weshalb bist du hier?"

„Ne Blasenentzündung. Aber der Arzt meint, sie ist jetzt

am Abklingen. Hoffe das jedenfalls. Beim Pinkeln tut das höllisch weh."

Albert lachte. „Kann ich mir vorstellen. Wenigstens brauchst du nicht an die Front."

„Hab sie noch nicht gesehen. Bin erst mit meiner Ausbildung fertig geworden. Sollte nach Kiew verfrachtet werden. Dann kam das."

„Ach, ist ja interessant. Da soll ich auch hin. Dann kenne ich ja wenigstens schon jemanden." Er lächelte nun ebenfalls über beide Ohren. „Vielleicht können wir es arrangieren, dass wir beide zusammen wegkommen."

Seppl war das recht. Der Typ schien ihm sympathisch. „Hätte nichts dagegen. Bin übrigens aus Babelsberg, bin ein echter Nudeltopper."

„Wird ja immer besser. Kenne ich, ist auch nicht weit weg von daheim."

Albert freute sich, einen aus seiner näheren Heimat kennengelernt zu haben.

Am Nachmittag bekam Seppl zwei Briefe von Monika, die auf Irrwegen nachgesandt worden waren. Eilig setzte er sich im Bett auf, öffnete die Umschläge. Die eng beschriebenen Seiten dufteten nach seiner Liebsten, so wollte er es jedenfalls glauben. Sie schrieb von zu Hause, von ihren Einsätzen in Berlin, die immer gefährlicher wurden, da fast täglich Bombenangriffe geflogen wurden. Und sie übernachtete meist im Krankenhaus Moabit. Dieses Krankenhaus war besonders durch die Nazi-Herrschaft gebeutelt. Bei der Machtübernahme waren dort 70 % der Ärzte Juden, zudem waren viele vom Pflegepersonal gewerkschaftlich organisiert. Das Haus wurde als rot- und jüdisch deklariert. Die entlassenen Ärzte und Pflegekräfte mussten irgendwie ersetzt werden. Die neu eingestellten Ärzte hatten nun ein Parteibuch, sie trugen die braune SA-Uniform, oder die schwarze SS-Uniform unter ihren weißen Kitteln.

Einen Teil der pflegerischen Arbeiten in den Kriegsjahren übernahmen die Mädchen des BDM. Monikas Zeilen zeugten von Anstrengung und Plage, sie wirkten beinahe verzweifelt. Sie musste bestimmt hart arbeiten und sah jeden Tag neues Leid in den Krankenzimmern. Seppl las begierig weiter. Ihre wenigen Besuche bei ihren Eltern waren von kurzer Dauer. Oft hatte sie nur stundenweise Ausgang. Abends mussten die Mädchen wieder im Krankenhaus sein.

Aber ihren Eltern ging es gut. Ihr Vater hatte in den Ateliers gut zu tun. In seiner Position war er unersetzlich. So konnte Kurt Darbenhof hoffen, nicht eingezogen zu werden. Zum Ende wurden die Zeilen gefühlsbeladener. Sie sehnte sich nach ihm, schrieb sie. Hoffte auf ein baldiges Wiedersehen. Ja, das hoffte auch Seppl.

Er lehnte sich zurück, schaute wieder die Decke an, fing seine Traumbilder ein. Er konnte sich nicht so recht über die Briefe freuen. Sie waren voller Leid und Kummer. Wenn doch wenigstens eine Seite sorgenfrei wäre. Aber so waren beide von Gram betroffen. Die Heimat und die Front.

Schnell ergriff er Papier und Stift. Nun wollte er Monika mitteilen, dass er hier im Spital lag und sich sein Fronteinsatz noch hinzog. Das würde sie beruhigen. Wieder musste er an die Bombenangriffe auf Berlin denken, die sie beschrieben hatte. Das war alles so barbarisch. Aber von seinen Gedanken schrieb er ihr nichts.

Bei der Visite am nächsten Morgen sagte der Arzt: „Junger Freund, du wirst noch ein paar Tage warten müssen, bevor du reist. Die Entzündung ist noch da, Schmerzen hast du auch noch. Also ist dein Krieg erstmal verschoben." Er lächelte Seppl an, überzeugt davon, ihm damit einen Gefallen zu tun.

„Außerdem habe ich gehört", fuhr der Doktor fort, „dass du zusammen mit dem Albert Gruner gen Osten reisen möchtest?"

„Geht das denn, dass wir beide gleichzeitig entlassen werden können?"

„Werde das so einrichten. Was machbar ist, das mache ich", damit begab er sich zum nächsten Patienten.

Seppl war froh über die Nachricht des Arztes. Noch hatte er also ein paar Tage in weißer Bettwäsche. Im Kampfgebiet würde es nur Decken geben und die vielleicht auch nicht ausreichend.

Später kam Albert wieder bei ihm vorbei, beide bekasperteten die Neuigkeiten. Sie versprachen, sich tagtäglich zu treffen, um so die Zeit mit Gesprächen und Kartenspielen zu nutzen. Es war noch viel zu besprechen, bevor sie ins Kriegsgebiet reisten.

Albert berichtete von den vielen harten Kämpfen um Kiew, von denen man sich erzählte. Die Frontverschiebungen, die Verluste, die Siege. Es ging wohl ewig vor und zurück. Nach der Schlacht um Stalingrad ging nichts mehr nach vorne. Und da sollten die Jungs eingesetzt werden.

Die Aussichten waren nicht gut, aber das Lazarettleben genossen Seppl und Albert noch. Die reichliche Beköstigung, die Ruhe. Einen dritten Mann für ein gepflegtes Skatspiel fanden sie auch. Das verkürzte die Zeit zwischen den Mahlzeiten.

Seppl schickte noch drei Briefe mit der Feldpost an Monika. Schrieb ihr von Albert und dem Arzt, der den Lazarettaufenthalt künstlich hinausgezögert hatte, damit sowohl er als auch der Albert später gemeinsam nach Osten fahren können. Über das gute Essen hier, in der Hoffnung, auch Monika würde gut verpflegt werden.

Aber irgendwann ist auch die schönste einer tristen Zeit vorbei.

Am letzten Abend im Lazarett trafen sich die Kranken zu einer gemeinsamen Abendrunde im Schlafsaal von Seppl und Albert. Einige Schwestern versüßten den Abend zusätzlich mit ihrem Anblick und mitgebrachten Köstlichkeiten, wie einer Flasche Cognac. Das gesellige Ausklingen war eine Gemeinsamkeit, die es zu dieser Zeit nur selten gab. Die Menschen hatten einfach andere Sorgen. Aber hier, in dem großen Krankenzimmer mit vielen Betten ging es bis spät in die Nacht lustig zu. Lachen war an diesem Abend erlaubt, Witze reißen geradezu gefordert, und ein Malheur reihte sich an das andere. Ein schwerstverletzter Soldat, dessen Wunden betäubt vom Alkohol waren, fiel kopfüber aus seinem Bett, rollte den Boden lang, wollte sich aufrappeln, fiel aber sofort laut lachend wieder hin. Sein Kopfverband, der die große Naht am Schädel schützen sollte, löste sich und hing ihm an der Nase lang herunter. Ein lustiger Anblick für die Anwesenden. Ein anderer verstauchte sich den Fuß am Bettgestell, so dass die Schwestern gleich tätig werden mussten.

Gerald, ein Rekrut, der wegen eines gebrochenen Beines behandelt wurde, schwang sein an einem Gewicht häng-endes Gipsbein im Takt des Gesanges der anderen, bis das Gestell die Schwünge nicht mehr austarieren konnte und zusammenbrach. Ein Krachen, das auch die Oberschwester wecken sollte, war die Folge. Letztere war überhaupt nicht über das Geschehene erfreut, stukte alle zusammen und beendete damit das bunte Treiben. Die Schwestern, leicht beschwipst, sich die Kittel zuknöpfend, tippelten hinaus, traurig verfolgt von den enttäuschten Blicken der männlichen und zum Bleiben verdammten Bettgenossen.

Alle hatten am nächsten Morgen einen schweren Kopf, genauso wie die beiden Hauptakteure des festlichen Beisammenseins. Seppl konnte kaum aus den Augen schauen, und Albert hatte sich sogar nachts übergeben. Müde und abgeschlafft zogen sie ihre Uniformen an, hatten ihre paar Sachen gegriffen und wurden von den anderen mit einem „Muss i denn... Muss i denn ...“ aus dem Krankensaal verabschiedet. Sie waren sehr beliebt, weil sie es verstanden, auch in dieser schweren Situation die Stimmung aufzuheitern.

Ihre Fahrt führte sie in einem vollbesetzten Militärzug nach Lodz. Dort mussten sie umsteigen in Richtung Warschau. Sitzplätze waren Mangelware. Es schien, als ob die gesamte Wehrmacht nach Osten verschickt wurde.

Sie sollten eineinhalb Tage unterwegs sein, ehe sie in der Region des stark umkämpften Kiew Halt machten und mit lauten Befehlen aufgefordert wurden, den Zug zu verlassen. In Reih und Glied wurde am Zug aufgestellt. Und es erfolgte eine kurze Begrüßung mit der längeren Ansprache eines Feldwebels. Was jedem klar war: Hier wehte ein anderer Wind, aber kein meteorologischer. Ein scharfer Wind, der absoluten Gehorsam verlangte. Jeder Soldat spitzte angewidert interessiert seine Ohren, um bloß keine Anweisung zu verpassen. Eingeschüchtert kramte Seppl in seiner Uniformtasche herum, zog seine Erkennungsmarke mit der Aufschrift „992-St Kp I. E. B. Mot. 29“ heraus, legte sie unbemerkt vom Feldwebel um seinen Hals. Jetzt war er vollständig, wie er meinte.

Der Feldwebel sah das anders und machte ihn kurz darauf aufmerksam, den oberen Knopf seines Waffenrocks zuzuknöpfen. Aufkommendes Gemurmel in der Truppe wurde sogleich vom Unteroffizier unterbunden. Alles stand wieder still und hörte zu.

Seppl und Albert waren beide für die 6. Kompanie Panzergrenadier-Regiment 8 vorgesehen. Sie wurden mit ein paar weiteren Neuankömmlingen mit einem Opel Blitz zu ihrer Einheit gefahren. Allerdings musste die Fahrt mehrmals unterbrochen werden, da Schlammlöcher die Räder versinken ließen. Die ganze Besatzung musste helfen, den Wagen wieder frei zu bekommen. So sauber alle aus allen Richtungen losgefahren waren, hier wurden die Uniformen sofort eingesaut. Die Rekruten sahen aus, als ob sie bereits Monate am Ort gewesen wären. Die raue Wirklichkeit hatte sie eingeholt. Der Schmutz, die kalte Jahreszeit … Am Stützpunkt angekommen, entstiegen sie den Wagen und standen vor einer großen Holzbaracke, aus deren Schornstein Rauch hervorstieg. Die Fenster waren klein, die Scheiben verschmutzt. Eine wuchtige Eingangstür aus massivem Holz zeigte ihnen den Eingang.

Da waren sie nun. Acht Mann hoch standen wie angewurzelt da, wussten nicht so recht, wie sie sich verhalten sollten.

XX

Grotte war überzeugt, nur er sei befugt, Leute in seinem Block zu ermahnen, die Unruhe herbeiführen könnten, obwohl ihre Möglichkeiten begrenzt waren. Dafür sorgten die Zensur und die ständige Überwachung und Kontrolle. Grotte war jedes Mittel recht, um seine Macht auszuüben. Unermüdlich war er auf der Jagd nach „Freiwilligen" für Sondereinsätze, die schon auf den ersten Blick sinnlos und aussichtslos erschienen. So wollte er für Potsdam Leute gewinnen, die Zerstörungen beseitigen sollten, obwohl weiterhin laufend Angriffe geflogen wurden und der Nahverkehr nur noch unregelmäßig funktionierte. Die Menschen wussten nicht, wie hin und wie wieder zurück. Einzig relativ zuverlässig verkehrte die S-Bahn zwischen Wannsee und Potsdam, da die Schienen und Gleisbetten von Bomben nur leichte Beschädigungen aufwiesen, die kurzfristig wieder behoben werden konnten.

Als Grotte mit seinem Anliegen bei der Familie Bündel vorstellig wurde, wusste Martha erst nicht so recht damit umzugehen. Schließlich spukte in ihrem Hinterkopf immer noch der Verdacht, Grotte hätte etwas mit dem Verschwinden ihrer Schwester zu tun. Aber sie blieb ruhig, antwortete kurz und sachlich, ohne Umschweife mit einem Nein. Grotte hatte zwar keine Begeisterung erwartet, aber doch wohl etwas mehr Entgegenkommen in dieser schlimmen Zeit. Seine Verblüffung äußerte sich in einem kurz ausgesprochenem: „Mmh".

Dann, nachdem er sich wieder gefasst hatte, äußerte er: „Das kann ich aber nicht so einfach akzeptieren."

„Und ob Sie können!" Mit Marthas Ruhe war es vorbei,

sie schlug die Tür kräftig ins Schloss, unmittelbar vor der Nasenspitze des verdutzt schauenden Grotte. Der entfernte sich, stieg wutschnaubend die Treppen hinunter.

So eine Frechheit, dachte sich Martha. Dieser linke Nazi. Er ist das Letzte, was sich in Babelsberg herumtrieb. Sie hasste ihn so sehr, wollte aber nicht vor Wut anfangen zu schreien. Den Gefallen tat sie ihm nicht.

Auf dem Herd brutzelte ein Karnickel, das Martha mit viel Mühe von einem Bauern aus Eiche bekommen hatte. Sie war glücklich, heute Abend Willi mit i und dem Irmschen ein Essen wie in früheren Tagen servieren zu können. Sogar einen Rotkohl konnte sie auftreiben und ein paar Süßkartoffeln. Schnell wandte sie sich wieder ihrer eigentlichen Haushaltstätigkeit zu.

Grotte hingegen hatte wenig Erfolg mit seinen Bemühungen. Die Menschen waren genervt von den ständigen Überfällen vom Himmel her. Ihre Stimmung war nicht mehr die beste, wozu auch die immer größeren Missstände der Lebensmittelversorgung beitrug. Das Leid hatte jedes erträgliche Maß überschritten. Der Hunger nahm überhand und wurde der eigentliche Feind des Menschen.

Irmschen hatte es besonders schwer im Bezirkskrankenhaus in Potsdam. Erst in der letzten Nacht hatten die BDM-Mädchen die Stationen wegen eines Fliegeralarms räumen müssen. Dabei war es auf die Schnelle nur möglich, Kranke in die Luftschutzbunker zu bringen, die sich selbst bewegen konnten. Die bettlägerigen schwersten Fälle mussten zurückgelassen werden, was besonders Irmschen auf der Seele brannte. Wie glücklich war sie, als das Krankenhaus nicht Ziel der Operation war. Ärzte und Schwestern konnten augenblicklich wieder ihrer Tätigkeit nachgehen. Irmschen kam nur noch selten nach Babelsberg, zu viel Personal war abgezogen worden, dessen Arbeit nun vom Hilfspersonal wie dem BDM übernommen werden musste. Die Mädchen, kaum in Krankenhaustätigkeiten ausgebildet, übernahmen Schwesternarbeit, wurden sogar zu Operationen hinzugezogen. Einige waren den Anforderungen, dieser Anhäufung von Not, Schmerzen und Schmutz nicht gewachsen, viele schwächelten zudem, sobald sie Blut fließen sahen.

Willi mit i kam heute früher nach Hause. Das Kaninchen mussten Martha und Willi heute alleine essen. Ihre Gesichter waren nachdenklich. Irmschen war bestimmt wieder im Einsatz und konnte nicht nach Hause kommen. Noch vor ein paar Jahren saßen hier alle sechs am Tisch. Zwei waren übriggeblieben. Willi mit i schaute Martha an und sagte: „Marthachen, es wird besser werden. Irgendwann sind wir alle wieder beisammen." Er ging zum Volksempfänger, suchte die BBC, schon war der unverkennbare Westminsterschlag von Big Ben zu hören. Mit verminderter Lautstärke erklangen die neuesten Frontnachrichten in Deutsch. Wie zu hören war, gab es erbitterte Kämpfe im Osten um die Stadt Kiew. Die Front bewegte sich nach Westen. Die deutsche Wehrmacht befand sich auf dem Rückzug.

Beunruhigend für die Familie Bündel?

Bekannt war ihnen aus den Briefen von Seppl, dass er sich auf dem Weg in Richtung Ostfront mit Ziel Kiew befand. Nähere Einzelheiten konnten sie nicht in Erfahrung bringen, obwohl sich Willi mit i sehr darum bemühte. Die täglichen Wehrmachtsberichte gaben lediglich minderwertige Auskünfte, einander widersprechende Nachrichten heraus, die nicht alle auf Wahrheit beruhten. Sicherer für die

Bevölkerung waren die Mitteilungen unterereinander und die zugeflüsterten Nachrichten, die weitaus mehr über die Wirklichkeit und die tatsächliche Lage aussagten.

XXI

Horst bekam noch die letzten Offensivbemühungen der sowjetischen Armee mit, die seit Juli 1943 versucht hatte, einen Durchbruch der Leningrader Front zu erreichen. Die Geländegewinne, die durch die Operation erzielt wurden, waren äußerst gering. Dafür gab es unverhältnismäßig hohe Verluste auf Seiten der Roten Armee. Der Ladoga-See war wieder in den Händen der Sowjets wie auch ein Großteil der strategisch wichtigen Sinjawino-Höhen. Auch wenn die Geländegewinne der Sowjetarmee nur gering waren, so war doch durch das Vordringen zum Ladoga-See eine provisorische Versorgung Leningrads gesichert worden. Zwar flammten noch einzelne Kämpfe um die Sinjawino-Höhen auf, aber die Front hatte sich danach wieder stabilisiert. Der Stellungskampf zog sich über Monate. Zeit für Horst, seine Musik zum Besten zu geben.

Seppl und Albert waren schon einen Monat im Gebiet um Kiew, bevor im September eine Gegenoffensive der sowjetischen Armee begann. Seppl hatte alle seine alten Kameraden hier wiedergetroffen, die seinem Ausbildungslehrgang zugeteilt waren. Fritz Schummel war erfreut ihn wiederzusehen. Er dachte gleich an die alte Skatrunde, die er wieder einberufen wollte. Die Brüder Fuchs befanden sich gerade auf Patrouille, kamen verspätet in die Unterkunft zum Essenfassen. Sie berichteten den Neuankömmlingen die aktuelle Lage, dass die Front sich in den Wochen immer wieder verschoben hatte, vor und zurück. Die Geländegewinne waren wenig erwähnenswert und den -Verlusten gleichzusetzen. Regelmäßig kam es zu vereinzelten Vorstößen von Stoßtrupps, die versuchten, eine

Schneise durch die deutschen Truppen zu schlagen. Die Kämpfe waren von sowjetischer Seite durch Artilleriebeschuss mit Trommelfeuer gekennzeichnet. Die pfeifenden Raketengeschosse der Katjuscha, eines sowjetischen Mehrfachraketenwerfers, waren unüberhörbar, sie flogen ohne Pause gegen die deutschen Stellungen, die aber noch die Front hielten.

Der Abend war lau, es war sehr ruhig im Kampfgebiet, die Stimmung gelöst. Solche Abende waren bei den Soldaten sehr willkommen. Sie konnten sich ausruhen und entspannen, ihren Gedanken freien Lauf lassen, auch in andere Richtungen, die nicht nur mit Kämpfen und den Ängsten um das eigene Leben zu tun hatten.

Seppl, Albert und Fritz saßen draußen auf Kisten beisammen, in einer unwirklichen Landschaft, ohne jegliche Idylle. Sie spielten Karten, amüsierten sich über die Vorgesetzten. Besonders hatten sie hier den Feldwebel Ingo Junkers im Visier, der resolut seine Befehle aussprach und umsetzen ließ. Er duldete keine Widerworte. Ein hoch gewachsener Mann mit rundem Kopf, der durch seine auffälligen Falten an den Wangen auffiel. Er war kein linientreuer Nazi, aber er war von seinen Entscheidungen überzeugt. Nur mit Strenge könne man einen optimalen Erfolg erzielen und junge Menschenleben retten, dachte er. Er wollte den jungen Leuten nicht seine weiche Seite zeigen, aber er musste viele Entscheidungen treffen, die ihm schwerfielen, so dass er immer härter geworden war. Er musste das sinnlose Sterben seiner Jungs mitansehen und hatte kaum Möglichkeiten, das zu verhindern. Aber der Krieg verlangte Opfer. Nur wenig Zeit blieb nach einem Kampf, die Toten etwas feierlicher beizusetzen, zeitweise mussten Massengräber gegraben werden.

Das alles belastete ihn sehr, aber Junkers zeigte das nicht. Schwächlinge waren in der Armee fehl am Platze, das galt besonders für Truppenführer.

An diesem Abend war er auf seiner Runde, ging durch die Reihen, gab da und dort Anweisungen, überraschte unsere drei Kameraden beim Kartenspiel, gerade in dem Moment, als sein Name fiel. Er schaute über Lästerungen, Tratschereien hinweg. Junkers wusste sehr wohl, dass über ihn Witze gerissen oder Anordnungen, die er getroffen hatte, angezweifelt wurden. Was wäre er auch für ein Vorgesetzter, wenn das nicht so wäre? Nur Beleidigungen unter der Gürtellinie konnte er nicht ab. Da wurde auch ein Feldwebel Junkers ungemütlich. Aber den Jungs, die hier so gemütlich den Abend beim Skat und einem geselligen Bier genossen, wollte er nicht zu nahetreten. Er lächelte sie nur an, sagte: „Meine Herren, morgen früh bitte wieder ausgeschlafen sein." Damit ging er in seine Unterkunft.

Ausgeschlafen? Die Wenigsten waren fähig, überhaupt einzunicken, von Ausschlafen konnte keine Rede sein, das war eine reine Illusion. Sie droschen weiter ihre Blätter auf den Tisch.

Gunnar ging an ihnen vorbei, würdigte die Runde keines Blickes, grüßte auch nicht. Seppl hatte mit ihm selten Kontakt, wie es eben dienstlich notwendig war. Er erschien Seppl blass und mitgenommen. Mit Gunnar wollte er nichts zu tun haben, im Gegenteil, seine Gegenwart widerte ihn an.

Als beim Skat eine kleine Pause eingelegt wurde, holte Fritz ein Stück Speck aus seinen Taschen, das er aus dem Küchenvorrat hatte mitgehen lassen, teilte es auf und meinte: „Es ist grausam. Ich würde lieber heute als morgen weg von hier. Nie war meine Sehnsucht nach daheim so groß wie momentan. Zuhause ist mir das nie so aufgefallen." Die anderen beiden konnten ihm nur beipflichten. Ihnen erging es nicht anders. Ein Brief aus der Heimat war so willkommen und aufbauend, er erfreute jedes Soldatenherz. Ein Stück Heimat, das noch vor Tagen die Mutter, die Liebste in ihren zärtlichen Händen gehalten hatte. Der vertraute Geruch, der die Seele erfüllte. Jeder Einzelne hier war wie eine Insel, aber durch die Briefe mit der Familie verbunden.

Seppl schaute in den Himmel, erblickte den Großen Wagen, der ebenso in Babelsberg zu sehen war. Er dachte an Monika, seine liebe Freundin. Eigenartig alles, sagte er vor sich hin und an die anderen gerichtet: „Schaut euch den großen Wagen an, er ist zu Hause auch zu sehen, jetzt in diesem Augenblick. Aber wir sind hier, weit weg von dort." Seine Kameraden blickten nach oben, nickten zustimmend. „Und wer weiß, wann der Krieg aus ist, ob wir unser Heim noch einmal sehen werden?" Diese Frage stellten sie sich jeden neuen Tag.

„Daran zu denken," resümierte Fritz, „ist so sinnlos, als wenn das Frühstücksei von heute Morgen versuchen würde, die Erbsensuppe von gestern im Darm zu überholen." Die beiden anderen dachten kurz nach und mussten lächeln. Ihnen gefiel dieser Vergleich, so lustig er auch war.

„Wir müssen uns eben behelfen. Nicht nachfragen, einfach handeln", Albert lag kein schwermütiges Gerede.

„Und wie sollten wir uns in dieser öden Gegend helfen können? Wir marschieren hier die Front lang, in zerrissenen Uniformen, die von Gerippen getragen werden", Fritz erkannte die Realität.

„Wir sind doch drei Rekruten", meinte Albert. „Bin der Meinung, wir sollten gut aufeinander aufpassen." Er beugte sich vor, fuhr etwas leiser fort: „Wenn wir immer schön beisammenbleiben, haben wir eine größere Chance davonzukommen. Und wenn es einen erwischen sollte, dann geben wir jetzt und hier das Versprechen ab, uns vorrangig um ihn zu kümmern, ihn in Sicherheit zu bringen."

Den anderen gefiel der Vorschlag. Sie sahen sich an und sicherten sich gegenseitig die Hilfe zu, wie Albert es geschildert hatte.

Alsbald waren sie tunlichst darauf bedacht, sich nicht aus den Augen zu verlieren, was besonders während der Kampfhandlungen nicht ganz einfach war. Aber sie hielten sich in Sichtweite auf. Bald wurden sie von den Kameraden schon das Kleeblatt genannt. Das Zusammenhalten der Drei blieb bei den Kameraden nicht unbemerkt.

Derweil bekriegten sich die Parteien unaufhörlich weiter. Kiew war von den Deutschen besetzt. Die Sowjets versuchten wiederholt Vorstöße gegen den Feind, um ihn zurückzudrängen, aus der Stadt zu vertreiben. Die Wehrmacht tat sich schwer, die Angriffe zurückzuschlagen, aber noch hielt die Front. Kiew konnte von der Deutschen Wehrmacht gehalten werden. So zogen sich die Kämpfe bis in den November hinein. Die Temperaturen fielen rasant, der Winter war im Anmarsch und er kam in Russland für die Wehrmacht mit unerwarteter Härte und tiefsten Temperaturen. Die Sowjets waren gegenüber den Deutschen in puncto Kleidung gut ausgestattet. Hatten dicke, weiße Winterbekleidung, die sie vor der beißenden Kälte, dem schneidenden Wind schützte.

Das Kampfgebiet verlagerte sich schleppend, aber permanent nach Westen.

Seppl hatte über Umwege einen Brief von zu Hause erhalten, noch bevor sie von den Sowjets eingekesselt wurden. In diesem Schreiben erfuhr er vom Tod von

Theodor. Der Theo mit dem Grammophon, der im Babelsberger Park so verzweifelt über seine Einberufung war. Es gab ihn nicht mehr. Seppls Familie ging es den Umständen entsprechend. Sie schrieben von Bombenangriffen. Berlin war besonders betroffen, auch immer öfter Potsdam. Irmschen musste Dienst im Krankenhaus machen wie auch Monika. Er faltete die Seiten sorgfältig zusammen, legte den Brief beiseite. Wie mochte es seiner Monika gehen? Er hatte schon eine Weile nichts von ihr gehört. Das sehnlichst erwartete Schreiben erreichte Seppl erst am nächsten Tag.

„Ich gehe hier die Wege des Krankenhausgeländes lang, denke nur an Dich", schrieb Monika. „Habe eine unbändige Sehnsucht nach Dir. Ich weiß, dass Du an mich denkst, aber wo bist Du nur? Habe mit einer Kollegin über Dich gesprochen. Sie war sehr lieb und angetan davon, wie sehr ich Dich vermisse. Sie hat keinen Freund, so empfindet sie anders als ich, braucht sich nicht zu grämen. Ich habe zwar Dich, aber ich bin beunruhigt. Schreibe mir bitte, wie es Dir geht. Was Du so machst. Hast Du Freunde bei den Soldaten gefunden? Ich liebe Dich so sehr. Bleib mir treu und lieb, die Kraft dazu trägst Du im Herzen, Deine Monika."

Seppl ließ den Brief sinken. Tränen kullerten ihm über die Wangen auf seinen Uniformrock. Könnte er sie doch jetzt in den Arm nehmen, ihr Herz pochen hören, ihre Brüste spüren. Wie wichtig waren ihm ihre Briefe. Hier, wo ständig der Tod lauerte, hier, wo es nur darum ging, den nächsten Tag zu überleben. Sonst hatte er nichts mehr, außer seiner Freundschaft zu Fritz und Albert. Ja, es war eine. Nie war Seppl das so klar wie in diesem Moment, da ihn Monika in ihrem Schreiben darauf aufmerksam gemacht hatte – was sollte Seppl der Monika antworten? Er konnte doch nicht von einem mentalen Druck, der seelischen und psychischen Belastung schreiben, die unausweichlich auf einen Soldaten trifft. Viele dieser jungen Menschen im Frontgebiet fühlten sich sehr stark an den Führereid gebunden, den jeder Recke bei Eintritt in die Wehrmacht zu leisten hatte. Die gepriesene Propaganda kam vor ihrem eigenen Schicksal. So unterdrückten sie das Trauma, fraßen es in sich hinein. Aber auch die, die in der Heimat verblieben, waren einer seelischen Überbelastung ausgesetzt. Seppl überlegte wieder einmal, die besten, vielleicht nicht ganz ehrlichen Worte für einen Brief an Monika zu finden.

Draußen donnerte es, Geschützfeuer prasselte in Richtung der deutschen Truppen. Seppl hatte sich Watte für seine Ohren besorgt. Sonst war das ständige Trommelfeuer nicht auszuhalten. Sofern möglich verzogen sich die Soldaten in die Unterkünfte, wo es ebenfalls kalt war.

Geheizt werden durfte nur am Nachmittag, das wenige Holz, das für den Ofen zu Verfügung stand, musste gut eingeteilt werden. Und wer weiß denn, wo und welche Unterkunft am nächsten Tage genommen werden musste? Die Frontlinie verschob sich ständig.

Das Kleeblatt kauerte sich vor der Kombüse zusammen. Sie kannten den Feldkoch gut, hatten sich mit ihm angefreundet. So fiel ab und zu für sie ein besonderes Stückchen ab. Die Zubereitung des Essens und der Verzehr waren fortwährend von großer Eile geprägt. Das Essen zu genießen war nicht möglich, es musste schnell an die Geschütze zurückgeeilt werden, um anderen die Option einer warmen Mahlzeit zu ermöglichen.

Mit starrem Blick spachtelten die Drei den dünnen Eintopf aus dem Blechgeschirr in sich hinein. Ah, das tat gut. Die Wärme der Speise durchflutete ihren Leib, jeder merkte sofort, wie stark das Verlangen des Körpers nach einer Mahlzeit war. Neue Kraft machte sich breit, Energie kam zurück.

„Uns wird ganz schön eingeheizt von den Iwans", meinte Fritz. „Eisig ist es auch, müde sind wir alle."

„Es ist eine neue Offensive geplant, habe ich gehört", Albert hatte die Information von einem Oberstleutnant, der mit dem Feldwebel Junkers darüber sprach. „Ein weiteres Panzer-Grenadierregiment soll zu uns durchstoßen."

Die anderen beiden schauten verdutzt.

„Woher soll das denn kommen?" Seppl glaubte, nicht richtig gehört zu haben. „Seit Tagen sind wir abgeschnitten, nichts kommt zu uns durch."

„Es wäre nun wirklich an der Zeit, uns hier endlich rauszuholen." Fritz war seelisch sehr angeschlagen. Dieser Kessel, von allen Seiten dröhnte das Granatfeuer, die Stalinorgeln, was die Truppen kirre machen sollte. Die psychischen Belastungen eines jeden waren auf das Äußerste angespannt. Nachrichten gab es nur noch über Funk, Briefpost war so gut wie komplett eingestellt.

„Wenn wir hier noch einmal rauskommen, können wir uns glücklich schätzen", meinte Seppl. Sie spülten schnell ihr Geschirr ab und eilten an die Geschütze.

Das Gebiet war auf breiter Front besonders hart umkämpft. Die Offensive der sowjetischen Armee feuerte ohne Unterlass. Das ging den ganzen Tag in Richtung der deutschen Abwehrreihen. Die, die sich dort verteidigten, wussten nicht, welche strategische Überlegenheit ihnen gegenüberstand. Die Einschläge kamen zyklisch, bisweilen ohne Unterbrechungen, so dass die Geschütze auf abwehrender Front nicht bedient werden konnten, kein Gegenfeuer eröffnet wurde. Die Zermürbungstaktik der Russen begann in den deutschen Reihen Erfolg zu zeigen. Es kam zu Nervenzusammenbrüchen, zu Apathie oder auch zu Selbstmorden. Die Schützenpanzer der Wehrmacht kamen nicht mehr voran, verblieben in ihren Stellungen. Einzelne Panzerspähwagen versuchten zu den Linien nach Westen durchzudringen, was wenigen gelang. Jedoch mussten Teile des Kampfgebietes aufgegeben und zurückverlegt werden.

Albert, Fritz und Seppl hielten sich immer in Sichtweite voneinander auf, sie kauerten in Schützengräben, wurden zu neuen Vorstößen getrieben, die aber allesamt keinen Erfolg brachten. Abends saß das Kleeblatt im Schützengraben beisammen. Still, eingeschüchtert löffelten sie aus ihrem Metallgeschirr die kalt gewordene Suppe und schauten sich die Graupen darin an, die immer weniger wurden. Bald war schon der Aluminiumboden zu sehen. Mit altem Brot stippten sie die letzte Brühe heraus, um auch gar nichts übrig zu lassen, das noch Nährwert hatte. Erschöpft waren sie, erschöpft waren sie alle, mit leeren Gesichtern und dunklen Augenrändern. Alle Freude und Zuversicht war verschwunden. Und nur ein paar Meter weiter schlugen unaufhörlich die Granaten ein.

Seppl klopfte sich den Staub von der Hose. Er fiel langsam hinab auf den Boden, der so tot war wie man es sich nicht vorzustellen vermochte. Hier war kein Leben mehr. Die Natur kaputt, jedes Leben war erstorben. Kein Vogelgezwitscher, die Natur war verstummt. Nur erschöpftes Stöhnen und Schmerzenslaute von Soldaten waren zu hören. Wie bitter das Dasein doch sein konnte.

Die Kühle ließ sie enger zusammenrücken. Die Sonne war untergegangen, der Mond und die Sterne am Firmament wurden sichtbar.

„Schaut euch nur diesen schönen Himmel an", begann Seppl. „Ob sie da oben etwas von der Grausamkeit hier unten mitbekommen?"

Die zwei anderen schauten hinauf. „Türlich", Fritz war überzeugt davon. „Das helle Licht, das Aufblitzen müssen doch alle erkennen."

„Ach, ich weiß nicht," mischte sich Albert pessimistisch ein. „das scheint doch alles so weit weg. Nur ein Gott kann das sehen. Der, der das alles erschaffen hatte, und jetzt wieder zerstören lässt. Welch Ironie."

„Aber das machen wir selbst, das Furchtbare. Das sind doch wir, oder glaubst du, es kommt von ihm?" Fritz sah das anders.

„Dann müsste ja alles vorhersehbar sein, das ganze Leben." Welche Vorstellung nur, dachte Seppl. „Das glaube ich nicht. Schaut euch nur die vielen Toten an. Das kann doch nicht sein, dass das gewollt sein soll. Wo soll das stehen? Ich bezweifle auch ein Leben nach dem Tod. Wie soll sowas gehen? Hier erwischt es einen Soldaten, der fällt um, alles ist für ihn vorbei. Da ist nichts mehr."

„Nein", warf Albert ein. „Ich glaube schon noch, dass es weitergeht. Wir wissen nur nicht, wie. Neulich habe ich einen gesehen, dem war der halbe Unterleib abgerissen. Er stöhnte vor Schmerz, sein Gesicht mit aufgerissenen Augen angespannt, dann verwandelte sich seine Miene plötzlich zu einem Lächeln. Ich glaube, er spürte die Stille um sich, ich meine, er muss da was gesehen haben, bevor er von uns ging."

Die anderen waren ruhig. Ließen die Worte auf sich wirken. Sterbende Kameraden waren tagtäglich zu beklagen. Man nahm ihnen die Erkennungsmarken ab, um ihren Tod dokumentieren zu können, und ließ sie liegen, das war es. Kaum einer von ihnen hatte vorher einen Toten gesehen, hier war das an der Tagesordnung.

„Ich bin der Meinung, du sinkst nieder, kannst dich nicht bewegen und alles verlässt deinen Körper." Seppl hatte so seine Theorie. „Das, was du bei dir trägst", er dachte an die Toten, die er gesehen hatte, die ein Foto von der Familie oder der Geliebten bei sich trugen, „das ist nur alles geborgt. Das verlierst du mit dem Tod."

Darauf wusste keiner so recht eine Antwort. Sicher war das so. Aber Albert malte sich aus, etwas Neues danach beginnen zu können. Auf dieser Erde, oder in einer ganz anderen Welt. Nachdenklich waren sie geworden nach ihrer philosophischen Betrachtung.

„Ich liebe den Löwenzahn, die Butterblumen, die bei uns zwischen den Katzenköpfen zu Hause blühen", warf Albert das Thema wechselnd in die Stille hinein. „Sie sind so schön gelb, strahlen dich an, laden dich zum Pflücken ein …"

Aller Illusionen beraubt, wollten die drei ruhen. Aber sie fanden keinen Schlaf, bestenfalls konnten die Rekruten auf ein leichtes Dösen hoffen. Seppl, in eine Decke gehüllt, lag auf dem sandigen Boden im Graben, grübelte vor sich hin. Er zitterte, dachte an Babelsberg, an die schönen Stunden, die ihm so fern schienen, ihm wie ein Traum vorkamen. Hier ist man kein Mensch mehr, dachte er, hier ist jeder nur ein Tier, das auf Kommandos hört und funktionieren soll. Um die verheerenden Gräuel des Krieges kennenzulernen, muss man ihn mitgemacht haben. Sonst wird einem das später nicht geglaubt.

Jeder hier hatte seine Freiheit für die Armee geopfert. Aber für was für einen Wahnsinn? Welch nutzlose Vergeudung von Leben. Seppl wünschte sich wieder sein altes Leben zurück, in dem es Freude gab und Glück und Schönheit. Er zog sich die Decke über den Kopf, stopfte seine Ohren mit Watte voll, das Trommelfeuer wollte nicht aufhören. Sobald er wieder daheim sein würde, wollte er mit dem Steppen weitermachen. Er erinnerte sich an seine Vorführung im Park, an die Steppeinlage vor Marika Rökk und musste schmunzeln. Wie würde es wohl seinen Brüdern gehen? Mussten sie auch so aussichtslose Kämpfe führen wie er?

Wie ging es Monika? Was machten die Eltern und Irmschen? Seine sorgenvollen Gedanken legten sich wieder über die kurze Freude, die er beim Gedanken an daheim empfunden hatte. Es war schon Wochen her, dass er die letzten Nachrichten aus der Heimat erhalten hatte. Nervös geworden, drehte er sich auf die andere Seite, was ein kurzes Stöhnen seiner Nachbarn zur Folge hatte. Der Einschlag erfolgte unmittelbar darauf.

XXII

Martha hatte einen Brief von Willy bekommen. Er schrieb nicht gern, das war ihr bekannt. Deshalb freute es sie umso mehr. Von Horst und Seppl blieben Nachrichten aus. Sie ahnte in etwa von beiden den Einsatzort, aber hatte keine Details dazu. Über die BBC erfuhren sie die neuesten Frontberichte, wo die deutschen Stellungen verharrten, wo sie zurückwichen. Für eine Mutter war das besonders schwer zu verkraften, ihre Söhne dort kämpfen zu wissen. Irmschen war schon drei Tage nicht nach Hause gekommen. Martha war bekannt, dass sie nun in der Notfallaufnahme des St. Josephs Krankenhauses in Potsdam eingesetzt war. Bei den Bombenangriffen auf die Stadt konnte sie sich vorstellen, wie die Lage dort sein musste. Aus diesem Grunde, machte sich Martha auf den Weg, um sie zu besuchen und sich Klarheit zu verschaffen.

Über teilweise zerbombten Straßen suchte sie sich den Weg. Häuserzeilen, die den Weg sonst säumten, waren eingestürzt. Viele Helfer waren eifrig dabei, die Schäden nicht nur der letzten Nächte zu beseitigen, die Trümmer von den Straßen zu räumen. Das historische Zentrum Potsdams war ebenfalls von Einschlägen in Mitleidenschaft gezogen worden, aber das Stadtschloss stand noch.

Der Fußweg führte an der Garnisonskirche entlang, die Strecke zog sich. Die Straßenbahn fuhr nur unregelmäßig, dann auch nur auf intakten Gleisen.

Im Krankenhaus eingetroffen, traf sie nach einigen Irrwegen Irmschen in der Notaufnahme auf der Intensiv-station an. Sie trug ihre verschmutzte BDM-Uniform, sah sehr kraftlos und matt aus. Mit dunklen Augenringen verarztete sie behutsam gerade einen Schwerverletzten, legte ihm einen neuen Verband an. Sie sprach mit dem vor Schmerzen aufstöhnenden Patienten, tröstete ihn. Die Gänge waren voll mit Menschen, deren Beschwerden schon äußerlich zu sehen waren. Die Not und das Leid waren offensichtlich.

Meine Güte, dachte Martha, was muss das Mädel hier nur ertragen? So jung und dann dieses Elend!

Irmschen drehte sich gerade um, wollte sich die Schere schnappen, als sie ihre Mutter erblickte.

„Mama", sie war sichtlich überrascht. „Mama, wie kommst du denn hierher?" Sie beendete noch ihre Tätigkeit, rannte zur Mutter und umarmte sie. Ihre Freude war riesengroß und Martha küsste sie. Beide gingen Arm in Arm zum Ausgang. Irmschen hatte sich kurz abgemeldet, ihr tat eine Pause sehr gut. Hatte sie doch die ganze Nacht über Dienst getan. Sie setzten sich auf eine Bank.

„Schatz, du musst zu viel arbeiten. Wie kommst du hier mit dem Druck klar? Das ist doch so sehr belastend".

„Das geht schon, Mama. Die Menschen brauchen doch Hilfe. Wenn wir Mädels nicht Hand anlegen würden, dann wären viele Tote mehr zu beklagen."

Die BDM Mädchen leisteten wirklich Übermenschliches. In den sozialen Bereichen waren sie unabkömmlich. Der Staat nutzte das für seine Kriegsführung schamlos aus. Sofern vom Personal des Krankenhauses erkannt wurde, eine gute Kraft für die hiesige Arbeit gefunden zu haben, wurde die Tätigkeit des Mädels bis auf Weiteres verlängert.

Martha musste von zu Hause erzählen, obwohl nur ein paar Tage seit ihrer letzten Zusammenkunft vergangen waren. Aber die aktuellen Ereignisse bestimmten so sehr das Leben, dass die Menschen jedes Zeitgefühl verloren hatten. Gemeinsam aßen sie in der Krankenhauskantine ein spärliches Mahl. Immer wieder streichelte Martha ihre Tochter. Dabei erzählte sie vom letzten Brief von Willy, dass es ihm gut ginge, er in Dänemark nicht viel von den Kämpfen mitbekomme. Sie vermied tunlichst, auf die Ereignisse an der Ostfront einzugehen, wollte ihre Tochter damit nicht belasten.

„Pass bitte schön auf dich auf. Ich muss jetzt los. Dein Papa kommt bald von Arbeit und der Weg ist lang. Vielleicht kann ich noch etwas zu essen für ihn auftreiben", sie lächelte. Der Abschied war bewegend. Sie hielten sich an den Händen, bis ihnen die Tränen kamen. Dann ließen sie voneinander ab.

Marthas Heimweg führte sie zur Langen Brücke, unweit an der Zentrale der Gestapo vorbei. Sie erkannte den Gang des Mannes, den sie auf der anderen Straßenseite bemerkte. Er hatte es eilig, verschwand umgehend im Gebäude, hatte sie aber wohl nicht bemerkt.

Grotte, dachte Martha. Gedankenverloren setzte sie ihren Weg fort.

XXIII

Die Granate hatte ein Chaos im Chaos angerichtet. Sie war unmittelbar bei den deutschen Linien detoniert und verwüstete alles im Umkreis. Die überlebenden Soldaten liefen wirr durcheinander. Obwohl sie täglich Einschläge zu verzeichnen hatten, war dieser besonders hart und hatte gravierende Folgen. Die Kommandozentrale war getroffen worden, ebenso die Hauptfunkstelle des Panzerregiments, die in einem LKW mit ausgefahrener Antenne vor einem reetgedeckten Bauernhaus stand. Das war besonders bitter, weil keine Funkverbindung mit der deutschen Wehrmacht im Hinterland gehalten werden konnte. Nur über mobile Funkgeräte war noch eine Verbindung herzustellen.

Feldwebel Junkers hatte Mühe, seine Leute wieder-zufinden, um sie zu beruhigen und eine Abwehrstellung aufbauen zu lassen. Das gelang in relativ kurzer Zeit, mit nur wenigen Rekruten.

Als sich Albert und Seppl nach dem Schlag aufrappelten, wollten sie ihre Gewehre schnappen und hinaus aus dem Graben fliehen.

„Komm, Fritz", schrie Albert. „Komm doch", rief er lauter werdend. „Fritz ...", dann war Ruhe. „Seppl, Seppl, der Fritz rührt sich nicht." Seppl stieg den Graben flink wieder hinunter zu seinem Kameraden. Fritz hatte etwas weiter oben als Albert und Seppl gelegen, war durch seine höhere Lage den herumfliegenden Splittern unmittelbar ausgesetzt.

„Was ist?", fragte Seppl. Beide beugten sich zu ihrem Freund, der mit dem Gesicht nach unten lag. Sie schauten sich an, bevor sie nervös und fieberhaft an seinem Körper rüttelten. Nur ein leises Stöhnen war zu vernehmen. Nun sahen sie im Halbdunkel die Granatsplitter, die in Fritz' Rücken eingedrungen waren. Einige waren nicht mehr zu sehen, sie steckten tief in seinem Körper, aus dem das Blut stoßweise quoll. Seppl ließ den Karabiner fallen, nahm sein Halstuch, versuchte den Blutfluss zu stillen. Albert suchte ihn verzweifelt zum Bewusstsein zu bringen, indem er immer wieder seinen Namen brüllte. Ein Schluchzen war alles, was aus Fritz herauszubekommen war. Die verzweifelten Jungs ließen nicht nach, versuchten alles Mögliche, riefen nach dem Sanitäter, aber ... Die Jungs, die Männer sein sollten, verfielen in ein kindliches Jammern, schrien immer wieder den Namen, versuchten den Freund vergeblich aufzurichten.

„Fritz, wach auf." Seppl konnte nicht mehr klar denken. „Fritz, nein. Du musst doch noch schreiben. Du weißt doch, das Ende. Komm, mach! Das fehlte dir doch noch ...", seine Worte verloren sich in einem bitteren Wehklagen unter den emporsteigenden Rauchschwaden.

Fritz schlug die Augen nicht mehr auf, er seufzte, rang noch einmal tief nach Luft, dann war alle Kraft aus ihm gewichen. Kein Puls war mehr zu messen. Er sollte sein Zuhause nicht mehr sehen, seinen Roman nicht mehr zu Ende schreiben.

Die Zwei wichen nicht von seiner Seite. Hatten sie sich doch versprochen, einander zu helfen. Nur was, wenn jegliche Hilfe vergebens war? Albert nahm Seppls Hand, schaute ihn an, schüttelte verneinend den Kopf. „Lass, lass ihn ruhen ..."

Es verging kein Tag, ohne dass sie den Tod vor Augen hatten. Ungeachtet dessen wollte Seppl es nicht wahrhaben, dass es einen von ihnen erwischt haben sollte. Einen, mit dem sie noch am Abend vorher diskutiert und rumgealbert hatten.

Albert knipste die Erkennungsmarke ab, nahm Fritzens Papiere und steckte sie ein. Ein Foto seiner Familie legte er in die Hände des Toten. Sie bedeckten den leblosen Körper mit einer Decke. Aus dem dreiblättrigen Kleeblatt war nun ein zweiblättriges geworden.

Junkers hatte die beiden entdeckt, wie sie sich über Fritz beugten. Er kannte solche Szenen nur zu gut. Er reichte ihnen seine Hand, zog die beiden aus dem Graben, sah ihre verweinten Gesichter und ihm wurde klar, dass diese Jungs einen Freund verloren hatten.

Sie hielten sich noch drei Tage, bevor ein Panzergrenadier-Kommando sie aus dem Kessel herausholte. Die Verluste waren unbeschreiblich hoch. Verbrannter Boden, eine Wüste blieb zurück, ohne Leben. Das war nicht mehr Gottes Erde. Hier hatte der Teufel gehaust.

Die deutsche Armee war auf dem Rückzug. In Reih und Glied marschierte eine geschlagene Armee nach Westen. In schmutzigen, zerlumpten, ausgefransten Kleidern, mit dreckiger Haut und tief in den Höhlen liegenden Augen, die starr nach vorne schauten. An den urinbefleckten Hosen hingen getrocknete Kotklumpen. Auf ihrer Flucht nahmen sie den gleichen Weg wie die Grande Armée Napoleons vor 130 Jahren.

Seppl und Albert marschierten inmitten der anderen Soldaten. Seppl schaute nach links. Ihm fiel ein Schild auf: Житомир 120 верста (Shitomir 120 Werst).

XXIV

Willi saß in der Gaststätte Hiemke und ärgerte sich über die schlechten Blätter beim Skat, die er Spiel um Spiel aufnahm. Ungläubig schaute er sich die Karten in seiner Hand an.

„Was ich hier kriege. Aus jedem Dorf ein Köter", sagte er.

„Nicht aufregen, mein Lieber", widersprach Kunibert, sein Skatpartner.

„Mir geht's auch nicht anders", sprach Ritchie, sein dritter Skatbruder zur Linken. „Zähle deine Harten."

„Wie soll man da bei Laune bleiben? Das geht schon den ganzen Abend so", Willi wollte es nicht wahrhaben.

Kunibert gewann das Reizen.

„Ach, komm. Auf dem Tisch sterben sie", Willi kam raus. Jeder kloppte jetzt nacheinander seine Karten auf den Tisch. Doch kein Bluffen, kein Schnippeln war erfolgreich: Kuniberts Blatt war zu gut. „Hinten kackt die Ente", damit machte er seinen letzten entscheidenden Stich zum Sieg.

Willi haute mit der Faust auf die Tischplatte, dass die Gläser erzitterten. Und schon entspann unter den Brüdern ein wildes Gerede, in dem jeder dem anderen die Schuld zusprach. An der Theke lachten die Gäste. Aber so sind Skatbrüder, im Leben die besten Freunde, aber Stich um Stich wächst die Zwietracht.

„Immer dasselbe", erfreute sich Klarer, der Wirt, ein Kneipier mit vorstehendem Bauch und einem welken Gesicht, über die Diskussion. Den Spitznamen hatte er bekommen, weil immer – etwas separat von den anderen Gläsern – ein Klarer für ihn bereitstand, von dem er sich etwas zugoss, sobald eine neue Lage spendiert wurde.

Nur zwei waren nicht so begeistert, mischten sich nicht in den Gedankenaustausch ein. Sie saßen in der Ecke, die Köpfe eng beisammen, tauschten sich flüsternd aus. Dabei gingen ihre Blicke nach rechts und nach links, um sehen zu können, ob es heimliche Zuhörer gab. Das schienen sie nicht zu mögen. Schon steckten sie wieder ihre Köpfe zusammen und murmelten miteinander.

Willi hatte sie schon vor einiger Zeit entdeckt und behielt sie in seinem einzigen Auge, trotz der schwindenden Konzentration wegen seiner schlechten Skatblätter.

Grotte kannte er ja, aber seinen uniformierten Gesprächspartner hatte er noch nicht kennengelernt. Nur, dass er sich vage an sein Gesicht erinnerte. Er musste ihn schon einmal gesehen haben. Von Martha wusste er, dass der Grotte neulich in die Gestapozentrale gegangen war, er hatte also Verbindungen dorthin, was wiederum kein Wunder war. Das behagte ihm überhaupt nicht. Ein übler Mitläufer, mehr war er für Willi nicht. Beäugte doch dieser Spitzel alles im Block und flüsterte es an geeigneter Stelle weiter. Bittere Empörung stieg in ihm auf.

Martha war am Vormittag wieder bei der Polizei gewesen, hatte sich nach Lotte erkundigt. Sie bekam aber keine zufriedenstellende Auskunft. Immer noch kein Lebenszeichen von ihrer Schwester. Es konnte ihr doch etwas passiert sein. Warum ging die Polizei dem nicht nach? Aber wahrscheinlich spielten vermisste Leute in der aktuellen Situation keine wichtige Rolle. Durch die Bombenangriffe und die eingestürzten Häuser waren viele Menschen verschwunden. Da machte man sich um eine Frau mittleren Alters keine Mühe, sie zu finden. Die Prioritäten waren anders gelagert. Am nächsten Tag erblickte Martha Grotte, als sie die Gartenstraße entlangging. Von Willi mit i hatte sie das aus der Gaststätte Hiemke gehört. Kurz entschlossen ging sie auf ihn zu. Er schien schon etwas zu ahnen.

„Herr Grotte", sprach sie ihn im maßregelnden Ton an. „Herr Grotte", sie wiederholte den Namen, um ihrer folgenden Frage genug Ernsthaftigkeit zu verleihen. „...wissen Sie etwas von meiner Schwester?"

Grotte wollte die Frage übergehen: „Frau Bündel, geht es Ihnen gut?", fragte er durchtrieben.

„Bitte geben Sie mir eine Antwort", sie bemerkte, wie er nervös zu werden schien.

„Ja, äh ... weiß auch nicht." Er wollte sich eilig entfernen. Martha aber ging hinter ihm her, hielt ihn an der Schulter fest. Nun wurde sie bestimmter: „Sagen Sie mir, was mit ihr ist?"

„Ich weiß nichts von Ihrer Schwester. Was wollen Sie von mir? Zeigen Sie sich lieber solidarisch!" Er wollte das Gesprächsthema wechseln und sie damit unter Druck setzen.

„Das ist meine Sache. Was ist mit meiner Schwester Lotte?" Martha wurde derart laut, dass vorbeilaufende Passanten ihren Gang verlangsamten, um Gesprächsfetzen mitzubekommen.

Ein Entkommen schien für Grotte nicht möglich, deshalb wurde sein Ton sanfter: „Liebe Frau, ich bin nicht über Ihre Lotte informiert".

„Glauben Sie nicht, dass Sie mich anlügen können. Ich weiß, Sie wissen etwas über meine Schwester!"

„Ich weiß nichts, glauben Sie mir, das ist ein Irrtum."

Martha ließ ab, wendete sich zum Gehen, drehte sich aber noch einmal um, drohte ihrem Kontrahenten mit dem Zeigefinger, ohne auch nur noch eine Bemerkung fallen zu lassen.

Mit eingezogenen Schultern ging Grotte weiter seiner Wege.

Martha sprach Willi mit i auf das Vorkommnis an. Sie schilderte ihm die Unsicherheit, die ihr bei Grotte aufgefallen war. Sie war der festen Überzeugung, Grotte wisse etwas.

„Mir liegt dieser Kerl auch quer", sagte Willi. „Hatte dir ja die Sache bei Hiemke geschildert. Das stimmte mit deiner Beobachtung überein, als du ihn in Potsdam gesehen hattest."

„Er ist ein grässlicher Kerl." Marthas Augen leuchteten. „Ich hasse ihn so sehr, so sehr, dass mir eine Bezeichnung für ihn nicht einfällt. Vielleicht ist er auch verantwortlich dafür, dass alle unsere Söhne in den Krieg mussten."

Willi sah voller Sorge, wie sich seine Frau grämte. Drei Söhne im Krieg, die Schwägerin verschwunden. Und das alles nur in der engeren Familie. Er wollte ein paar tröstende Worte finden: „Martha", begann er seine Ansprache, „habe ich dich in all den Jahren sehr alleine gelassen? Habe ich dich vernachlässigt?" Willi glaubte, ihr die ganze Last aufgeladen zu haben, während er arbeiten war oder sich beim Skat aufhielt.

Martha war überrascht, derart sanfte Töne ihres Gatten war sie nicht gewohnt. Hatte er sie alleine gelassen? Sicher, sie war in der Familie gefordert, hielt sie zusammen, nahm Probleme an, wo er glaubte, sie nicht lösen zu können. Und der Skat? Diese kleine Freude wollte sie ihm nicht nehmen. Längst waren die Lokale Zum Löwen oder die Gaststätte Hiemke keine Kneipen mehr im herkömmlichen Sinne, eher dienten sie jetzt als Begegnungsstätten. Längst kam er nicht mehr so angeheitert nach Hause wie früher. Neben der Lebensmittelknappheit gab es auch Lieferschwierigkeiten beim Alkohol. Die Wirte bekamen Probleme bei Bestellungen. Die Brauereien konnten nicht mehr die volle Produktion aufrechterhalten, es fehlte an Personal und an Rohstoffen. Nein, das wollte sie ihm lassen. Sollte er ruhig seinen Skat spielen, was hat er denn auch sonst?

„Ach Willi, nein, hast du nicht", beruhigte sie ihn. „Es ist die ganze Ungewissheit, nicht zu wissen, was ist, was kommen wird."

„Ja, ich weiß", er nahm sie in den Arm, drückte sie fest an sich. „Es wird bestimmt bald alles gut. Wir werden es schaffen." Martha drückte ihren Kopf an seine Brust, schloss die Augen. Sie fühlte sich in diesem Moment gut aufgehoben. Und Willi musste daran zurückdenken, wie er zu seiner Martha gekommen war. Auf dem Schulhof erblickte er eines Tages ein spielendes Mädchen mit einem wunderschönen Gesicht. Immer wieder schaute er zu ihr hin. Suchte sie tagtäglich auf dem Schulhof. Wenn sie nicht da war, wurde er traurig, wenn er sie sah, war er froh. Sie bemerkte ihn nicht. Dann musste er die Volksschule verlassen, sie blieb, da sie zwei Klassen unter ihm war. Er vergaß so allerlei aus dieser Zeit, aber nicht das Gesicht, das ihm in Erinnerung blieb. In den folgenden Jahren erschien sie ihm immer mal wieder vor seinem inneren Auge, er vergaß sie nicht. Jahre später stellte ihm eine Bekannte ihre beste Freundin vor. Und da war es wieder: das Gesicht. Seine Martha. Willi musste grienen.

Monika hatte es nicht einfach. Sie musste hart arbeiten im Krankenhaus. Aushilfsweise pendelte sie zwischen dem Virchowkrankenhaus und der Krankenanstalt in Moabit. So erging es vielen Mädchen. Eine geordnete Krankenhausbehandlung wurde immer schwieriger, weil Elektrizität,

Gas, Wasser und die Kanalisation nach Angriffen oft tagelang ausfielen.

Nach Hause kam sie wie auch das Irmschen nur noch selten. Einen Vorteil hatte sie, sie konnte ihre Eltern telefonisch erreichen, ihnen ihre unregelmäßigen Dienste mitteilen, damit sie nicht besorgt sein mussten. Die Bombenangriffe auf Berlin wurden intensiver. Unaufhörlich ließen die Briten und Amerikaner ihre tödliche Last auf die Stadt prasseln. Fliegeralarm war an der Tagesordnung. Hektische Betriebsamkeit beherrschte dann das gesamte Krankenhaus, das mit Rot-Kreuz-Fahnen deutlich für die Flieger als Hospital gekennzeichnet war.

Bei einem Voralarm half sie gerade im Operationssaal aus. Der Chirurg aber operierte konzentriert seine Patientin weiter, forderte seine Schwestern auf, ihm trotz des Alarms weiter behilflich zu sein. Im Umkreis schlugen die Bomben ein, Leuchtsignale erhellten den Himmel, aber der Chirurg blickte nicht auf, seine Augen waren weiter ganz konzentriert auf das Operationsfeld gerichtet. Es war eine Gallenblasenoperation, bei der der Kranken das betreffende Organ entfernt werden musste. Angesichts der Personalnot standen nur Monika und eine weitere Schwester direkt neben dem Operateur, der ihr nach Beendigung seines Werkes kurzerhand befahl: „Zumachen!" Damit verschwand er. Sie hatten zwar schon einige Nähte gesetzt, aber das hier? Voller Zweifel machten sich beide Mädels ans Werk, setzten Faden um Faden, vernähten die Wunde säuberlich, wie sie es von Ihren Müttern beim Stopfen von Strümpfen gelernt hatten. Das Blut war bald gestillt, als auch der letzte Faden durch die Haut gestochen wurde. Sie ließen ihre blutigen Hände sinken und waren mit ihrem Werk zufrieden. Davon musste Monika heute unbedingt ihrem Seppl schreiben.

XXV

Die Deutschen hatten Shitomir im Spätsommer erobert. Allerdings brachen immer wieder Kämpfe aus, da die Sowjets mit aller Macht und mit Unterstützung ihrer T34-Panzer versuchten, die Stadt zurückzuerobern. Auch Partisanenverbände bereiteten den Deutschen Schwierigkeiten. Die verstreuten Einheiten operierten im Dunkeln, ohne große sichtbaren Verbände, und waren sehr schwer auszumachen. Bis Ende des Jahres 1943 war Shitomir Generalbezirk, Bestandteil des deutschen Reichskommissariats Ukraine.

Hierhin verschlug es die deutschen Einheiten, die aus dem Kessel von Kiew entkommen waren. Auf dem langen Marsch dorthin sahen die Soldaten viel Elend, Unmengen von Toten und völlig zerstörte Dörfer. Shitomir selbst war zu 80 % zerstört, nur wenige Häuser waren noch intakt und dienten den deutschen Truppen als Unterkunft. Die Bevölkerung war sehr dezimiert, durch die Straßen wehte der schreckliche Geruch einer toten Stadt.

Kaum waren die Garnisonen auf dem Militärgelände am Rande Shitomirs untergekommen, da wurden sie schon wieder in Kämpfe verwickelt, weil es zu Angriffen im östlichen Stadtbereich kam.

Albert und Seppl waren noch matt vom Marsch in voller Ausrüstung, aber sofort schnappten sie sich ihre Karabiner und schwärmten im Verband aus. Schon am Rande des Kampfgebietes flogen ihnen die Geschosse um die Ohren. Nur gebückt oder kriechend kamen die Kämpfenden weiter, immer wieder Schutz suchend. Zu kurzen Verschnaufpausen kam es nur, wenn Panzerverbände ausrückten und die gegnerischen Reihen auseinandersprengten. Hinter den Panzern Zuflucht suchend, preschten einzelne Stoßtrupps nach vorne. Jedoch waren keine großen Geländegewinne zu verzeichnen. Im Gegenzug stießen die russischen Panzer vor, was die deutschen Soldaten dazu veranlasste, sich wieder zurückzuziehen. So ging es einige Male hin und her. Diese Taktik war zermürbend.

Die Gegenseite ist bestimmt nicht besser dran, dachte sich Seppl, kurz zur Ruhe kommend. Albert warf sich neben ihm ins Feld, lag auf dem Rücken und sagte lachend: „Hol mir mal ein Bier", als plötzlich in ihrer unmittelbaren Nähe ein lauter Schrei zu hören war. In der Ferne sahen sie einen Rekruten mit seinem Gewehr aufrechtstehend in Richtung des Feindes ohne Pause zu schießen. Er schoss, bis das Magazin aufgebraucht war. Dann warf er seine Waffe zu Boden, rannte eiligen Schrittes, laut brüllend und die Pistole ziehend auf unsere zwei Freunde zu. Seppl war drauf und dran, seine Waffe zu ziehen, als der Verstörte direkt vor ihnen zum Stehen kam. Er hatte die zittrigen Augen weit aufgerissen, dass das Weiße darin deutlich zu sehen war. Die Glieder zitterten, aus dem Mund rann der Speichel. Er starrte Seppl an, der neben Albert auf dem Boden saß, und sagte: „Ich kann nicht mehr, Seppl!"

Der erkannte ihn jetzt. Es war Gunnar, der vor ihnen stand, der unerschrockene Gunnar. Bevor sich einer der beiden besinnen konnte, setzte sich Gunnar die Waffe an die Schläfe und drückte ab. Das Blut spritzte aus seinem Kopf, Gehirngewebe verteilte sich auf dem Boden. Sein Körper fiel zu Boden und blieb leblos vor den beiden verdutzt Schauenden liegen.

„Was war das denn?" Albert verstand die Welt nicht mehr. Seppl war erstarrt und brachte kein Wort hervor. Das war zu viel. Erst den ganzen Tag die Kämpfe um ein Gelände, das keiner wollte und nun das noch. Er hatte sichtlich einen Schock erlitten. Albert richtete den Kameraden auf, hob ihn aus seiner sitzenden Stellung und brachte ihn fort, möglichst weit weg von diesem Ort. Es dauert eine Weile, bis Seppl wieder zu sich kam. Er hatte zwar Gunnar nicht gemocht, aber das, das war keinem zu wünschen. So aus dem Leben zu scheiden.

Hinter einer Mauer, von anderen nicht einsehbar, kauerten sie sich hin und Seppl berichtete Albert von Gunnar: ein Boxer und unbestritten physisch ein starker Mensch. Ausgerechnet dieser Kerl hatte total die Nerven verloren. Seppl dachte augenblicklich an seine eigene kleine Welt, an seine Lieben zu Hause, an den Tod seines Freundes Fritz vor zwei Monaten.

„Furchtbar,", sagte Albert, „er ist total durchgedreht." Auch ihm merkte man an, dass das Erlebnis Spuren hinterlassen hatte.

„Gunnar war bei mir unten durch", Seppls Worte klangen heiser. „Ja, ich glaube, ich hasste ihn sogar ein wenig. Fiel mir sein Name ein, sagte ich mir nur: Du fällst mir noch vor die Füße, wart's nur ab. Aber so?" Albert schwieg.

Wortlos gingen sie durch die Stadt, die wie ausgestorben war, und begaben sich zu ihrer Unterkunft. In der Ferne waren neue Explosionen zu hören. Die beiden wollten nur noch in ihre Behausung, sich ausruhen, an nichts mehr denken. Vieleicht träumen von daheim.

Sie hauten sich auf ihre Strohsäcke, schnappten nach Luft.

„Mir ist schwindelig, Albert", sagte Seppl.

„Und ich habe starke Kopfschmerzen!", erwiderte Albert.

Sie waren beide angeschlagen, kamen ins Philosophieren.

„Wenn ich nur an die Bibel glauben würde, könnte ich mich wie andere Kameraden damit trösten." Seppl schaute ins Leere. „Aber es fällt mir schwer, sie ist für mich nur eine Sammlung von mündlich übertragenen Geschichten, die aufgeschrieben und ausgeschmückt wurden."

„Aber viele, sehr viele Menschen glauben daran, finden darin Hoffnung", selbst Albert las ab und zu darin.

„Ja, du hast schon recht", Seppl wollte seinem Freund nicht zu nahetreten. „Kann mir nur nicht vorstellen, dass die über Jahrtausende gesammelten Geschichten alle so stimmen ..." Seppl sah, wie Albert bereits eindöste.

Ungeachtet des Erlebten fielen beide schnell in Schlaf.

Die Nacht war kurz. Abermals erschütterten Granateinschläge die Region, brachten alles in Aufruhr. Splitter schlugen in die Unterkünfte ein, zerschmetterten die wenigen noch intakten Fenster. Ein wildes Durcheinander mit brüllenden Befehlen herrschte in den Räumen. Bislang war die Front doch noch weiter östlich gewesen, aber jetzt schienen die Russen vordringen zu wollen. Die Folge waren erbitterte Kämpfe um jeden Meter Land, die die deutschen Panzerverbände veranlassten, zum Gegenschlag auszurücken.

Albert und Seppl waren an diesen Kämpfen nicht beteiligt, wurden aber von Junkers abkommandiert, in Shitomir Häuser zu durchkämmen, um eventuelle Partisanen aufzustöbern. Die Stadt sah wirklich schrecklich aus. Kaum ein Haus noch unbeschädigt. Tiefe Gräben auf den Straßen vermittelten das Bild einer Mondlandschaft. In Trupps zu sechs Leuten, immer das Gewehr anschlagsbereit, durchkämmten sie die Stadt. Vorbei an Häusern, wo nur noch die Grundmauern standen, Autowracks, vereinzelt nur noch aus der Karosserie bestehend, Läden, die keine Waren, sondern nur noch Schutt beherbergten. Qualm stieg aus allen Ruinen hervor, durchaus auch von Feuerstellen, deren Flammen stundenlang aus irgendwelchen Öffnungen quollen.

Sie durchsuchten Kirchen und Amtsgebäude. Passanten, schmutzig gekleidet, wie auch ihre Besatzer, waren nur wenige zu sehen, wenn, dann flüchteten sie vor den herannahenden Soldaten in die Keller und Behausungen, die ihnen als Unterschlupf dienten. Vereinzelt lagen tote Frauen und Kinder auf den Straßen, aber überall halb verweste Nutztiere, wie Pferde und Rinder, die teilweise schon zerteilt waren. Was für eine Not. Die Infektionskrankheiten Typhus und Cholera verbreiteten sich durch verschmutztes Trinkwasser unter der Bevölkerung.

Das kann nur das Ende der Welt sein!, dachte Seppl. Da gehen wir als Besatzer durch diesen Ort und sehen genauso jämmerlich aus wie die Besiegten. Was für ein Zustand!

„Ich glaube", meldete sich Albert plötzlich, „ich habe in dem Haus da drüben etwas gesehen, was hinter dem Fenster weghuschte." Er zeigte auf den Flügel eines zerbombten Gebäudes auf der anderen Straßenseite. Sie meldeten sich von den anderen ab, begaben sich geduckt und sich anpirschend zum Haus, den Karabiner schussbereit. Mit dem Rücken an der Wand verschafften sie sich Zugang zum Eingang. Drinnen war es ziemlich dunkel, der Wind fegte durch die offenen Räume. Lichtkegel erhellten einige Winkel des Hauses. Geisterhafte Geräusche waren zu hören, die sich deutlich vernehmbar fortbewegten.

Albert berührte Seppl am Arm, forderte ihn mit einem Fingerzeig auf, ruhig zu sein und sich zu bücken. Langsam gingen sie von Zimmer zu Zimmer, bis sie in einer Ecke eine Frau ausmachten, die an die Wand gelehnt dasaß, die Beine angewinkelt. Sie versuchte, ihren Kopf dazwischen zu vergraben. Sie gingen langsam auf sie zu.

„Ty odin?" fragte Albert, ob sie alleine war. Sein Russisch war zwar miserabel, aber er machte sich verständlich.

Sie schaute auf, und sie sahen ein bildhübsches Mädchen, mit schwarzen Haaren und rußverschmiertem Gesicht. Ihre Augen glitzerten, trotz allem waren sie von Leben erfüllt.

„Nie hätte ich gedacht, dass Sowjets so schön sein können", flunkerte Albert. Sie schmunzelten.

„Ische Anastasija", gab die verschüchterte Frau von sich. „Ische Anastasija", wiederholte sie, nickte dabei betont mit ihrem Kopf.

„Ty odin?" wiederholte Seppl nachplappernd die Worte von Albert. Das Mädchen nickte.

„Sovsem odin", gab sie zur Antwort. Wollte damit sagen, dass sie ganz alleine war. Die beiden trauten ihr nicht so recht, forderten sie zum Mitgehen auf und durchsuchten mit ihr gemeinsam die letzten leeren Räume. Jetzt konnten sie auch Anastasijas perfekt geformte Figur erkennen. Der enge abgetragene Rock betonte dennoch ihre Taille, und die einfache Bluse umhüllte einen schönen Busen. Albert war offensichtlich von ihr begeistert, wollte wissen, wo sie wohnte.

„Gde zhivut?", fragte er sie. Sie zeigte mit der Hand nach draußen, auf ein rotes Gebäude am Ende der Straße.

Sie gingen mit ihr zu dem Gebäude und Anastasija zeigte ihnen ihre Wohnung. Sie schien dort alleine zu wohnen. Alles war aufgeräumt, die Zimmer offenbar nicht getroffen worden, so wie das ganze Haus nur leichte äußere Schäden aufwies. Sie verabschiedeten sich, patrouillierten weiter in den Gassen von Shitomir.

„Sie war so hübsch", Albert konnte sich nicht beruhigen. Seppl schaute ihn an, zwinkerte ihm zu.

Albert war sich der Gefahr bewusst, in die er sich begab. Hatte er sich in diesen schrecklichen Zeiten etwa verliebt, in eine Feindin? Ein kribbelndes Gefühl durchfuhr ihn. Auch wenn er daran dachte, welches Schicksal ihm drohte, so war er doch sicher, dass er der Versuchung nicht widerstehen konnte. Er musste sie wiedersehen. Hatte sie nicht auch seinem Blick standgehalten, war da nicht ein Leuchten in ihren Augen, das er als Leidenschaft definierte? Den ganzen langen Weg durch Shitomir dachte er an sie. Er würde es auf irgendeine Weise fertigbringen, sie wiederzusehen. Seppl fiel sein Schweigen auf.

„Mach keinen Blödsinn“, sagte er, ahnte er doch nichts Gutes.

Sie hatten sich ihren Kameraden wieder angeschlossen, suchten nach Freischärlern, machten keine aus. Auf dem Rückweg gingen sie an Anastasijas Haus vorbei, Albert blickte hinein, sah sie hinter den Scheiben. Als Letzter gehend konnte er sie mit einem Wink auf sich aufmerksam machen, ohne dass die anderen es bemerkten. Sie winkte mit einer angewinkelten Hand zurück.

„Seppl, ich muss sie sehen!“ Sie lagen in der Hütte, die ihnen als Quartier diente, auf den Strohsäcken und unterhielten sich leise.

„Wie willst du das machen?“, antwortete dieser, ohne nach Einzelheiten zu fragen. Er wusste zu genau, in welch einer psychischen Verfassung sein Freund war. „Die erschießen dich, wenn das herauskommt.“

„Es wird nicht herauskommen. Ich weiß schon, wie ich das anstellen werde“, er stellte sich vor, wie es war, sie in den Arm zu nehmen. Sie würde keine Gegenwehr leisten, da war er sich sicher. Im Gegenteil …

Als Seppl in der Nacht wach wurde, sah er den leeren

Strohsack neben sich. Au weia, dachte er. Albert machte das wirklich. Hoffentlich wird das gut gehen. Er konnte den Drang seines Kameraden verstehen. War es nicht auch so bei ihm und Monika?

Es dämmerte schon, als er bemerkte, wie Albert in die Hütte hereinschlich, mit gespreizten Beinen einen Weg durch die durcheinander liegenden Körper suchte. Er schmiss sich erleichtert auf das Stroh, stöhnte ein leises „Puh".

Seppl stupste ihn an, neugierig schaute er ihm in die Augen.

„Ich war bei ihr", flüsterte Albert. „Sie war so schön, so liebevoll." Er stützte sich mit dem Ellenbogen auf: „Seppl, ich hatte sie." Er griente so froh, als ob er gerade einen Preis gewonnen hätte. Dann streckte er sich aus, die Hand unter seinen Kopf gelegt.

„Du bist verrückt", Seppl war erleichtert, ihn wieder neben sich zu wissen. Das war das Gute. Aber das Schlechte war: Würde er es dabei bewenden lassen, oder würde er das noch einmal machen? Das Risiko eines solchen Abenteuers war groß, es endete oft vor dem Kriegsgericht. Und dann machte die Wehrmacht kurzen Prozess.

Die Gegenoffensive der sowjetischen Armee hielt an. Die deutschen Abwehrreihen waren bemüht, die Stellungen zu halten. Aber es wurde von Stunde zu Stunde schwieriger. Die Tage waren ungemütlich und sehr kalt. Hinzu kam das unwegsame Gelände, der Schlamm, die defekten Maschinen, die in der Wildnis den Geist aufgaben. Sie waren nicht für dieses Land bestimmt.

Anfang November wurde Shitomir von den Russen zurückerobert.

Das war für Albert besonders bitter, denn nun konnte er seine Freundin nicht mehr sehen, Er fühlte eine große Leere in seinem Körper. Würde das nicht das Ende ihrer Liebe sein? Er würde sie nie mehr wiedersehen. Bedrückt von dieser Bürde, die auf ihm lastete, musste er trotzdem weiter ein deutscher Soldat sein. Seine Einstellung zum Krieg hatte sich schon lange geändert. Nun sah er endgültig keinen Sinn mehr in den Kämpfen und im Niedermachen eines Volkes. Deshalb sehnte er den Vorstoß der deutschen Truppen gegen den Raum Fastow - Shitomir herbei, der Mitte November erfolgte. Es wurden besonders erbittert geführte Kämpfe. Shitomir sollte dem Einfluss der Sowjets entzogen werden. Stalinorgeln, Panzerangriffe prallten ihnen entgegen. Es war kaum ein Durchkommen. Doch die 7. Panzer-Division schaffte das Unmögliche: Shitomir gelangte wieder in die Hände der Deutschen.

Seppl und Albert waren abgekämpft. In der Schlacht hatte es Boris, den Bruder von Gernot Fuchs erwischt. Er bekam einen Bauchschuss, der ihm einen langen Todeskampf brachte. Sein Bruder war bei ihm, stand ihm in den letzten Minuten zur Seite. Bitterlich weinte er, hielt den Leib seines Bruders im Arm. Resignierend rief er „Mama!"

XXVI

Das Leben konnte so grausam und ungerecht sein. Nicht nur an der Front. Martha war bei der Gestapo in Potsdam vorstellig geworden, um sich nach ihrer Schwester zu erkundigen. Sie wurde von Tür zu Tür geschickt, ehe man ihr mitteilte, es gäbe keine Unterlagen über Lotte Roth, und man wisse nicht, wo sie sich aufhielt. Brüsk erhielt sie diesen Bescheid von einem SS Mann in schwarzer Uniform. Enttäuscht ging sie fort. In diesem Haus gab es nichts Menschliches, nur Uniformierte mit ihren schweren Stiefeln, die bei jedem Schritt den Boden erschütterten. Diese Kreaturen waren für sie wie wilde Tiere: ohne Gnade, ohne Mitleid.

Für sie war klar, hier kam sie nicht weiter. Auch ein kurzer Besuch bei Lottes Nachbarn am Weberplatz brachte keine neue Erkenntnis. Es schien aussichtslos.

In der Post fand sie einen Brief vor. Er war von Seppl, etwas Erfreuliches. Dickes, engbeschriebenes Papier holte sie aus dem Umschlag heraus.

„Liebe Mama, lieber Papa, liebes Irmschen", schrieb er, „endlich komme ich dazu, Euch zu schreiben. Wie geht es? Es vergeht kein Tag, an dem ich nicht an Euch denken muss. Wie sehr vermisse ich unser Haus. Das war mir nie so deutlich, wie es mir jetzt erscheint. Hier gibt es keine Blumen, kaum noch Felder, alles ist eine Wüste. Tiere leben schon lange nicht mehr in der Region. Dafür leben wir jetzt wie die Tiere. Es geht mir aber gut. Macht Euch keine Sorgen. Das Essen ist reichlich, die Kameradschaft sehr freundschaftlich."

Hier log er, da die Grausamkeiten nicht schriftlich festzuhalten waren. Er konnte das nicht. Zudem hätte er seine Leute nur beunruhigt. Das Essen war beklagenswert, es gab nur noch Graupensuppe und freundlich waren die Kameraden untereinander schon lange nicht mehr. Zu sehr bestimmten die Ereignisse, der Kampf ums eigene Überleben das Leben. Von der Natur konnte er schreiben, die zwar keine mehr war, aber er sehnte sich danach, wenn er an die Heimat dachte: der Park, die Havel. Das war die Sehnsucht, von der er schrieb. „Habt Ihr etwas von den Brüdern gehört? Ich bekomme hier so gut wie nichts mit. Die Frontberichte sind so einseitig, nur positiv. Dabei wissen wir doch, wie es um unser Land steht.

Das, was wir hier mitbekommen, hält uns das direkt vor Augen. Morgen rücken wir wieder aus, gegen einen Feind, den wir nicht sehen, nur seine Granaten bekommen wir zu Gesicht."

Am Ende seines Briefes schrieb er sich doch so einige Sachen von der Seele. „Wir sehen uns bestimmt bald wieder, sind alle ganz sicher demnächst wieder beisammen." Er glaubte mit keiner Silbe an diese Aussage, es war aber schön, sich das vorzustellen. Er schrieb noch von Albert, Fritz erwähnte er nicht. Dann mit mehr Eile: „Alles Gute, bleibt schön gesund, Seppl."

Dieser Brief war drei Wochen unterwegs und erreichte die Bündels im Dezember, kurz vor dem Fest.

Indessen waren einiges geschehen, wovon weder Seppl noch die Bündels in Babelsberg etwas ahnten.

Unter großer Mühe hatte Albert nach der Einnahme von Shitomir Anastasija wiedergefunden. Ihr Haus war zerstört worden, sie hatte sich aber unweit davon in einen Tunnel mit anderen Bewohnern geflüchtet. Von der Wehrmacht ausgemacht, wurden sie abgeführt und in einer noch einigermaßen erhaltenen Markthalle festgehalten. Hier fand er sie. Wie glücklich war er, sie zu erblicken. Die Halle war voll mit Menschen, die auf dem Boden kauerten, Kinder weinten, Mütter beruhigten sie. Ein paar ältere Männer, die nicht mehr im Krieg eingesetzt werden konnten, waren ebenfalls unter den Gefangenen – allesamt elende Gestalten – schmutzig, verwirrt, desorientiert. Sie hatten nur noch eine Hoffnung: Frieden.

Anastasija saß am Boden, er erkannte sie sofort. Sie wischte sich gerade ihre Hände ab, hatte einer Mutter mit ihrem Baby geholfen, als er auf sie zutrat. Nicht zu vertraut, er hielt sich auf Distanz. Er durfte nichts nach außen zeigen.

„Privet", sagte er kurz, begrüßte sie. Sie war völlig überrascht, sogleich eroberte ein leichtes Lächeln ihr sorgenvolles Gesicht. Ihre Augen funkelten, das Herz pochte bis in ihren Hals. Aber sie musste sich zurückhalten. Das wusste sie, keine Umarmung, kein Kuss. Sie schluckte vor Aufregung, brachte kein Wort heraus. War sie nicht gerade dem Tode nahe gewesen? Und jetzt dieses Glück. Sie hatten sich wiedergefunden. Er drückte heimlich ihre Hand, sie verstanden sich, waren sich auch so einig.

Als wenige Tage später neue Angriffe der Deutschen auf Kiew unter dem Kodenamen „Advent" begannen, versuchten Seppl und Albert möglichst zusammenzubleiben. Sie hielten sich in Sichtweite auf dem Schlachtfeld auf, eine mit Hügeln bedeckte Ebene. Der Tag war furchtbar, in jeglicher Hinsicht. Aber gab es überhaupt noch bessere Tage? Die Dörfer, deren Häuser aus Holz und Lehm bestanden, waren umgeben von verwelkten und mit Raureif bedeckten Sonnenblumenfeldern. Nur vereinzelt kam ihnen ein Bauer oder eine Magd entgegen. Sie verhielten sich passiv, schienen objektiv von den Kämpfen unbeeindruckt, aber innerlich waren sie aufgewühlt. Egal, wer hier das Sagen hatte, allen war der Krieg zuwider. Er hatte den Bauern alles genommen, die Söhne, die Töchter, die Tiere, die Felder. Sie hatten nichts mehr, nur vielleicht ein Dach über den Kopf, wenn sie Glück hatten.

Am Ende der langgezogenen Ebene befand sich ein Birkenwäldchen, in dem sich die Russen verschanzt hatten. Feuerstöße aus Maschinengewehren und einzelne Angriffe auf die Flanken der Wehrmacht zeugten von erbittert geführten Kampfhandlungen. Die Soldaten fielen reihenweise.

Albert war von seiner Liebsten getrennt worden, um gegen ihre Brüder zu kämpfen. Wie gespenstisch ihm das erschien. Er hatte sie vor einigen Tagen noch einmal gesehen und sie hatten sich in einem Keller geliebt. Davon berichtete er Seppl, der aber wenig Verständnis dafür aufbringen konnte, dass sein Kamerad sich in so große Gefahr begab. Trotz allem ging er zu einem Treffen mit Anastasija mit, sie hatte sogar Kekse und Kaffee aufgetrieben, eine Kostbarkeit in diesen Zeiten. Sie war wirklich eine hübsche Frau. Ihre Konturen zeigten den Körper einer reifen Frau, der sich unter einem bunten, abgetragenen Kleid verbarg. Sie hatten nicht viel Zeit. Auf keinen Fall durfte ihre Abwesenheit bemerkt werden. Insofern hatten sie es eilig, wieder zu ihrer Truppe zu kommen, die sehr geschwächt war. Feldwebel Junkers hatte ein paar Franzosen und Rumänen im Einsatz, die kein Wort Deutsch verstanden. Ihnen wurde eine Waffe in die Hand gedrückt, nun sollten sie machen. Eingebunden in eine

Armee, für die sie nun kämpfen mussten, die ihnen vorher ihr Land genommen hatte. Entsprechend war ihr Kampfeswille.

Als es dunkel wurde, konnten die Soldaten verschnaufen, die Frontalangriffe beider Seiten waren abgeklungen, die deutschen Nachschubwagen nachgerückt. Ein kleiner Raumgewinn war zu verzeichnen, aber das Wäldchen war noch in russischer Hand.

Das kleine Kleeblatt lag im Graben. Sie beobachteten die Linien des Gegners. Sowohl bei den Sowjets als auch bei den Deutschen blieb es ruhig. Das war für die Jungs angenehm. Kein Geballer, keine ohrenbetäubenden Explosionen.

„Ist das schön", sagte Seppl, der die Ruhe genoss.

„Wird nicht lange so bleiben", entgegnete Albert. „Schlimmer ist, wir sind weit weg von Shitomir." Damit meinte er wohl „weit weg von seiner Anastasija". Er träumte, schaute in den Himmel. Der Halbmond warf sein Licht auf das Tiefland, so hell, dass sich Erhebungen schattig abhoben.

„Morgen wird bestimmt ein genauso schlimmer Tag werden wie heute." Seppl hatte eine Befürchtung, eine schlimme Vorahnung. „Albert", sagte er, „wir bleiben doch zusammen?"

„Ja, das machen wir. Uns trennt nichts. Wenn der ganze Scheiß hier vorbei ist, dann schnappe ich mir Anastasija und nehme sie mit in die Heimat." Er war davon überzeugt.

Seppl lächelte. „Das mach nur", unterstützte er seinen Freund.

Beide ahnten wohl, es würde ein Traum bleiben.

Seppl wollte ebenfalls heim. Er war jetzt schon so viele Monate im Einsatz, ohne einmal sein Zuhause gesehen zu haben. Er sah sich als Verlierer, er war für dieses Gemetzel nicht stark genug . Stets diese Angst, den nächsten Tag nicht zu erleben. Er wollte steppen. Endlich wieder seiner Freude nachgehen. Ja das Steppen, das lag so fern. Ob er es überhaupt noch konnte? Kurzerhand stand er auf, legte ein paar Steppeinlagen vor den erstaunten Soldaten auf den Sandboden. Es ging noch. Junkers kam hinzu, war beeindruckt und meinte lächelnd: „Wenn du dich so auf dem Feld bewegst, dann wirst du nicht getroffen", alles musste lachen, obwohl jeder ahnte, wie schnell das Gegenteil passieren konnte.

Als er sich wieder hinlegte, beobachtete er eine Biene, die sich auf der Erde wand, und das in dieser Jahreszeit.

„Schau, Albert", er forderte ihn zum Hinsehen auf, „schau dir diese Honigbiene an, sie erlebt ihre letzten Minuten, krümmt sich und weiß, es geht zu Ende." Albert beobachtete das Tier in seinem Todeskampf aufmerksam. Lange hatten sie keine Bienen mehr gesehen.

Seppl fuhr fort: „Sie hat ihr Volk gesucht, um den Winterschlaf zu beginnen, hat es nicht gefunden. Weil es das Volk nicht mehr gibt. Die fleißigen Bienen und ihre Königin sind alle tot. Wir haben sie getötet. Was glaubst du, wie stirbt so ein Geschöpf? Ich sage es dir, es stirbt genau wie wir, nur mit dem Unterschied, dass um uns im besten Fall getrauert wird. Aber diese Biene wird niemand beweinen. Meinst du, sie hat eine Seele?" Er endete leise, ja traurig. Wie so ein kleines Tier ihn so melancholisch stimmen konnte.

Sie schliefen nur kurz. Die Angriffe der Sowjets fingen ganz überraschend schon in den frühen Morgenstunden des 7. Dezember an. Mit Salven ohne Pause bearbeiteten sie die deutsche Frontlinie. Die Geschosse, aus dem Wald kommend, flogen kurz über die Erde, suchten sich ihr Ziel in menschlichen Körpern.

Verbrannte Erde, verkohlte Körper, schreiende Menschen. Die deutschen Reihen konnten sich nur auf dem Boden robbend fortbewegen, so sehr prasselte das gegnerische Feuer auf sie ein.

Dieser Tag sollte grausam werden. Erst die herannahenden deutschen Panzerverbände brachten ihnen eine kurze Verschnaufpause. Albert und Seppl blieben beisammen, erwiderten das Feuer, verschanzten sich aber sogleich wieder im Schutz einer Anhöhe, weil sofort eine Antwort vom Feind in Richtung ihres Geschützfeuers kam. Das war hart. So intensiv und aggressiv hatten sie den Russen noch nie erlebt. Die Intention war eindeutig, den Deutschen klar zu machen: Wir vernichten euch! Geht raus aus unserem Land!

Die Soldaten waren sich dessen bewusst. Für sie war es bitter, gegen einen übermächtigen Feind kämpfen zu müssen, ohne Aussicht auf Fortschritte.

Seppl bewegte sich behutsam, Albert war einige Meter vor ihm, sie wollten sich zurückziehen, um der gegnerischen Attacke zu entkommen. Viele Soldaten lagen um sie herum, manche lebten noch, Blut quoll aus ihnen heraus, versickerte im schneebedeckten Boden. Keiner konnte ihnen helfen. Es war aussichtslos.

Er wollte sich nur weiter rückwärts bewegen, als Seppl ein Zischen ausmachte. Sofort erkannte er, dass er getroffen war. Sein rechtes Bein gab sogleich nach, er stürzte zu Boden, krampfte mit seinen Händen in die Erde, um den aufkommenden Schmerz zu bekämpfen.

„Ich bin getroffen!", brüllte er heraus. „Mein Bein!"

Albert hörte ihn, konnte aber nicht gleich reagieren, denn schon fegte wieder eine Salve über sie hinweg.

„Bleib liegen, beweg dich nicht", sagte Albert.

Seppl fühlte eine warme Flüssigkeit über seine Finger gleiten, als er die Wunde abtastete. Das Blut schoss stoßweise aus ihm heraus. Seppl hatte Angst. Er robbte mühsam ein paar Meter hinüber zu Albert, der in einer Vertiefung lag. Jetzt konnte Albert sich die Verletzung ansehen. „Eine Arterie ist getroffen!" Er nahm von seinem Sturmgewehr den Schulterriemen ab, band ihn Seppl um den Oberschenkel, damit die Blutung etwas eingedämmt werden konnte. Vorsichtig lugte er heraus und schrie nach einem Sanitäter. Aber es kam keine Reaktion, nur Schüsse vom Gegner.

„Hör zu", sagte er zu Seppl, der mit schmerzverzerrtem Gesicht im Sand lag. „Ich bringe dich hier raus. Wir müssen nur etwas warten." Seppl nickte. Seine Augen blickten den Kameraden angstvoll an. Er verstand, schätzte die Worte, sagte stotternd: „Danke!"

Sie lagen eine ganze Weile in der Mulde. Von den Kameraden schienen keine Lebenden mehr in der unmittelbaren Nähe zu sein. Die Kälte drang durch ihre Körper. Durch die Verletzung war Seppls Körper empfindsam geworden und er spürte die Kühle früher als sein Freund. Aber sie mussten abwarten. Vielleicht würden die Russen eine Feuerpause einlegen, dann hätten sie eine Chance, sich in Sicherheit zu bringen.

Sie kauerten einige Stunden auf dem Boden und hatten Glück, dass die Front sich weiter nach Süden verlegte. Sie blieben ruhig liegen, Seppl mit einem Tuch seine Wunde zudrückend. Sie konnten aus der Entfernung ahnen, wie sich die russischen Verbände im Wald mit der Frontlinie der Wehrmacht bewegten. Das brachte sie aus der Schusslinie, aber sie waren noch lange nicht in Sicherheit. Stoßtrupps bewegten sich hier und da weiter am Waldrand.

Seppl fühlte die Schwäche in sich aufsteigen. Seine Kräfte schwanden, das Blut, sein Lebenssaft und seine Energie, schien sich mehr und mehr auf die Körpermitte zu konzentrieren, um sich schützend vor die Herzgegend zu legen. War das der Tod, der in ihm aufstieg? Würde er ihn jetzt holen?

Das war jetzt also das Sterben. Er wollte den Himmel sehen, blickte hoch, glaubte durch die Wolken schauen zu können. War das Nebel? Die Augen verschwammen ihm, er fing an zu röcheln. Er wollte nicht gehen, nicht jetzt schon. Monika wartet doch zu Hause auf ihn, die Eltern, die Schwester, die Brüder.

Albert hatte gewaltigen Durst. Nur eine Feldflasche mit etwas Wasser hatten sie noch. Sie mussten jetzt los. Albert sah, wie sein Freund immer schwächer wurde.

„Kannst du dich aufrecht bewegen?", wollte er von Seppl wissen.

„Ich versuch es", sagte dieser leise. Langsam richtete er sich auf. Am Wald blieb es ruhig. Das rechte Bein konnte er nicht belasten. Es gab bei jedem Aufsetzen sofort nach. Albert nahm den Arm seines Kameraden, legte ihn um seine Schulter, mit dem linken hielt sich Seppl am Gewehrkolben fest. So hinkten sie über die stoppelige Hügellandschaft, ständig Pausen einlegend. Sie hatten beide keine Ahnung, in welche Richtung sie gehen sollten.

„Wir haben es bald", wollte Albert ihn beruhigen. Seppl aber antwortete nicht, sah nur starr nach vorne. „Mach nicht schlapp!", wurde er angebrüllt. „Du weißt, ich bringe dich hier raus!" Der Verletzte versuchte zu lächeln. Sie hatten Kilometer um Kilometer zurückgelegt, bis dem Verwundeten auch das linke Bein versagte. Seppl fiel hin und war einer Ohnmacht nahe. Albert schüttelte ihn, bis er wieder bei sich war. Sie tranken das letzte Wasser aus der Feldflasche. Albert gab ihm sein letztes Stück Fliegerschokolade. Er hoffte, damit seinen Kameraden mit etwas Energie zu versorgen. Das Gewehr ließ Albert hier liegen, er nahm seinen Schützling auf den Rücken und trug ihn bis hinter die Kampflinie. Es schneite.

An einer Straße sank Albert nieder. Sie fielen beide in den Schnee, der sich hier, vom Wind hergeweht, gesammelt hatte. Albert konnte nicht mehr, er steckte sich eine Papirossa an, zog tief den Rauch ein und rief um Hilfe. Nichts. Keine Antwort. Seppl nahm das alles gar nicht mehr wahr.

„Wo sind sie nur alle?", rief es aus Albert heraus. Hier musste doch irgendwo jemand sein? Eine Geisterstraße, menschenleer. Er fing bitterlich an zu weinen, der Freund saß neben ihm, hörte sein Schluchzen.

„Wir haben es bald geschafft", versuchte Albert sich selbst Mut zu machen. Dabei kam ihm alles so sinnlos vor, so überflüssig. Albert drückte den Körper, der leblos neben ihm lag, an sich. Wollte ihn wärmen, rieb dabei seinen Rücken. Das Blut sickerte langsamer. Das Abbinden zeigte Wirkung.

Es dauert noch ungefähr dreißig Minuten, bis sich endlich eine Wagenkolonne näherte, den Haufen Mensch am Rand bemerkte und stoppte. Mit angelegtem Gewehr kam ein deutscher Hauptmann auf sie zu, schaute sie ungläubig an.

Albert sagte erleichtert, sobald er die Wehrmachtsangehörigen sah: „6. Panzerdivision. Rekruten Albert Gruner und Gerhard Bündel." Dann sackte er zusammen. Der Hauptmann rief sofort den Sanitäter, der sich des Verletzten annahm. Er behandelte die Wunde, säuberte sie kurz und legte einen Verband an.

Albert wurde auf den Wagen geholfen, wo er sich erschöpft auf einem Sitz niederließ. Nach seiner kurzen Behandlung lag der Freund neben ihm. Er war wieder zu sich gekommen, sah seinen Retter und reichte ihm die Hand.

„Seppl, das war es dann wohl für dich", verschmitzt verzog Albert sein Gesicht.

So fuhren sie auf einer unebenen Straße bis nach Shitomir, einer fremden Stadt, die ihnen nun so vertraut wie die Heimat vorkam. Jede Erschütterung war zu spüren. Der Wind zog durch alle Ritzen der Wagenplane, aber den beiden war das egal, sie fühlten sich gerettet.

Seppl hatte durch ein Infanterie-Geschoss einen Durchschuss des rechten Unterschenkels erlitten. Die Kugel steckte nicht mehr im Bein, dafür hatte er eine große Austrittswunde an der rückseitigen Wade. Er kam ins Feldlazarett 654 in Shitomir, das sich in einer umfunktionierten Schule befand und mit Verletzten überbelegt war. Es war ein Provisorium, wo Soldaten verarztet wurden, zuständig für Verwundete und Kranke von der Front, die aus dem unmittelbaren Kampfbereich geborgen wurden und einer weiteren ärztlichen Behandlung sowie lazarettmäßigen Unterbringung bedurften. Entsprechend war das hiesige Feldlazarett relativ gut ausgestattet. Neben einem Operationssaal und einem Apothekerraum hatte es sogar eine mobile Röntgenstation.

Albert war bis zum letzten Moment bei seinem Freund geblieben. Seppl wollte seine Hand nicht loslassen, als sie sich voneinander verabschieden mussten.

„Danke dir, Albert", sagte er, nicht ohne seinem Retter einen dankbaren Blick zu schenken.

„Wir sehen uns?" meinte Albert. Es stand mehr als ein Fragezeichen in seiner Aussage. Dann ließ er ab. Tat er doch gut daran, wieder hinaus ins Feld zu ziehen, um sich zur weiteren Verwendung zu melden. Aber vorher suchte er noch Anastasija auf, die wieder versucht hatte, sich in ihrer Wohnung einzurichten, obwohl überall Löcher in den Wänden klafften, welche die Kälte unablässig hereinließen. Freudig lagen sie sich in den Armen. Sie streichelte zärtlich sein Gesicht. Sich mit Küssen überhäufend, landeten sie auf ihrem Bett, kuschelten sich in ihre Decke ein, wurden eins.

Am Abend war es Zeit, sich zu verabschieden, die Meldung bei der Einheit war unumgänglich, sonst hätte die Verzögerung als Fahnenflucht ausgelegt werden können.

Sein Truppenteil, das 6. Panzer Grenadier-Regiment war sehr weit verstreut über das Land draußen vor Shitomir. Mit viel Mühe, Nachfragen und einer Mitfahrt auf einem Wehrmachtsgespann fand er schließlich Feldwebel Junkers in einem Dorf mit Namen Lewkiw in der Oblast Shitomir.

Derweil war Seppl alleine und wurde von Schmerzen geplagt. Obgleich die Halle voll mit Verletzten war, fühlte er sich sehr einsam. Sein Freund, der ihn soweit hatte tragen müssen, sein eigenes Leben aufs Spiel setzend, der Freund fehlte ihm jetzt.

Sofern es der diensthabende Chirurg schaffte, nahm er mehrmals am Tag die Kranken in Augenschein. Sein Name war Alexej Kulikow, er war ein in Gefangenschaft geratener sowjetischer Mediziner, der nun Dienst bei der deutschen Wehrmacht verrichtete. Sicher nicht sein Traum, aber für ihn immerhin noch angenehmer als das Arbeitslager, das ihm ebenfalls drohte, wenn die Sowjets ihn befreiten. Er war ein stämmiger, hoch gewachsener Mann in einem nicht sehr weißen Kittel.

Brummend, schlecht gelaunt, in seinen überwuchernden Bart „Proklyatyy nemets" brubbelnd, nahm er Seppls

Verband ab. Im Gegensatz zu vielen anderen russischen Gefangenen war Kulikow gut genährt, hatte sichtlich einen Bauch, sein Gesicht war voll, mit roten Wangen. Er schaute nach Wundinfektionen, die sich durch einen bakteriellen Erreger verbreiteten. Der Wundbrand war nach dem Feind in Uniform der eigentliche Gegenspieler des Soldaten. Mikroskopisch klein nistete er sich in Fleisch und Organe ein, laugte den Körper langsam aus. Das menschliche Gewebe nahm dann eine Schwarzfärbung an, war irreversibel zerstört. Die Sepsis wurde durch die mangelhafte Hygiene in den Lazaretten geradezu eingeladen. Es fehlte an Desinfektionsmitteln und sterilem Material, das den Befall hätte verhindern können.

Kulikow nahm vorsichtig die Bandage ab, ein eitriger Geruch kam ihm entgegen. Er verzog das Gesicht, sah den Jungen an, der zitternd vor ihm lag und dachte bei sich: So ein junger Mensch, er könnte auch ein junger Russe sein. Er tat ihm leid, aber das waren die Umstände, mit denen man sich im Krieg auseinandersetzen musste.

„Mmh", sagte er zu einer neben ihm stehenden Krankenschwester. „Sauber tun! Morgen, wir schauen." Er hatte schon über 24 Stunden gearbeitet, Glieder amputiert, Geschosse entfernt, Wunden vernäht. Wahrscheinlich würde er auch heute Nacht nicht zum Schlafen kommen. Er verschwand zum nächsten Patienten.

In der Halle stank es fürchterlich, aber vor allem roch es nach Tod.

Noch einmal ließ Seppl den Tag seiner Rettung an sich vorbeiziehen. Das Schicksal hatte ihn herausgefordert, dem Tode war er noch nie so nahe gewesen, aber er hatte es geschafft. Geschafft durch die Hilfe seines Freundes, dem er sein Leben verdankte. Wie ein Schleier legten sich Tränen auf seine Augen, als er sich erinnerte.

Niemals hätte er gedacht, dass der Freund ihn auf seinen Schultern durch die kalte Steppe tragen würde. Albert war selber nicht bei Kräften, aber er schaffte es irgendwie, seinen Freund in Sicherheit zu bringen. Dabei erinnerte sich Seppl noch, dass er ihn gebeten hatte, ihn einfach liegen zu lassen. Warum sollte sich Albert auch noch in Gefahr bringen? Aber Albert lief einfach immer weiter, mit Seppl auf dem Rücken. Als er ihn einmal absetzen musste, bemerkte Seppl, schon halb ohnmächtig, einen kleinen Vogel im Gebüsch neben ihnen. Wo kam er nur her? Der einsame Sperling piepste sie an, als wolle er sagen: „Nicht aufgeben, weiter! Seht mich an, ich bin auch noch hier, so wie ihr, es strengt mich ebenso an, wie es euch anstrengt. Sammelt eure Kräfte, rettet euch!" Und Albert hatte ihn gerettet.

Seppl schloss die Augen, die Tränen liefen weiter. Er versuchte die Schmerzen zu ertragen. Aber welchen Schmerz musste erst der arme Kerl neben ihm erleiden? Er hatte ein verbundenes Auge, in das ein Granatsplitter bis in sein Hirn eingedrungen war. Eine Operation konnte nicht gewagt werden, sagte die Schwester, die Gefahr des sofortigen Exitus war zu groß. Das Furchtbare daran war, dass der Patient alles mitbekam, was über ihn gesprochen wurde, dass er sich aber nicht mehr bemerkbar machen konnte, seine Glieder gehorchten nicht mehr. Sein Auge wanderte nur unruhig von einer Seite zur anderen, das Stöhnen war im Gegensatz zu den anderen Geräuschen im Feldlazarett noch leise. Seppls Bein schmerzte. Schmerzmittel gab es nicht. Es mangelte an allem, an Verbandszeug, an Antiseptikum, sogar an sauberem Wasser.

Der russische Chirurg kam am Morgen des folgenden Tages zurück. Wieder die gleiche Zeremonie, wieder verzog er das Gesicht.

„Amputirovat", sagte er kurz darauf. Die Schwester verstand, auch Seppl verstand das russische Wort.

Er griff sofort nach dem Arm von Kulikow, hielt ihn fest: „Bitte nicht amputieren", sagte er flehend. „Das geht nicht, ich brauche das Bein."

„Tut leid mir", antwortete Kulikow gebrochen im russischen Dialekt darauf. Versuchte dabei beruhigend zu wirken.

„Aber ich muss Steppen!"

„Du gehen in Steppe, Du gehen in Steppe", dabei nickte der Chirurg.

Seppl fiel aufs Kissen. Er war verzweifelt. Was sollte nur werden? So jung, ohne Bein? Was würde Monika sagen? Seinen Schmerz völlig verdrängend, gingen ihm so viele Gedanken in einer Sekunde durch den Kopf. Seine Lehre, was wurde aus seiner Lehre? Das musste er dem Arzt noch sagen. Die musste er doch noch fertig machen.

Aber schon kamen Sanitäter, trugen ihn in einen separaten Raum, dessen Geruch noch widerlicher war als der im Patientenraum. Was geschah jetzt? Er drehte sich nach allen Seiten um. Der Arzt stand da, hatte sich eine Gummischürze übergezogen, befleckt mit Blut, das war hier überall. Auf dem Boden, an den Wänden. Hier wurde wohl viel abgetrennt, dachte sich Seppl. Er war erschöpft.

„Mir", der Chirurg legte sanft seine Hand auf die Schulter des ängstlich Umherblickenden. Schon wurde ihm eine Maske auf den Kopf gedrückt, der Chloroformgeruch drang Seppl bis ins Hirn. Schnell verlor er das Bewusstsein.

XXVII

Albert wurde von Junkers beiseite genommen. Streng blickte er ihn an, forderte ihn auf, sich auf einen Stein neben ihm zu setzen.

„Es wird hier gemunkelt", fing er das Gespräch an. „Bei all dem Wirrwarr werden doch Regelverstöße wahrgenommen."

Albert sagte kein Wort.

„Ich gebe nicht viel auf Gerede, wollte dir nur sagen, sei vorsichtig. Wie ich gehört habe, geht das schon eine Weile, es scheint also etwas mehr zu sein als nur das Übliche."

Albert ließ seinen Kopf sinken. „Ja, es ist mehr."

„Meine Güte, verrenne dich nicht. Die SS macht kurzen Prozess."

„Aber ich liebe sie so sehr!"

Albert hatte jetzt grenzenloses Vertrauen zum Feldwebel. Er wusste spätestens nach dieser Ansage, welche Gefahr bestand. Leichte Zweifel kamen auf, aber sein Gegenüber hatte so vertraulich mit dem Gespräch angefangen, dass er sich nun auch etwas erleichtert fühlte, es jemandem, außer Seppl, mitgeteilt zu haben. Für ihn war diese Beziehung wie ein Zurück ins Leben.

„Das ist nicht gut im Krieg, Liebe. Sie gehört nicht hierher. Lenkt und hält den Soldaten von seiner Pflicht ab. Hier, der Disput mit dem Feind. Liebe, Liebe findet in dieser Konstellation keinen Platz. Verstehst du? Die Bedingungen sind andere als in Friedenszeiten. Emotionen, Gefühle passen nicht dazu." Junkers wollte eigentlich gar nicht so weit ausholen, aber er redete sich ebenfalls etwas von der Seele. Dabei dachte er doch ständig ebenso an daheim, an seine Liebe, an seine Frau, so wie jeder hier. Nur eine Liebe mit einer Russin, das war etwas anderes.

„Nein, für Liebe ist hier kein Platz!"

Albert verfiel in Agonie. Sein Traum von einer friedlichen Liebe fiel in sich zusammen. In die Ausweglosigkeit gedrängt, hatte ihn Verzweiflung ergriffen.

Sie mussten ihre Unterhaltung unterbrechen. Eine laute Explosion, etwa einen Kilometer von ihnen entfernt, durchbrach die Stille. Dieser Angriff der Russen war der Wegbereiter für eine größere Offensive, deren Auswirkungen bis nach Shitomir zu hören waren.

Hier kam Seppl nach seiner Operation zu sich, viel zu früh, mit mächtigen Schmerzen. Rammdösig öffnete er seine Augen, war noch einigermaßen benommen. Gedanklich aber sofort wieder da, zitterte er sich an das Erwachen heran. Immer noch hatte er den Chloroformgeruch in der Nase. Er lag in einem anderen Bett, sein Laken verschmiert mit Körperflüssigkeiten. Den Nachbarn vom Vormittag sah er nicht mehr. Die Halle war noch voller geworden. Bett an Bett oder Gestell an Gestell. Einige waren sogar zu zweit belegt. Und dann diese lauten Schreie, die von ganz tief drinnen, direkt aus den gequälten Seelen, kamen.

Vorsichtig schaute er nach unten. Aber sein Bein schien er noch zu haben. Er spürte es ja und war erst einmal erleichtert, schlug aber nicht den Überzug zurück. Es war kalt, da half die dünne Decke wenig. Er schlief noch einmal kurz ein, wurde von Kulikow daraufhin wachgerüttelt.

„Gut alles?", fragte er den Patienten. Die Schwester stand lächelnd wieder neben dem Arzt.

„Ja, aber mir schwimmt noch alles." Seppl schaute den Arzt an. Scheute sich vor einer Frage, aber stellte sie doch:

„Mein Bein, habe ich doch noch?"

Kulikow, kein Mann der schnellen Worte, überlegte kurz. „Nichts Bein, amputatsiya!"

Seppl fiel mit seinem Kopf auf die Decke. Er fühlte doch sein Bein. Nun schlug er die Decke zurück, die auch gerade der Arzt hochnehmen wollte. Da sah er nur noch einen Stumpf, wo sonst sein Kniegelenk war. Er weinte bitterlich, ohne Scham. Das war ihm alles egal. Es schoss nur so aus dem jungen Kerl heraus.

„Der Wundbrand war leider zu weit fortgeschritten", die Schwester übernahm die Konversation. „Die Stellen um den Austritt des Geschosses an deiner Wade waren schwarz. Das Gift war zu tief im Gewebe." Seppl hörte nur halb zu, bekam die Worte nicht geordnet. Was geht einem jungen Mann durch den Kopf, der gerade sein Bein verloren hat? Seine Welt war jetzt eine andere geworden. Er musste sich damit abfinden, versuchen, das Beste daraus machen.

Die Schwester meinte unter Zeitnot weiter, denn der Arzt war schon gegangen: „Es gibt sehr gute Prothesen, die ein normales Gehen möglich machen." Sie streichelte freundlich Seppls blonden Schopf, hoffte, ihn mit dieser Geste etwas getröstet zu haben. Damit wandte sie sich wieder Kulikow zu.

War das ein Trost? Ein künstliches Bein? Ob er damit etwa steppen könnte? Konnte das gehen, wenn man damit auch laufen kann? Die Narkose wirkte noch. Er schlief noch einmal ein.

In der Nacht plagten Seppl Alpträume. Er fieberte, phantasierte im Schlaf. Ihm erschienen Vater und Mutter, wie sie in der Wohnung unruhig hin und her liefen. Durch das Küchenfester drang dichter Rauch und füllte bald den Raum aus. Mit den Armen rudernd wie Schwimmer rannten die Eltern hilferufend aus dem Haus auf die Straße, sahen hinter sich ihre Wohnung brennen. Seppl schwitzte stark, wand sich vor Schmerzen. Nun erblickte er Fritz, wie er versuchte, ein Fenster zu öffnen, unter dem Seppl im Bett lag. Aber er bekam es nicht auf, immer wieder versuchte er es, aber der Fensterflügel stieß gegen eine Wand, ermöglichte Fritz kein Hereinkommen. Schweißgebadet öffnete Seppl die Augen und sah die Realität, die keinesfalls positiver zu bewerten war als sein Traum: Das Feldlazarett war hoffnungslos überfüllt. Nach jeder Schlacht wurden tote und schwerverletzte Männer hereingetragen. Einige waren nur ganz kurze Zeit hier. Da sie schon tot waren, kamen sie sogleich in den Leichenraum im Keller. Die überwiegende Zahl aber wurde versorgt. Und das von lediglich einem Chirurgen, noch dazu einem, der eigentlich zu den Gegnern gehörte. Aber hier war er in erster Linie ein Arzt nach Hippokrates, hier musste er ein Helfer der Menschheit sein. Ein Arzt in einem Lazarett ist ein Juwel und der einzige Gewinner in einem Krieg. Denn der Dank der Überlebenden ist ihm gewiss.

Petra Schmidt war die einzige Schwester, die an seiner Seite tätig war, mit sehr guten Russischkenntnissen. Sanitäter gab es nur sehr wenige.

Ein Feldlazarett folgte der Armee auf dem Vormarsch. Der stockte aber. Jedoch sollten die operierten Patienten in die rückwärtigen Kriegslazarette verbracht werden.

Die Nachricht schlug im Krankenrevier wie eine Sensation ein: Krankentransporte waren nicht mehr möglich. Der Schienenverkehr nach Westen war aufgrund beschädigter Gleise eingestellt worden. Flüge waren unmöglich, Flugzeuge waren ein zu leichtes Ziel für die Sowjets.

Für die im Feldlazarett verbliebenen Rekruten und Offiziere war das ein Schock. In ein Kriegslazarett verlegt zu werden, das war der Wunsch eines jeden Verletzten. Nur nicht den Russen in die Hände fallen, dann ergeht es dir schlecht!, dachte man. Was würden sie mit den Krüppeln anfangen? Zu nichts zu gebrauchen, nicht für die Zwangsarbeit, für die Sowjets waren sie völlig nutzlos, sie würden nur Nahrung kosten.

Kribbelig drehte sich Seppl im Bett hin und her. Er steckte sich eine Zigarette an. Das machten alle hier im Saal. Viele konnten nicht laufen, waren auf das Bett angewiesen, da blieb ihnen nur das Rauchen im Raum. Bevor er eingezogen wurde, hatte er nicht geraucht, es ekelte ihn sogar an. Erst in der Armee wurde ihm das Rauchen regelrecht von den Kameraden aufgeschwatzt. Später war es nützlich, um dem Hunger ein Schnäppchen zu schlagen.

Wieder blickte er zur schmutzig gelben Decke hinauf, von der Putz rieselte. Er schluchzte leise. Wiederholt schaute er sich den Stumpf an, wo einmal sein Knie und sein Unterschenkel gewesen war. Ein blutiger Verband verdeckte die Operationswunde. Jede Bewegung tat weh. Er konnte weder stehen noch gehen. Ob sie mich und die anderen einfach hierlassen?, dachte Seppl. Die Sowjets drangen immer weiter vor, wie es schien, wurden sie immer stärker. Dagegen erlosch die Kraft immer mehr bei der deutschen Wehrmacht. Nachschub war von der Westseite nicht mehr zu erwarten. Es galt nur noch zu verteidigen.

Generaloberst Hoth war ein hoch gewachsener Mann, schlank, geradezu das Ideal eines deutschen Offiziers. Hoth hatte die 4. Panzerdivision befehligt, wurde aber von Berlin aus zur Führerreserve befohlen und durch General Raus abgelöst. Er befand sich im Aufbruch zur Hauptstadt. Der letzte Flug sollte ihn aus Shitomir wegbringen. Immerhin hatte er sich noch so etwas wie soziales Bewusstsein erhalten und wollte noch etwas Gutes tun für seine Kameraden. Es war Eile geboten, da die sowjetische Übermacht auf die Stadt vorstieß und der sichere Flug gefährdet war. Hoth erteilte seinem Unteroffizier Pick, der gerade im Lazarett Esswaren verteilte, einen Auftrag. Pick war sehr bekümmert über das, was er hier sah. Was hatten sie nur angerichtet? Diese armen, jungen Leute … Er zweifelte an seinem Auftrag, hastig und nervös ging er von Bett zu Bett. Einige sahen ihn verwundert an, streckten ihm die Arme hilfesuchend entgegen, aber auch verbitterte Blicke trafen ihn, die Schuldzuweisung war sehr deutlich.

Bei Seppls Bett blieb er abrupt stehen. Sein Feldwebel kam auf ihn zu, erwartete einen Befehl.

„Was ist mit dir geschehen, Kamerad?", wollte er wissen.

„Sie haben mir mein Bein genommen." Pick blieb ruhig, hob die Bettdecke hoch, sah den blutenden Stumpf, schüttelte den Kopf. So ein junger Mann. Schnell entschloss er sich zu einer Aussage.

„Du kommst mit!" Der Feldwebel salutierte und befehligte Soldaten zu sich. Pick verschwand geschwind aus der Halle. Sie hatten nur Platz für einen Verletzten. Die Entscheidung war ihm schwergefallen, aber nun war sie getroffen. Der Auftrag war erfüllt.

Seppl kam ohne große Umschweife auf eine Trage, wurde in Decken gehüllt und aus dem Feldlazarett getragen. Davor wartete ein LKW, auf dessen Ladefläche er gelegt wurde, wo auch Soldaten in Reihen saßen. Von allen Seiten beäugt, wusste der Junge nicht so recht, wie ihm geschah. War das ein Traum?

„Mensch, Junge", sagte einer der Soldaten und lächelte, wobei sein Mund mit gelben Zähnen durch den dichten Bart sichtbar wurde. „Da hast du aber Glück gehabt!"

Seppl konnte es nicht fassen, dass er auf dem Weg nach Westen war. Würde er der Hölle entkommen? Er zweifelte immer noch, da fuhr der Lastwagen los, ohne Pause, bis zum Flugfeld von Shitomir. Dort wartete längst mit laufenden Motoren eine Junkers, bereit in die Lüfte aufzusteigen. Zügig wurde Seppl in das Flugzeug geladen. Die Soldaten sprangen hinterher. Einige Gepäckstücke flogen noch durch die Öffnung in den Passagierraum. Man spürte bei allen die Unruhe.

Hoth und Pick saßen vorne hinter dem Cockpit. Die Kabinentür fiel laut ins Schloss und die Maschine rollte an, ungeachtet der Soldaten, die hinterherrennend ebenfalls noch versuchten, im Flieger Platz zu finden. Schnell steigerte die Junkers ihre Geschwindigkeit und hob ab. Kaum war sie aufgestiegen, eröffneten die Sowjets das Feuer. Mit wippenden Tragflächen kam das Flugzeug auf Höhe, flog direkt hinein in die Wolken, wie ein Albatros auf der Flucht.

Für Seppl war es der erste Flug seines Lebens. Nie hätte er sich träumen lassen, aus dieser Hölle wegzukommen. Was für ein Glück er hatte! Erst Albert, der ihn durch die Einöde trug, und jetzt das hier. Er schloss die Augen, ließ die Vibrationen des Flugzeuges auf sich wirken.

XXVIII

Sturmbannführer Schalk saß in seinem Büro in Potsdam. Er blickte nach draußen, sah die Ruine des Wohnhauses gegenüber auf der Straße. Er war besorgt, räusperte sich, die Rückschläge häuften sich. Stalingrad war der bislang größte Fehlschlag. Die Prioritäten an den Fronten hatten sich verlagert, wurden aber nicht erkannt oder wahrgenommen. Sie waren doch auf dem richtigen Weg, oder? Sie hatten Blitzkriege geführt und alle gewonnen. Der deutsche Soldat war der beste der Welt. Während die Amerikaner und Briten ihr technisches Material als Schlachtenfundament einsetzten, waren es bei der Wehrmacht die tapfer kämpfenden Truppen, die sich in die Schlacht warfen. Aber Menschenmaterial war endlich, Militärfahrzeuge, Kanonen, Panzer konnten ersetzt werden. Menschen nicht. Schalk war ein glühender Verehrer des Führers. Aber in seinen Gedanken machten sich erste Zweifel breit.

Er wurde jäh in seinen Überlegungen unterbrochen, als die Tür aufgerissen und Grotte gemeldet wurde. Das war dem Sturmbannführer gar nicht recht. Diesen Grotte mochte er nicht, er war ein Schleimer, der seine Mitmenschen anschwärzte. Sicher, mit der Roth hatte er ihm einen Dienst erwiesen, sonst aber ging er ihm auf den Geist. Aber davon lebte die Partei, davon lebte Deutschland. Nur so konnte das Reich überleben, mit Spitzeln.

„Ja, lassen Sie ihn eintreten."

Grotte salutierte, als ob er vor dem Führer persönlich stünde, stand kerzengerade, nickte den Kopf ehrfürchtig nach vorne.

Dieser Grotte, dachte der Sturmbannführer, als er ihn so im Türrahmen stehen sah. Der würde sogar seine Großmutter verschachern, um sich bei der Partei beliebt zu machen.

„Herr Grotte", sagte Schalk kurz als Begrüßung, „was gibt es?"

„Herr Obersturmbannführer...", er wurde von Schalk unterbrochen.

„Sturmbannführer", verbesserte der ihn.

„Herr Sturmbannführer", fing Grotte von Neuem an, sein Gesicht errötete. Solch ein Fehler war ihm peinlich. „Herr Sturmbannführer, ich wollte einmal nachfragen, ob Sie schon mit der Familie Bündel weitergekommen sind?"

Das gefiel Schalk noch weniger. Sicher, er war für Informationen dankbar, aber unter Druck wollte er sich deshalb nicht setzen lassen. Bündel, er überlegte. Er hatte die Familie überprüfen lassen.

„Was Sie da über die Bündels vorgebracht haben, ist ohne Einschränkung unangenehm. Jedoch müssen wir bedenken, die Familie hat drei Söhne für Deutschland im Krieg."

„Das stimmt", Grotte schlug die Hacken zusammen. „Aber trotz allem dürfen sie sich nicht gegen den Führer wenden und Feindsender hören."

Grotte war vor Tagen hier vorstellig geworden, hatte berichtet, wie die Familie angeblich BBC gehört hatte. Ganz deutlich hatte er den Feindsender wohl auf dem Flur wahrgenommen. Da war sich Grotte sicher.

„Nun ja. Wir sind noch dabei, die Sache zu überprüfen." Er wollte ihn schnell abwimmeln und loswerden. Der Mensch war ihm zu penetrant und aufdringlich.

„Ja schon, aber es eilt doch. Wenn alle hier sich so

verhalten wie die Familie Bündel, bekommen wir große Schwierigkeiten."

Belehrungen, das geht wirklich zu weit. Noch hatte er, Sturmbannführer Schalk, hier das Sagen.

„Herr Grotte", sein Tonfall war ungewöhnlich streng und laut, „ ... noch sind wir hier diejenigen, die handeln. Und da lassen wir uns von keinem reinreden, wie wir das zu machen haben. Also, gedulden Sie sich bitte!"

Grotte war überrumpelt vom Tonfall seines Gegenübers. Das hatte er nicht erwartet. Dabei war er doch linientreu, versuchte das Beste und Vorteilhafteste der Partei mitzuteilen.

„Jawoll", wieder schlug er die Hacken zusammen. Schweiß lief von seiner Stirn. Jetzt hatte er auch nur noch das eine Verlangen, den Raum zu verlassen. Sein Blick war an die Decke gerichtet.

Schalk erkannte die Unterwürfigkeit des Heuchlers. „Schon gut. Sie hören von uns!"

Grotte erhob den Arm zum Hitlergruß, drehte sich kurz um und verschwand. Er spürte die kalte Luft, die ihn draußen empfing, aber sie tat ihm gut. Er fühlte sich miserabel. War sein Auftritt zu aufdringlich? Aber es konnte ja nichts Schlimmes daran sein, einmal nachzufragen. Das alles hatte er den Bündels zu verdanken. Ich werde eben noch besser aufpassen müssen. Gerne würde Grotte sie aus dem Haus haben. Ein paar Aufrührer weniger.

Schalk indes war nachdenklich geworden, er musste etwas tun. Ihm wurde bewusst, was es bedeutete, drei Jungen in den Krieg zu schicken, das war nicht ohne. Er wollte das als Vater nicht erleben.

XXIX

Der Sprit reichte nur bis in die polnische Stadt Krakau. Die Maschine landete polternd und mit dem buchstäblich letzten Tropfen auf dem Flugfeld. Das Flugzeug war praktisch Schrott, nicht mehr zu gebrauchen, da ein Triebwerk während des Fluges ausgefallen war und das Fahrgestell bei der Landung beschädigt worden war. So stand es nun am Rande des Flugfeldes, wo es sehr lange bleiben sollte.

Seppl kam ins nahegelegene Kriegslazarett, wurde ärztlich versorgt. Hier war es viel reinlicher im Gegensatz zum Feldlazarett in Shitomir. Sauberes Bettzeug, gepflegter Fußboden. Jeder Rekrut hatte seinen eigenen Schlafplatz, das Essen war reichlich und schmeckte sogar. Und es gab mehr Schwestern, die besonders auf die Hygiene achteten.

„Mein Name ist Werner Donner. Du bist der, der mit Hoth gekommen ist. Hast du ein Glück gehabt!" Es hatte sich im Haus herumgesprochen, dass ein Neuzugang mit dem letzten möglichen Flug aus der Region Kiew/Shitomir hereinkam. Sein Nachbar war ein Stabsgefreiter, der bis kurz vor Moskau mitkämpfte, wo er einen Lungenschuss abbekam. Lange Zeit war nicht klar, ob er überleben würde. Schließlich hatte er die kritischen Stunden überstanden und konnte später Richtung Westen transportiert werden. Er erzählte Seppl immer wieder seine Geschichte, wollte von seinem Bettnachbarn aber auch wissen, wie es um Kiew stand.

„Kiew ist verloren, ich war dabei, als wir den Rückzug antraten." Seppl wollte nicht weiter darüber reden. Donner löcherte ihn jedoch weiter. „Das ist doch nicht möglich. Ich habe davon noch nichts mitbekommen. Hatte von Kämpfen um Shitomir gehört, aber dass Kiew gefallen ist, ist mir neu." Wie es üblich war, wurden nur Berichte der Wehrmacht mit positivem Ausgang sofort weitergeleitet. Negative Meldungen sollten solange wie möglich zurückgehalten und dann auch nur geschönt weitergegeben werden. Insofern waren Soldaten in anderen Kampfgebieten auf Informationen aus den eigenen Reihen angewiesen.

„Dann rücken die Russen weiter nach Westen vor", der Stabsgefreite war enttäuscht von der Auskunft. Er malte sich aus, wie lange es dauern würde, bis sie an die polnische Grenze gelangen würden. Donner musste husten. Die Lunge machte ihm zu schaffen, daher war er für einen Aufenthalt im Lungensanatorium vorgesehen.

Der Arzt, der sich Seppl anschaute, legte den Stumpf frei, schaute sich die Wunde eingehend an. Er verzog das Gesicht, wie auch vor ein paar Tagen noch Kulikow.

„Junger Freund", begann er seine Rede, „der Stumpf sieht nicht so erfreulich aus."

Seppl stützte sich auf seine Ellenbogen, um besser verstehen zu können. Gespannt hörte er die nächsten Sätze des Arztes.

„Was mir Sorgen macht, ist der Knochen. Schau, Kamerad", er zeigte auf die Spitze des Stumpfes, die rot angelaufen war, Flüssigkeit rann aus den Nähten. „Schau, es drückt auf den Ausgang der Nähte." Er tastete das frisch operierte Bein ab. „Es ist der Knochen, der durchdrückt. Da muss was gemacht werden."

„Und was?" wollte Seppl wissen. Auch sein Nachbar hörte gespannt die Unterhaltung mit an.

„Eine Nachamputation!"

„Oje, nicht noch einmal", kam es dem Jungen von den Lippen. Das haute ihn um. Seine Amputation war erst vier

Tage her. „Das geht aber nicht sofort", sagte der Arzt. Erst muss die Entzündung abklingen. Angesichts dessen, werden wir dich verlegen. In Neuruppin gibt es ein sehr gutes Ersatzlazarett. Wie ich sehe, kommst du aus Babelsberg, das ist dann auch nicht so entfernt von deiner Heimat." Er lächelte.

Seppl klang das wie ein hohes C im Ohr. Hatte er da eben etwas von Babelsberg gehört? Es würde in Richtung Heimat gehen! Von Neuruppin hatte er schon einmal gehört, aber war sich nicht sicher, wo es lag. Schnell bat er die Schwestern um Briefpapier, wollte die Neuigkeit nach Hause mitteilen, auch an Monika, die sicherlich auf eine Nachricht von ihm wartete.

„Meine Lieben", fing er den Brief an, „ ..." Er schrieb von der düsteren Landschaft, von den Schlachten, die geschlagen wurden, von seiner Rettung durch Albert, durch den russischen Chirurgen und von Hoth. Er packte alles, was ihm in den letzten Tagen an Zufällen, Glück oder Schicksal zugestoßen war, in die ersten Sätze.

XXX

In Babelsberg war nichts mehr so wie vor dem Krieg. Die Leute, meist Frauen und ältere Männer, waren nervös, stets bemüht, heil und gesund ihr Heim zu erreichen. Wichtig war ihnen die Familie, die in den Kriegsjahren stärker zusammengewachsen war. Die Leute halfen und unterstützten einander, so gut es ging, vorrangig war aber das eigene Wohl und das der Angehörigen.

Irmschen und Monika arbeiteten weiter in unterschiedlichen Kliniken. Martha versorgte das Heim, das nur noch aus zwei Personen bestand. Sie beide konnten sich mit Essen eindecken. Das war kein Problem. Von Nachbarn aus Babelsberg erfuhren sie die neuen Opferzahlen. Es waren viele junge Männer dabei, gefallen an der Ostfront, wo sich zurzeit die Hauptdramen abspielten. Und Martha dachte da natürlich an ihre eigenen Jungs. Willy in Dänemark, Horst in der Nähe von Leningrad, Seppl an der ukrainischen Front. Jeden Abend hörten sie den Feindsender, leise, aber immer noch so, dass sie jedes Wort verstehen konnten. Es war ihnen zweimal passiert, zu dieser Zeit einen Zuhörer vor ihrer Tür anzutreffen: Grotte, der seine Spitzeldienste unentwegt fortsetzte.

An diesem Heiligabend an einem Freitag im Dezember, der nicht richtig gefeiert werden wollte, da die Kinder in alle Himmelsrichtungen verstreut waren, stellte Willi mit i den Weihnachtsbaum auf, den er im Wald bei Glienicke gefällt hatte. Er verwendete das Lametta des Vorjahres, die Kugeln waren eh dieselben, nur die Spitze war neu, da die alte bei dem furchtbaren Bombenangriff entzweigegangen war. Diese hier hatte Martha auf dem Markt bei einer Bekannten erstanden. Vorsichtig befestigte der Herr des Hauses die Kerzen am Baum, es waren weit weniger als sonst, überall musste gespart werden. Aber so kam doch etwas Weihnachtsstimmung auf. Die Musik dazu kam aus dem Volksempfänger.

Pünktlich um 22:00 Uhr ging Willi mit i vor die Tür, lauschte, ob etwas zu hören war. Kein Grotte. Er stellte den Sender um, suchte den Britischen Rundfunk. Es wurde berichtet, die Ostfront wäre löchriger geworden, die Deutschen seien zurückgedrängt worden. Die Sowjets fuhren ohne Unterlass Angriffe, die die Wehrmacht zum Rückzug zwangen. Kiew war gefallen, nun ging es um Shitomir. Das Flugfeld war in russischer Hand, so dass keine deutschen Flugzeuge mehr dort starten und landen konnten. Martha war gedanklich bei ihrem Jungen. Seppl war doch erst bei Kiew, dann in Shitomir stationiert. Wie würde es ihm gehen?

Berlin war weiter Ziel der Alliierten. In der Frühe um drei Uhr am ersten Weihnachtsfeiertag waren Bomberverbände zielstrebig auf dem Weg dorthin. Mehrere hundert Flugzeuge überflogen Potsdam und Babelsberg, warfen ihre Bomben auf die Wohngebiete der Hauptstadt ab. Die Detonationen waren die ganze Nacht über zu hören. Martha hatte sich im Bett herumgewälzt, war einem Nerven- zusammenbruch nahe, zog sich die Decke über den Kopf.

Aber auch Monika war von dem Angriff betroffen. Mitten in der Nacht ertönte erst der Voralarm, dann der Fliegeralarm, die Kranken wurden in die Luftschutzkeller gebracht. Nur die Schwerstbehinderten wurden in den oberen Etagen belassen. Sie versuchte, ihren Dienst korrekt zu verrichten. Aber die ständigen Angriffe griffen sie wie auch ihre Kolleginnen und Kollegen nervlich an. Die

Konzentration litt darunter, dem Personal unterliefen mehr Fehler. Eine ganz normale Konsequenz, wenn die Belegschaft des Krankenhauses erregt und beunruhigt war.

Ebenso war es in der Klinik in Potsdam, in der das Irmschen Dienst tat, die aber nicht so sehr von den Bombenangriffen in Mitleidenschaft gezogen wurde. Irmschen hatte sehr abgebaut. Sie schlief sehr schlecht, aß nicht mehr regelmäßig. Aber sie kümmerte sich aufopfernd um die ihr anvertrauten Patienten. Für alle hatte sie gute Worte parat, tröstete, versorgte, wickelte und verband sie. Sie war immer zur Stelle, wenn sie gebraucht wurde. Nach Babelsberg hatte sie schon lange keinen Kontakt mehr, wollte aber zum Heiligen Abend die Eltern besuchen. Doch diesen Besuch musste sie leider verschieben, es gab zu viele Neueinlieferungen, die dringend versorgt werden mussten. So machte sie es ihren Kranken weihnachtlich hübsch. Die Schwestern, sofern sie Zeit hatten, gingen gemeinsam von Raum zu Raum und sangen weihnachtliche Musikstücke. Das Irmschen war in schwermütiger Stimmung. Keinen ihrer Lieben hatte sie gesehen, wo doch Weihnachten das Fest der Familie war. Hier sang sie die Weisen für Fremde, die ihr immerhin dankbar dafür waren. In der Nacht zündete sie ein Kerzchen für die Eltern daheim und für ihre Brüder an.

Seppl kam in Neuruppin an, als es bitter kalt war. Ein Krankentransport holte ihn von der Bahn ab, die ihn von Krakau bis hierhergebracht hatte. Seppl litt noch immer unter den direkten Folgen der OP. Dazu kamen die unregelmäßig und überraschend auftretenden Nervenschmerzen, die ihn zusammenzucken ließen. Er spürte jeden einzelnen Zeh des abgenommenen Beins, obwohl keiner von ihnen da war. Im Reservelazarett mit der Sanitäts-Ersatzabteilung 3 erlernte er das Gehen auf Krücken, was ihn sehr anstrengte. Aber Seppl war ehrgeizig, er wollte weitermachen. Jammern galt nicht, da musste er durch. Hier begriff er auch, dass er nicht alleine war. Viele Jungen mit abgetrennten Gliedmaßen liefen oder krochen herum. Im Unterschied zu den beiden Lazaretten vorher war die Stimmung hier angenehm. Man merkte: Die hiesigen Soldaten befanden sich auf dem Wege der Besserung. Die Nachsorge war das oberste Gebot, um den Menschen auf ein neues Leben in der Gesellschaft vorzubereiten. Das Reservelazarett bestand aus mehreren Häusern, vor dem Krieg diente es als Krankenhaus, lag wunderschön im Schlossgarten, mit Zugang zum Wasser. Für die Verletzten eine Erholungsstätte, selbst im Winter. Dort waren sie weit weg vom Frontgeschehen, keine Granaten flogen ihnen um die Ohren. Die Ruhe tat dem Nervenkostüm gut.

Noch einmal war Seppl zur Untersuchung gebracht worden. Diesmal schauten sich zwei Ärzte seine Nahtstelle an, tasteten, befühlten das Fleisch. Seppl zuckte zusammen.

„Das bekommen wir hin", sagte der ältere der beiden Doktoren. „Leider nicht hier. Wir müssen sie nach Berlin verlegen, zum Professor. Der macht Ihnen einen schönen runden Stumpf."

Sie verarzteten die Wunde mit Salbe, ließen danach die Schwester das Bein verbinden. Eine Karteikarte wurde für ihn angelegt. Richtig, dachte er. Es gab ja keine Unterlagen über ihn. Die waren durch den eiligen Aufbruch mit Hoth vollständig in Shitomir verblieben. Sein gesamtes Versorgungsgepäck mit seinen Erinnerungen war dort … und sein Bein.

Die notwendigen Angaben wurden abgefragt, so erhielt das Lazarett die erforderlichen Informationen. Gerade einmal achtzehn Jahre war er erst alt, im Januar würde er wieder Geburtstag haben.

Wieder von den Ärzten freigegeben, wurde der Blondschopf in ein Vierbettzimmer verlegt. Ein richtiges Bett stand ihm dort zur Verfügung, mit einem schneeweißen Federbett deckte er sich zu, rollte sich zur Seite. Das wohlig angenehme Gefühl, der Duft nach frischer Wäsche ließ ihn von Zuhause träumen und in einen tiefen Schlaf fallen.

Abrupt aufgeschreckt wurde er durch das laute Lachen junger Männer, die sich freudig aufgeregt im Raum unterhielten.

„Ein Neuling", sagte einer, der mit Norbert angeredet wurde. Die Drei standen um das Bett herum, beäugten den neuen Zimmergenossen. „Was hat dich denn hierhergetrieben?"

Seppl war noch verschlafen, musste sich mühselig aufrappeln, um nicht so schwach und hilflos zu erscheinen. Er schaute sich seine Kameraden an, die sich nacheinander vorstellten.

„Ich bin Gerhard, ihr könnt aber Seppl zu mir sagen", stellte er sich vor, lachte sie an. Sie hatten gleiche Trainingsanzüge an, sahen sportlich aus, wären da nicht ihre Behinderungen. Norbert Werner war wie Seppl einbeinig. Ihm fehlte das linke Bein. Konrad Dümmel stand links am Bett, ihm war der rechte Arm abgenommen worden. Und Ingo Kaszmierski, der Kleinste von ihnen, hatte den linken Arm verloren, der ihm oben an der Schulter entfernt worden war. Alles hagere Typen mit Behinderungen, die sie nun ein Leben lang begleiten würden.

„Bin oberschenkelamputiert", Seppl hob die Bettdecke, zeigte seinen Stumpf. Er tat das inzwischen so selbstverständlich, als ob es das Normalste von der Welt wäre. Hatte er sich bereits mit seiner Lage abgefunden?

„Noch einer ohne Bein!", rief Ingo, „dann können wir ja gleich eine Fußballmannschaft gründen." Alles lachte, auch Seppl musste grienen. Sie wollten wissen, aus welchem Abschnitt er gekommen war. Und Seppl erzählte ihnen seine Geschichte, mit all den Wundern, die ihm das Leben beschert hatte und die ihn retteten.

„Glückspilz", sagte Konrad. „Shitomir ist so gut wie verloren, gestern kam es im Sender." Er schluckte. Womöglich sprach er etwas aus, was keiner weiter hören sollte, dachte sich Seppl.

Shitomir würde also dem Feind in die Hände fallen. Ihm fiel Albert ein. Was wird er machen? Was ist aus ihm geworden? Alles schien ihm jetzt so entfernt und weit weg.

„Der Hoth", sprach Norbert, „dem hast du viel zu verdanken. Glaub mir, so ein Generaloberst denkt sonst nicht an die unteren Ränge!"

„Das ist mir klar. Ich habe viel Glück gehabt, obwohl ich ein Bein verloren habe. Es wird mir fehlen, aber ich lebe noch!"

„Hier ist es wie in einem Sanatorium", Konrad mischte sich ins Gespräch. „Uns allen hier fehlt etwas. Arm, Bein, Auge, irgendwelche Kleinigkeiten sind allen hier abhandengekommen."

„Ein paar Lungenkranke haben hier auch noch ihr Domizil aufgeschlagen", fügte Ingo hinzu.

Seppl war unter Seinesgleichen. Er glaubte, es gut getroffen zu haben. Seine Sorge, seine Bekümmertheit – all das war ein wenig vergessen. Jeder hier hatte ein ähnliches Schicksal.

Norbert stellte sich ans Fenster, öffnete es und schaute hinaus. „Uns geht es genauso wie dir. Wir alle müssen mit einer Behinderung fertig werden. Das wird dir keiner abnehmen."

Seppl erkannte den Ernst in seinen Worten.

Zum Abendbrot setzten sich alle drei um sein Bett und sie aßen zusammen. Fleißig übte er im Anschluss das Krückenlaufen und wurde dabei von ihnen unterstützt. Jetzt merkte er erst, wieviel Kraft ihm fehlte. Schon das Abstützen der Arme war ein Kraftakt. Da musste er noch viele Übungen machen, um Muskeln aufzubauen. Kaum schaffte er es, einmal das Zimmer der Länge nach zu begehen, da spürte er schon die Erschöpfung.

„Das liegt aber bestimmt auch an der Operation", tröstete ihn Konrad.

Mit dem neuen Eingriff wurde noch drei Tage gewartet. Dann brachte man Seppl frühmorgens mit einem Krankentransport nach Berlin in die Charité, in das ehrwürdige, berühmte Berliner Krankenhaus. Die Fahrt durch Berlin war ein Erlebnis für Seppl. Aufgestützt auf die Ellenbogen schaute er aus den Fenstern auf die zerstörte Stadt. Auf den Straßen war trotz der vielen Ruinen ein emsiges Treiben zu beobachten, gebückte Frauen befreiten die Gehsteige und Fahrbahnen von Geröll und Trümmern. Die Straßenbahnen fuhren noch, allerdings eingeschränkt, aufgrund zerstörter Gleise. Hier irgendwo arbeitete Monika.

In der Ziegelstraße nahe dem Hamburger Bahnhof hielt der Krankenwagen, die Trage mit dem Patienten wurde durch ein großes Tor in einen dunklen Flur gebracht. Dort wurde Seppl von Krankenpflegern übernommen und in einen Saal mit etwa achtzehn Betten getragen. Auf einem Bett sitzend, erwartete er das weitere Geschehen.

Sein Bettnachbar, ein Offizier mit einer Verletzung an der Hüfte, begrüßte ihn freudig.

„Ich heiße Hubert Maler, bin Unteroffizier. Und wer bist du?"

Er sprach überraschend leise, Seppl tat es ihm nach: „Gerhard Bündel, Rekrut. Komme von der Ostfront, aus Shitomir und Kiew."

„Oje, da hast du bestimmt viel Grausames erlebt?"

„Ja, das kann man wohl sagen." Albert und Fritz fielen ihm wieder ein.

„Ich spreche so leise, weil der Professor gleich kommt. Wenn er Visite macht, möchte er keinen Ton hören. Er ist sehr streng."

Der Professor. Seppl konnte sich darauf keinen Reim machen. Schon in Neuruppin hatte man vom Professor gesprochen.

„Welcher Professor denn?"

„Der Sauerbruch", antwortete Maler empört. „Kennst du den Professor Sauerbruch nicht?"

„Nee, ist mir unbekannt."

„Was schicken die bloß für Kindsköpfe her. Er ist eine Kapazität." Malers Brust schwoll bei seiner Aussage an.

Professor Sauerbruch hatte einige bahnbrechende Operationsmethoden erdacht, die vielen Verletzten Erleichterungen brachten und ihnen ein lebenswertes Dasein ermöglichten. Mit viel Erfindungsgeist entwickelte er bereits 1916 den sogenannten Sauerbrucharm, wobei der Proband nicht nur den Arm, sondern auch die künstlichen Finger bewegen konnte. Die Unterdruckkammer, die Operationen am offenen Brustkorb ermöglichte, und die Weiterentwicklung der Beinprothesen waren ebenfalls revolutionäre Entwicklungen des Professors. Er war ein fleißiger, ohne Unterbrechung arbeitender Chirurg. Sobald seine tiefe, energische Stimme durch die Flure der Anstalt schallte, waren alle Angestellten in Habachtstellung.

Für Seppl war Sauerbruch ein unbeschriebenes Blatt. Vielleicht hatte Willi mit i ihn einmal in einem Gespräch erwähnt.

„Wenn der Alte kommt", umgangssprachlich wurde er hinter seinem Rücken so genannt, „dann sei erst einmal ruhig. Aber du wirst sehen, hinter dem harten Auftreten verbirgt sich ein weicher Kern."

Seppl wurde ein bisschen aufgeregt. Hier sollte er also operiert werden. Danach wollten ihn die Sanitäter wieder nach Neuruppin bringen. Und der Professor? Der flößte ihm Angst ein, nach dem, was er so hörte. So nahe an daheim war er, konnte aber seine Lieben nicht sehen. Und das alles zu Weihnachten. Erst jetzt nahm er den Weihnachtsbaum hinten in der Ecke wahr. Ein Gefühl von Schutz und Geborgenheit durchlief ihn.

Plötzlich trat der Professor in den langgestreckten Saal. Ein Herr mit Glatze, runder Brille, weißem Kittel und einem Schnurbart. So ging der Geheimrat von Bett zu Bett, ließ sich von seiner Oberschwester die Historie eines jeden Patienten kurz erklären, sprach einzelne Sätze mit dem Leidenden, gab kurz und knackig Anweisungen. Professor Sauerbruch mochte schnelle Entscheidungen. Das prägte nicht nur sein Leben, sondern auch sein Agieren, besonders bei schwierigen Eingriffen, wo präzise Entschlüsse vonnöten waren. So rettete er viele Menschen vor dem sicheren Tod. Ein unermüdlicher Handwerker.

Die Schwester berichtete von Seppls Verletzung, als der Professor an sein Bett trat. Er schaute durch seine runden

Brillengläser dem Patienten tief in die Augen, als ob er etwas aus ihm herauskitzeln wollte. Dann setzte er sich auf sein Bett, blickte auf das gerade angelegte Karteiblatt.

„Du bist noch jung. Woher haben sie dich gebracht?"

„Komme aus Neuruppin", die Stimme des Jungen klang aufgeregt. „Davor war ich im Kriegslazarett in Krakau ..."

„Wo bist du verletzt worden?"

„Bei Shitomir. Ein Durchschuss. Dort haben sie mir das Bein abgenommen, dabei wollte ich doch nach dem Krieg wieder steppen", seine Blicke gingen nervös mal an die Zimmerdecke, mal in Richtung des Professors. „Ein russischer Chirurg hat es amputiert. Ist fast zwei Wochen her."

„Ja, auch die Russen haben gute Ärzte. Du solltest deinem Bein nicht lange nachtrauern. Es ist schwer für dich, war aber leider bestimmt unabwendbar. Nun, jetzt haben wir dich hier, werden aus dir einen stattlichen Burschen mit aufrechtem Gang machen." Er wollte dem Jungen Mut machen.

Sauerbruch entfernte den Verband, schaute sich die Wundstelle an. Betastete, wie schon die anderen Ärzte auch, den Stumpf. Wieder blickte er den Burschen an. Wie viele von ihnen hatte er schon operiert? Es wurden täglich mehr. Die arme Jugend.

„Das ist keine große Sache", sagte er. „Morgen nehmen wir dir noch ein Stück vom Knochen ab, er steht zu weit vor und reibt am Fleisch. Deshalb hast du da Beschwerden." Er zeigte Seppl die Stelle. Und zur Oberschwester gewandt: „Bitte morgen früh nach der Thorax-OP, im Hörsaal. Werden den Studenten mal die Schau einer Nachamputation darbieten."

Dann drehte er sich wieder zu Seppl um: „Das wird schon Kleiner. Im Anschluss werden von deinem Stumpf Abdrücke gemacht und du wirst eine Prothese bekommen. Du wirst wie früher laufen können." Er tätschelte Seppls Hand, stand auf und ging zum nächsten Bett.

Seppl war erst einmal beruhigt. Die Angst vor der Operation war verschwunden. Dieser Mensch, der so eine Ruhe ausstrahlte, hat ihn total beeindruckt.

Die Visite war vorbei, der Professor aus dem Saal. Sofort wurde es lauter, angeregte Gespräche ergaben sich.

„Siehste, ein toller Mensch, oder?" Maler wollte seine Worte bestätigt haben.

„Ja, das ist er", antwortete Seppl leise.

„Der macht aus dir noch einen Tänzer", sprach der Nachbar.

Tänzer, ja. Schön wäre es, dachte sein Gegenüber. Stepper wollte er werden. Hatte mit der Rökk gesteppt. In sich hineinlächelnd antwortete er: „Mal schauen. Bin gespannt." Sollte er vielleicht wirklich noch einmal die Gelegenheit haben zu steppen, sollte sich alles zum Guten wenden?

Seppl hatte nicht viel zu tun am Nachmittag, er lag mit seinem wunden Stumpf auf einem Bett. Aber er dachte an zuhause und an Monika. Sie war doch in Berlin eingesetzt. Aber Berlin war groß. Er wusste nicht, in welchem Krankenhaus sie zurzeit tätig war. Er fragte die Schwester nach den Krankenanstalten in der Stadt. Und sie zählte auf: Charité, Virchow-Krankenhaus, Krankenhaus Moabit, Krankenhaus Friedrichshain ... Ach, waren das viele, und sie zählte immer weiter auf. Wie sollte er bloß Kontakt mit ihr aufnehmen? Er strich mit der Hand seine blonden Haare nach hinten. Stöhnte leise vor sich hin. Seine Schmerzen waren gerade noch zu ertragen. Seppl bewegte die Zehen an seinem rechten Fuß hin und her, die nicht mehr da waren. Makaber war das, sein Mund verzog sich zu einem gequälten Grinsen.

Die Charité zeichnete sich unter anderem durch ihre sehr gute Organisation und besondere Reinlichkeit aus. Die Bettdecken waren schneeweiß, der Fußboden blitzblank. Im Gegensatz zum Feldlazarett war das ein reines Paradies. Die typische Krankenhausluft wurde hier durch Frischluft ersetzt. Von den Schwestern betreut, standen die Fenster oftmals zum Lüften weit auf. Die Luft von draußen brachte Sauerstoff in die Räume und sorgte dafür, dass sich Viren und Bakterien schlechter verbreiten konnten.

Die Tür öffnete sich, eine kleine Frau trat herein und schaute auf jedes Bett, sie suchte jemanden. Seppl bekam das gar nicht mit, bis die Dame vor ihm stand.

„Seppl", rief sie aus, trat zwei Schritte auf ihn zu, „da bist du endlich." Mit diesen Worten fiel sie dem Jungen um den Hals, weinte und drückte ihn kräftig an sich. Martha hatte ihr bestes Kleid an, sie trug sogar den schicken Hut, den ihr Willi mit i geschenkt hatte. Bei der Umarmung fiel er ihr vom Kopf.

„Seppl, wie geht es dir?" Martha konnte sich nicht beruhigen. Hatte sie doch einen ihrer Jungen wiederge-funden. Aber wie war er abgemagert!

„Mutti, woher weißt du denn, dass ich hier bin?" Seppl war überrascht von dem Besuch. Eben dachte er noch an zu Hause, und jetzt stand plötzlich seine Mutter vor ihm. Eilig zog er das Deckbett gerade. Noch wollte er seine Verletzung nicht preisgeben.

Martha wischte sich die Tränen mit einem Taschentuch ab, schaute ihren Jungen lange an, dann setzte sie sich aufs Bett.

Ganz außer Puste antwortete sie: „Wir wurden von einem Boten benachrichtigt, der erzählte, du seiest verletzt in Neuruppin angekommen." Sie holte Luft. „Deshalb bin ich mit dem Zug nach Neuruppin gefahren, das war gestern. Aber da sagten sie mir, dass du bereits weiter verlegt wurdest in die Charité. So bin ich heute hierher. Willi wäre auch mitgekommen, aber er musste zu Außenaufnahmen nach Cottbus."

Und dann erzählte sie von den vielen Filmen, die zurzeit gedreht wurden. Bei einigen musste Willi einspringen, weil Statisten fehlten. So auch bei den letzten Drehtagen vom Münchhausen-Film, der ja schon lange in den Kinos lief. Hier war Willi deutlich in der berühmten Szene zu sehen, in der Hans Albers auf einem Pferd durch eine Kutsche sprang. „Den musst du bald mal sehen", sagte sie. „Ein toller Film, auch ohne den Willi!" Sie stutzte, denn für einen Moment hatte sie vergessen, dass sie Krieg hatten und Seppl Soldat war.

Langsam beruhigte sie sich. Sie holte eine braunfleckige Banane, die sie für Seppl gehütet hatte, aus ihrer Tasche. Wie lange hatte er keine Banane mehr gesehen! Schnell war das kostbare Obst verspeist. Dann erzählte er Martha seine Geschichte. Er berichtete von Albert, von dem Schriftsteller Fritz Schummel aus Magdeburg, von Boris, der so elendig sterben musste. Und er erzählte ihr von seinem Bein. Martha wurde bewusst, dass ihr Junge schwerer getroffen war, als sie vermutet hatte. Sie konnte mit dem Verlust eines Beines umgehen, aber ihren Jungen zu verlieren, das hätte sie nicht verkraftet. An den russischen Arzt denkend, dem sie gerne die Hand geschüttelt hätte, dankte sie dem Herrgott, dass Seppl dem Tod von der Schippe gesprungen war.

Jetzt, wo er Martha alles erzählt hatte, traute er sich auch das Betttuch hochzuheben, um ihr den frisch verbundenen Beinstumpf zu zeigen. Nochmals übermannten sie die Tränen, sie stand mit offenem Mund da.

„Professor Sauerbruch macht mir Hoffnung mit einem Kunstbein. Das soll gut funktionieren."

Den letzten Satz sprach er mit betonter Stimme, er wollte seine Mutter damit beruhigen. „Im Anschluss an die Nachamputation soll ein Abdruck dafür gemacht werden. Du wirst sehen, dann stehe ich mit beiden Beinen vor dir", er versuchte bei diesen Worten zu lächeln.

Hubert hatte die Unterhaltung mitangehört und mischte sich jetzt ein. „Ihr Sohn ist hier in guten Händen. Der Professor ist ein sehr guter Chirurg, er wird dem jungen Herren helfen."

Martha nickte dankend zum Bettnachbarn herüber. „Dann ist ja gut."

„Hast du was von Monika gehört?" Seppl stellte die Frage ein wenig ängstlich. Es konnte doch so viel geschehen sein. Ob sie wohl seine Briefe bekommen hatte? Seppl war schon sehr lange Zeit ohne Nachricht von Monika geblieben. Er hoffte nur, dass es ihr gutging. Erwartungsvoll blickte er Martha an.

„Monika arbeitet hier in Berlin, im Moabiter Krankenhaus. Dort wird sie aller Wahrscheinlichkeit nach noch tätig sein. Wir hatten lange keinen Kontakt mehr."

Martha erkannte, wie sehr sich ihr Sohn nach einer Nachricht seiner Liebsten sehnte.

„Es geht ihr bestimmt gut!"

„Aber hier in Berlin gehen doch viele Bomben runter?"

„Ja doch, aber glaube, die Krankenanstalten werden nicht angegriffen. Sind doch auch besonders deutlich gekennzeichnet."

„Dennoch beunruhigt mich das. Haben Willy und Horst geschrieben?"

Sie erzählte ihm von seinen Brüdern, dass auch von ihnen schon länger die Nachrichten ausblieben.

Nach einer halben Stunde wurde Martha von einer Schwester aufgefordert zu gehen, da Seppl für die Operation am nächsten Morgen vorbereitet werden musste.

„Machen Sie sich keine Sorgen. Ich passe auf den Kleinen auf", Hubert lächelte Martha an.

„Danke", sagte sie an ihn gerichtet. Und zu Seppl gewandt: „Passe schön auf dich auf", sie drückte ihn wieder innig, tupfte ihre Tränen ab. Seppl folgte ihr mit den Augen, bis sie in der Tür verschwand.

Der nächste Morgen kam, Seppl war schon sehr früh wach, er konnte nicht mehr einschlafen. Die Oberschwester kam herein, schaute sich den Kandidaten an, ob die Decke sauber war, zupfte hier und da etwas zurecht.

„Sie werden gleich noch etwas gesäubert, dann geht es los!"

„Meine Damen und Herren, wir befinden uns im Krieg, jeder von uns weiß das", begann Professor Sauerbruch seine Rede im großen Hörsaal der Charité vor den versammelten Kommilitonen, die zahlreich erschienen waren, wie immer bei Vorführungen des Geheimrates. Wer ihn kannte, dem war klar, dass er in bestimmten Situationen kein Blatt vor dem Mund nahm. „Und durch diesen Krieg müssen wir uns mit den grausamsten Verstümmelungen junger Menschen auseinandersetzen. Aktuell zeige ich Ihnen einen Burschen, der eigentlich sein junges Leben genießen sollte. Er wollte einmal Stepptänzer werden, wurde aber wie so viele Jungs vor ihm", er redete, als ob er dazu gehören würde, „abberufen in einen scheußlichen Feldzug, der nun sein ganzes Leben auf den Kopf gestellt hat. Ein russischer Kollege hat ihn an der Gefechtslinie operiert, musste ihm sein rechtes Bein oberhalb des Knies amputieren. Wahrscheinlich aufgrund des Zeitdruckes in einem Feldlazarett direkt an der Front, verlief die Arbeit nicht wie gewünscht. Wir können uns alle vorstellen, unter welch schweren Bedingungen dort schwierigste Eingriffe vorgenommen werden müssen." Er hoffte, die Studenten sensibilisiert zu haben, sich in die Lage eines Arztes an der Front hinein versetzen zu können. Auf jeden Fall wollte Sauerbruch seine Ansprache nicht als Vorwurf für eine schlechte Arbeit verstanden haben. „Dem Patienten wird heute das Femur weiter gekürzt, damit ein sauberer Stumpf geformt werden kann, der keine Beschwerden mehr verursacht."

Sauerbruch gab ein unauffälliges Zeichen, Seppl wurde hereingefahren. Der Professor ergriff seinen Arm

„Schön ruhig, gleich ist alles vorbei", beruhigte ihn Sauerbruch. Und zu den Hörerinnen und Hörern gewandt: „Das ist Gerhard Bündel, 18 Jahre alt. An ihm werden wir die Operation vornehmen!"

Seppl schaute an die Decke, die vielen Menschen, die auf ihn herunterblickten ängstigten ihn.

Die Narkose wirkte schnell und der Professor konnte mit seiner Arbeit beginnen.

In dem Moment, als Seppl die Augen aufschlug, war er wieder im Bettensaal, neben Hubert, der ihn gleich begrüßte.

„Na, Kleiner. Alles gut überstanden?"

Seppl fühlte sich schwach, zudem sah er noch alles konturlos, verstand aber die Worte seines Nachbarn.

„Ja", stammelte er kurz. Die Müdigkeit übermannte ihn, er schlief erneut ein. Er träumte von Monika, ihrem Lächeln, ihrer Stimme. Beide verfolgten den Flug der Gänse, lagen nebeneinander, schauten sich an. Sprachen leise aufeinander ein. Sie sprangen auf, rannten Hand in Hand durch den Park, der Sonne entgegen. Aber diese verdunkelte sich, umso näher sie ihr kamen. Jedoch hielten sie weiter darauf zu. Seppl fühlte ihre Hand, drückte sie, bis er merkte, dass seine Hand zur Faust geworden war. Monikas Hand hingegen war verschwunden. Er blickte sich um, sah die Zeit an sich vorbeilaufen, schaute in ein tiefes schwarzes Loch, rief nach ihr, immer lauter ...

Schweißgebadet wachte er auf.

„Du hast geträumt, warst ganz weit weg, ich habe dich geweckt", Hubert schaute seinen Schützling an, aber der war noch benebelt, tat sich schwer, munter zu werden.

Seppl überlegte. Was hatte er da geträumt? Es war doch so schön, mit Monika zusammen zu flanieren. Aber dann? Wo war sie geblieben? Er röchelte, rang nach Luft.

„Ich habe so ein ungutes Gefühl", sagte Seppl in Huberts Richtung.

„Mach dir keine Sorgen, die Schwester sagte, es sei alles sehr gut verlaufen. Der Professor hat dich wieder ganz gemacht!"

„Das glaube ich, aber in mir bin ich unruhig." Er fing wieder an, vor sich hin zu träumen.

„Das wird noch die Nachwirkung der Narkose sein."

Aber Seppl glaubte an etwas anderes. Schnell wurde er wieder in die Wirklichkeit zurückgeholt. Der Professor war im Anzug. Er kam schnurstracks auf Seppls Bett zu, ohne die anderen Kranken zu beachten.

Mit seinen runden Augengläsern schaute er den vor ihm Liegenden an und sagte: „Mein Junge", er klang äußerst vertraulich, „der Eingriff ist gut verlaufen. Bald wird die Wunde verheilt sein, dann wird dir eine Prothese angepasst. Das dauert aber noch. Ich bin noch einmal gekommen, um mich von dir zu verabschieden. Muss ein paar Tage weg, werde woanders gebraucht. Da wir hier die Betten benötigen, die Krankenhäuser in Berlin sind alle randvoll, wirst du zurück nach Neuruppin verlegt. Aber keine Sorge, ich habe veranlasst, dass du weiterhin gut versorgt wirst. Für dich ist der Krieg vorbei. Andere junge Leute werden ihn weiterführen, bis auch sie hier liegen." Seine Stimme wurde etwas leiser. Wehmut klang aus ihr. „Pass du nur auf, achte auf dich!" Der Junge war ihm in den letzten Stunden nähergekommen, als er gedacht hatte. Der Junge, der als Stepptänzer bekannt werden wollte, aber niemals mehr steppen würde. Der Professor reichte ihm die Hand, nickte mit dem Kopf, verabschiedete sich und ging den langen Saal entlang. Seppl sah ihm nach, so wie er gestern den Gang seiner Mutter verfolgt hatte. Die Oberschwester zwinkerte Seppl noch einmal zu, als ob sie sagen wollte: „Gut gemacht!"

„Darauf kannst du dir aber was einbilden!" Hubert nickte Seppl anerkennend zu.

Noch erregt legte Seppl seinen Kopf aufs Kissen. Das sah er auch so. Dieser Arzt hatte ihn tief beeindruckt.

Nicht weit entfernt von der Charité verrichtete Monika ihren Dienst. Heute hatte sie es eilig, fertig zu werden, sie hatte eine freudige Nachricht erhalten. Sehr aufgeregt war sie. Martha hatte der Oberschwester in der Charité eine Mitteilung hinterlassen mit der Bitte, diese Monika im

Krankenhaus Moabit zukommen zu lassen. Darin berichtete sie ihr, dass Seppl in der Charité liegt und dort operiert wird. Sobald sie hier ihre Arbeit verrichtet haben würde, würde sie die Oberschwester darüber informieren und zu Seppl eilen. Sie freute sich sehr auf das Wiedersehen nach so langer Zeit.

Die Oberschwester war sehr nett, wollte sie der fleißigen Helferin doch die Möglichkeit geben, ihren Schatz in die Arme schließen zu können. Sie könne mit dem Krankenwagen mitfahren, bot sie ihr an, der in zwei Stunden einen Patienten zur Charité bringen würde. Dann bräuchte sie nicht durch die dunklen Straßen laufen. Monika war dankbar. Sie setzte sich unbemerkt in eine Ecke, nahm das Foto von Seppl, das sie immer bei sich trug, aus ihrer Tasche, sah sich den jungen Blondschopf an, der in einer starren Steppübung verharrte. Für sie aber war er in Bewegung. Immer schlank, grazil und stets lächelnd.

Die Sirenen heulten, aber der Wagen fuhr trotz des Fliegeralarms los. Ein älterer Herr steuerte den Krankentransporter die Turmstraße entlang, am großen Gerichtsgebäude vorbei. Finster war es in den Straßen. Die britischen Fliegerverbände durchbrachen die Stille. Bomben fielen, Explosionen waren zu hören. Das Firmament erhellte sich, man glaubte, die Sonne sei aufgegangen. Der Lehrter Bahnhof mit seinen umliegenden Güter- und Umschlagplätzen, nur einen Steinwurf entfernt von der Charité, war dieses Mal das Ziel.

Monika hielt das Bild ihres Liebsten fest in ihrer Hand, als der Krankenwagen in die Invalidenstraße einbog und direkt am Bahnhof entlangfuhr. Eine Salve Bomben ging herunter, das Bahngelände und die anliegenden Straßen und Häuser wurden getroffen. Vom Bahnhof und der näheren

Umgebung blieben nur noch Trümmer. Feuer brach aus, dunkle Rauchwolken stiegen in den Himmel.

Die Patienten der Charité waren soweit möglich in den Luftschutzkeller gebracht worden. Seppl beobachtete die Detonationen am Bahnhof von einem Kellerfenster aus.

XXXI

Martha hatte sich nicht ausmalen können, was die Nachricht an Monika für Folgen haben würde. Sie war erschüttert, als sie von den Eltern vom Ableben Monikas hörte, und machte sich schwere Vorwürfe. Sie wünschte, sie hätte anders gehandelt. Dann würde das Mädel bestimmt noch leben und unter ihnen sein. Dabei wollte sie den beiden doch nur eine Freude bereiten, nun hatte sie das Gegenteil bewirkt. Auf der einen Seite hatte sie ihren Sohn wieder, auf der anderen Seite einen Menschen verloren. Wie würde der Seppl das verkraften? Sie hatte so viele Sorgen, und nun war noch eine dazugekommen. Martha wurde immer niedergedrückter. Sie saß am Küchentisch, wie immer in ihren schwersten Stunden, den Kopf in die Hände gelegt. Die Tränen liefen ihr in den Ärmel hinein. Wieder einmal verfluchte sie diese bittere Zeit.

Sie wollte gerade beginnen, das Essen für den Abend vorzubereiten, als es an der Wohnungstür klopfte. Besuch konnte sie in ihrer Stimmungslage nicht gebrauchen. Ihre Hand zitterte sich zur Klinke, um sie herunterzudrücken.

Draußen erblickte sie eine hagere Gestalt, in zerlumpter Kleidung, mit schmutzigem Schuhwerk. Der Mantel war ausgefranst und vollkommen verwahrlost. Vom Boden aufblickend schaute die Person Martha in die Augen.

„Lotte? Lotte … Lotte", wiederholte Martha unaufhörlich. „Meine Güte, Lotte. Du bist es!"

„Sie haben mich freigelassen", antwortete Lotte verstört. „Sie haben mich freigelassen." Dann begann sie bitterlich zu weinen. Sie konnte kaum stehen. Ihre Beine waren abgemagert, so wie ihre ganze Figur, sie war verhärmt und klapperdürr und so stolperte sie über die Türschwelle in den Flur. Dort umarmte sie ihre Schwester begeistert, beinahe ergriffen. Martha musste sie stützen, hielt sie am Arm, führte sie in die Küche. Dort setzten sich beide, Martha hielt immer noch ihren Arm fest.

„Lotte, wo warst du denn?", fragte Martha.

„Ach, Martha. Es war ja so schlimm", schluchzte Lotte. „So schlimm war es. Sie haben mir wehgetan, mich dauernd geschlagen. Mein Körper ist voll mit blauen Flecken." Sie musste eine Pause einlegen.

Meine Güte, sie muss doch Hunger haben, dachte Martha. Dabei hatte sie kaum etwas im Hause. Schnell sprang sie auf, durchsuchte die Küchenschränke. Fand ein paar Haferflocken, die sie der Schwester mit der letzten Milch zubereitete.

Und Lotte erzählte weiter: „In Potsdam fügten sie mir Schmerzen zu, im Frauengefängnis in der Barnimstraße in Berlin heilten zwar meine Wunden etwas aus. Da wurde ich nicht so oft geschlagen, aber sie haben mich anders gequält. Ich war allein in der Zelle, durfte nie raus. Kein Ausgang. Nur Wasser, etwas Brot. Das Kümmerlichste an Essen, was man sich denken konnte."

Martha schaute wieder ihre Schwester an. Ihre Gesichtszüge waren von senkrechten Furchen durchzogen. Die Augen lagen tief in den Höhlen, schwarze Ringe darum, die Haare strubbelig und verfilzt.

„Ich habe nach dir gesucht. War überall. Keiner sagte mir etwas. Nirgends auch nur der kleinste Hinweis über deinen Verbleib. Nichts!" Sie stellte die etwas zu dünn geratene Suppe vor Lotte hin, die sie genüsslich und ohne abzusetzen verdrückte. Wann hatte sie das letzte Mal etwas Warmes gegessen? Sie wusste es nicht mehr.

„Von dort aus haben sie mich in den Gefangenen-lagerkomplex im Emsland verfrachtet. Mit den schlimmsten Verbrecherinnen. Dabei hatte ich doch gar nichts gemacht! Wir wurden zur Schwerstarbeit herangezogen. Das war pure Schikane. Die Aufseher und Aufseherinnen stellten ihre Macht zur Schau. Wir waren nur Tiere. Die ausländischen Strafgefangenen sind von uns getrennt gehalten worden. Dort wurde ich gefoltert. Gewalt war an der Tagesordnung.“ Lotte stand auf, zog ihre Kleidung hoch und Martha sah ihren dicht mit Striemen bedeckten Körper. Die Misshand-lungen waren offensichtlich, alle Narben zeugten von Ver-letzungen.

„Meine Güte, Lotte, was haben sie dir nur angetan?“ Lotte nahm derweil die letzten Löffel Suppe in sich auf.

„Im Straßen- und Brückenbau musste ich arbeiten. Und das im Winter! Ich habe gefroren, wie ich noch nie gefroren habe. Wie grausam das Leben sein kann … Ich war zuerst bei meiner Wohnung“, sie wechselte mit einem Mal das Thema. „Aber ich habe keine Wohnung mehr!“

Martha hatte mit etwas Holz den Küchenofen für ihre Schwester angeheizt.

„Was hatten sie dir denn vorgeworfen?“

„Ach, sowas wie verleumderisches Geschwätz gegen das Regime.“

Beide redeten sich langsam in Rage, ihre Sätze überschlugen sich. Mehr und mehr kamen Einzelheiten heraus, die Lotte ins Gefängnis gebracht hatten. So war von einem Sturmbannführer Schalk die Rede. Den kannte Lotte aus dem Gestapoquartier in Potsdam von den Verhören her. Bis, ja bis die Sprache auf Grotte kam. Immer wieder dieser Grotte.

„Meine Karten haben mir diese Halunken natürlich weggenommen. Aber ich hatte sie im Kopf. Legte mir mein Blatt im Gedächtnis. Das konnten sie mir nicht nehmen. Mit der Bahn bin ich hergefahren. Hatte aber kein Geld. Da haben sie mich so mitgenommen. Die Fahrt wurde ständig unterbrochen. Fortlaufend waren Gleisarbeiter damit beschäftigt, zerstörte Schienenstränge wieder instand zu setzen."

Wieder klopfte es an der Türe, Irmschen war gekommen. Nach einer freudigen Begrüßung führte Martha sie in die Küche. Hier schloss Irmschen Lotte herzlich in die Arme, und dieses menschliche Wesen, das kaum noch an ihre Tante erinnerte, freute sich riesig darüber, sie wiederzusehen.

Martha servierte dem überraschenden, aber hoch willkommenen Besuch einen Muckefuck. Bald redeten alle drei wirr durcheinander, und wieder landete das Gespräch bei Grotte.

„Weiß nicht, was er damit zu tun haben könnte", sprach Lotte, „aber sein Name fiel des Öfteren."

„Dieser Schleimhansel!", Martha hasste ihn zutiefst. Ständig mischte sich dieser Widerling in ihre Familie ein, brachte Unruhe. Was konnte sie nur machen?

Nervös hoppelte sie von einer Pobacke auf die andere. Es würde sie nicht wundern, wenn er vor ihrer Türe stünde und lauschte.

Irmschen war verblüfft und sehr traurig über den Verlust von Monika.

„Ja, ihre Eltern waren bei mir, baten mich, Seppl zu unterrichten. Sie hatten keine Kenntnis davon, dass er in der Charité liegt und operiert wurde."

Irmschen, immer noch erschüttert, wollte ihren Bruder am nächsten Tag besuchen. Er würde sich bestimmt freuen.

Aber wer würde es ihm sagen, wenn er es nicht schon wusste? Sie überlegte lange.

Lotte schlürfte den heißen Kaffeeersatz, die Wärme des Getränks tat ihr enorm gut. Martha streichelte ihre Hand. „Du bleibst erst einmal bei uns. Wir werden schon sehen. Weißt du was von deinen Möbeln?"

„Die Nachbarn konnten mir nicht sagen, wo sie hingebracht wurden. Viel Wertvolles hatte ich ja nicht. Aber für mich hat es immer gereicht. Ein Bett, ein Schrank, eine Kommode, ein Sessel, 'ne Stehlampe ... Mehr war es nicht." Ihre Worte hörten sich traurig an. Schätze hatte sie wirklich nicht besessen. Nur das Lebensnotwendige. Zusammengesammelte Möbel aus dem gesamten Umkreis der Familie.

Am Abend fiel Lotte in einen tiefen Schlaf. Erstmals konnte sie nach langer Zeit wieder träumen, träumen von Blumen und ihren Karten.

„Irmschen, es tut mir so leid wegen der Monika", die Zwei waren noch in der Küche geblieben, als Lotte bereits zu träumen begann. „Glaub mir, wenn ich das geahnt hätte, ich hätte niemals diese Nachricht geschrieben."

Irmschen nahm ihren Arm, erfasste fest ihre Hand. Ihr in die Augen sehend sagte sie: „Mutti, das ist Schicksal. Du bist nicht schuld. Was ich im Krankenhaus in Potsdam alles für Tragödien sehe. Man kann es nicht glauben, wie hart die Vorsehung zuschlagen kann." Hingegen ahnte sie, dass es Seppl sehr treffen würde. Wie würde er das nur verkraften nach dem Verlust seines Beines?

XXXII

Seppls Heilung verlief gut. Irmschen hatte ihn wie
beabsichtigt am Vormittag des nächsten Tages aufgesucht.
Der Überraschungsbesuch freute ihn sehr, allerdings nicht
die Nachricht, die sie ihm überbrachte. Vollkommen
sprachlos und betroffen setzte er sich im Bett auf, schnappte
nach Luft. Umherlaufen, damit die Aufregung sich lösen
konnte, das war ihm nicht möglich. Mehrfach rief er ihren
Namen. Fragte Irmschen, ob nicht eine Verwechselung
vorliege. Und hier, vor dem Lehrter Bahnhof? Nein, das
konnte nicht sein! Er war sicher, das stimmte nicht.
Irmschen erkannte, es war falsch gewesen, ihn zu
informieren. Sie hätte es sein lassen sollen. Sie musste die
Schwester holen, die ihm ein Beruhigungsmittel
verabreichte.

„Der arme Junge", sagte Hubert. „Wäre ihm das doch
erspart geblieben."

Irmschen wartete so lange, bis ihr Bruder eingeschlafen
war, bevor sie ging.

Lotte war am ganzen Körper schmutzig. Ihre Kleidung war
vollkommen verlaust. Nachdem Martha Lotte gewaschen
hatte, überließ sie Lotte ein paar Kleidungsstücke. Die
wunden Stellen cremte sie vorsichtig ein. Ihre Kleidung
steckte sie gleich in den Küchenofen und verbrannte sie. Sie
wollte immer noch nicht glauben, dass sie ihre Schwester in
diesem Zustand erlebt hatte. Was hatte sie in der Haft alles
ertragen, erleiden müssen! Von Konzentrationslagern erzählte
Lotte, wo Menschen verbrannt wurden. Sie konnte das nicht
glauben. Das Regime war grausam genug, aber systemat-

isches Töten? Gab es das? Als sie wieder etwas Ruhe hatte und Lotte tief und fest eingeschlafen war, setzte sie sich wieder an den Küchentisch. Ihre Gedanken gingen zu Seppl, ihrem Jungen.

Der war unterdessen wieder in Neuruppin auf seiner alten Stube eingetroffen, freudig empfangen von Norbert, Konrad und Ingo. Aber ihm war nicht nach einer vergnügten Willkommensparty. Seine Gedanken hingen an Monika, unentwegt dachte er an sie, die Liebste, die er nie mehr wiedersehen würde. Sein Herz war so schwer, seine ganze Lebenslust war verschwunden. Er hatte das Lachen verlernt, mit nichts konnte man ihm eine Freude machen. Der Verlust tat ihm so weh, mehr als das Fehlen seines Beines. So sehr auch seine Zimmerkameraden versuchten ihn aufzumuntern, es gelang ihnen nicht.

Der Frühling hielt Einzug. Das Tageslicht wärmte die Haut der Sonnenhungrigen. Auch in Neuruppin war das zu spüren. Die Kranken, die auf dem Weg der Besserung waren, machten sich auf, den Ruppiner See zu erkunden. Ihre Heilung war so weit fortgeschritten, dass sie es wagen konnten, sich aktiv zu betätigen. Auch Seppls Stumpf heilte nach der Nachamputation durch den Professor erstaunlich gut. Seine Zimmergenossen sahen aufgrund dessen keinen Grund, ihn nicht mit zum Rudern zu nehmen. Ungeübt darin, mit Krücken zu gehen, folgte er den anderen. Seine blonde Mähne wehte im Wind, die Sonne schien, aber Seppl rammte die Krücken bei jedem Aufsetzen wütend in den Boden.

„Die armen Krücken", Norbert konnte sich ein Schmunzeln nicht verkneifen. „Das sind doch keine Skistöcke!"

Am Ufer des Sees lagen für die Sportler die Boote bereit. Da jedem von ihnen ein Körperteil fehlte, musste geschickt ausgewählt werden, wer wo was ersetzen konnte. Als die Reihenfolge gefunden war, ließen sie den Vierer zu Wasser. Sie humpelten dem schwimmenden Wasserfahrzeug hinterher, um ungeübt, aber schwungvoll hineinzuhüpfen. Ingo landete gleich auf der anderen Seite wieder im kalten Wasser. Aber schließlich schafften sie es alle hinein und konnten das Boot in der Balance halten, ohne dass der Kahn kenterte. In ihren Sporthemden mit dem Reichsadler auf der Brust sahen sie wie Skuller bei der Olympiade aus, die sich aufmachten, die Goldmedaille zu erringen. Schnell war das Taktgefühl gefunden und es ging hinaus auf das weite Wasser.

Seppl fühlte mit der Hand das rauschende Nass, das seinen Arm hinaufkroch. Wie wohlig und behaglich sich das anfühlte. Es war ein völlig neues Gefühl, das ihn beschlich und ihm so wohltat. Plötzlich merkte er, dass das Leben in ihn zurückkehrte, und damit auch die Freude daran. Und wenn er so weit war, dann konnte er auch sein neues Leben selbst bestimmen. Dieses Gefühl tat ihm gut und er wollte mehr davon. Kurzerhand legte er das Ruder ab, zog sein Hemd aus und sprang ins Wasser, ohne an seinen operierten Stumpf zu denken. Die anderen konnten nur noch staunen, dachten: Will sich der Knabe umbringen? Jubelnd riss er jedoch im Wasser die Arme hoch, triumphierend schrie er lauthals hinaus: „Jungs, das Leben kann so schön sein!" Seine Kameraden mussten lachen.

„Der Junge kann ja schwimmen, und wie!", entfuhr es Konrad. Schon taten es ihm die anderen nach. Zurück blieb ein einsames Boot mit Rudern, aber ohne Insassen. Alle genossen das kühle Wasser, tauchten, schwammen, spritzten sich nass, wie Kinder in einer Badeanstalt. Nur ins Boot schafften sie es nicht mehr. Jedem war ja etwas genommen, sich direkt vom Wasser aus hochhieven, wie es in früheren Zeiten möglich gewesen wäre, war ausgeschlossen. So mussten sie den ganzen Weg zurückschwimmen, das Boot immer vor sich her stoßend. Am Strand legten sie sich in den Sand und genossen die Sonne.

Aus einem Kasten unter der Bugspitze holte Norbert eine Flasche Korn heraus, die die Runde unter den Sporttreibenden machte. Beschwipst ging es des Abends auf den Heimweg. Dieses Mal taumelten alle. Seppl war stern-hagelvoll. Ihn hatte der Schnaps umgehauen, Alkohol war er überhaupt nicht gewohnt, aber er ließ ihn auf sich wirken. Bald fing er an zu träumen. Die Schwermut überkam ihn. Seine Monika, sein Schatz, war weg. Er würde sie immer im Gedächtnis behalten, aber er wollte sich von der Traurigkeit befreien. Morgen werde ich das Leben neu angehen, versprach er sich.

XXXIII

Die Zeit ging ins Land. Martha und Irmschen besuchten Seppl mehrere Male in Neuruppin. Die Fahrten hin und zurück waren beschwerlich. Von Potsdam aus fuhren sie mit der Bahn los, über viele Dorfbahnhöfe führte ihr Weg, viele Schienen und Gleise waren nicht mehr intakt. So kam es, dass ihr Rückweg in Berlin endete, statt in Potsdam Babelsberg.

Seppls Einstellung zum Leben hatte sich grundlegend geändert. Er war nun positiver gestimmt, grämte sich nicht mehr. Das Leben geht weiter, sagte er sich. Du musst es nehmen, wie es kommt. Jeder Einzelne muss selbst damit klarkommen. Vergessen waren seine Schmerzen nach der Amputation, der Nachamputation und die Zeiten im Streckverband zur Dehnung seiner Hautregionen. Nein, daran wollte er nicht mehr denken. Nur Monika blieb ihm immer im Sinn. Sie zu vergessen, war ihm nicht möglich. Obwohl seine Gedanken ständig um sie kreisten, empfing er Martha und Irmschen stets mit einem Lächeln und witzigen Bemerkungen, die seine Gäste auf einen geheilten Sohn und Bruder hoffen ließen.

Insgesamt verbrachte Seppl vier Monate in Neuruppin, bevor er in die Gartenstraße entlassen werden konnte. Er hatte sehr gut mit Krücken laufen gelernt, beherrschte die Gehhilfen, als ob er schon Jahre damit unterwegs gewesen wäre. Seine Beinprothese war in Arbeit und würde ihm demnächst das Gehen ohne Hilfsmittel ermöglichen können.

Der Tag schien sonnig zu werden. Seppl machte sich zu einem Spaziergang durch Babelsberg auf. Es war einer dieser langweiligen, sich endlos dahinziehenden Sonntage, die nicht enden wollten und die Seppl so gar nicht mochte, weil sich nichts auf den Straßen bewegte, das Leben wie ausgestorben war. Er humpelte durch die Ziethenstraße, deren Gehwege an den Randbeeten mit Junghölzern bepflanzt waren, die durch Pfähle in ihrem senkrechten Wuchs gehalten wurden. Ein achtlos am Straßenrand stehen gelassener Kinderwagen erregte Seppls Aufmerksamkeit. Er schaute hinein. Aber darin war es so leer wie auf den Straßen.

Sein Weg führte am Kino vorbei, wo er mit seinen Freunden die Vorstellungen besucht hatte. An seiner Schule und seiner Tanzschule entlang, in der er das Steppen perfektioniert hatte. Er ging bis zur Domstraße, zur gelben Villa der Rökk. Auf der anderen Straßenseite lag das Haus der Darbenhofs. Er näherte sich nur sehr langsam ihrem Haus. Zu sehr mit Erinnerungen behaftet war dieser Ort. Seppl blieb stehen, legte seinen Stumpf auf einer der Krücken ab und schaute hinüber zur Villa der Marika Rökk. Alles verlassen, der Garten verwildert, die Fenster schmutzig. Dort musste schon ewig keiner mehr gewesen sein. Das Haus der Familie Darbenhof hatte er im Blick, er vermied jedoch eine direkte Inaugenscheinnahme. Hier hatten sie sich das erste Mal gesehen, die erste Unterhaltung miteinander geführt. So lustig war ihr Zusammentreffen. Und als er vor der Rökk gesteppt hatte. Er hatte ein Grienen im Gesicht. Aber so fröhlich war ihm jetzt nicht mehr zumute.

In dem Einfamilienhaus ging die Tür auf, ein Mann trat hinaus, um den Müll in eine Tonne zu werfen. Sein Blick fiel sogleich auf den jungen Mann mit den Krücken, der einsam dastand, nun auch zu ihm hinüberschaute. Herr Darbenhof ging an das Gartentor und erkannte Seppl. Der junge Herr Bündel. Aber wie hatte es ihn erwischt … er hatte ja nur noch ein Bein. Er winkte ihn zu sich heran – Seppl sah einen Mann, der sichtlich gealtert war. Seine Haare waren noch grauer geworden, als er sie in Erinnerung hatte. Mit auf den Krücken gestützten Armen bewegte er sich auf das Heim seiner Liebsten zu.

„Herr Bündel, das ist aber eine Überraschung!" Darbenhofs Freude über die Zusammenkunft war spürbar ehrlich gemeint.

„Hallo, Herr Darbenhof", erwiderte Seppl kurz. Er wollte nicht nach seinem Befinden fragen, das konnte nach dem Verlust eines lieben Menschen unpassend sein. „Bin hier nur kurz vorbeigekommen", log Seppl nervös.

„Aber das ist doch gut. Kommen Sie bitte herein. Meine Frau freut sich bestimmt sehr."

Eigentlich wollte er das vermeiden, obwohl er gerne über seine Freundin gesprochen hätte. Aber er fühlte sich noch immer schuldig. Schließlich war sie gestorben, weil sie zu ihm kommen wollte. Konnte er so den Eltern vor die Augen treten?

„Glauben Sie mir, das ist schon in Ordnung!" Herr Darbenhof bemerkte die zögerliche Haltung seines Gegenübers. Jedoch klang seine Stimme so freundlich, dass Seppl schließlich einwilligte.

„Inge, schau doch, wen ich mitbringe", schon an der Haustür rief er diesen Satz seiner Frau zu, die aufgeregt aus der Küche in den Flur rannte. „Nein, Herr Bündel", sie erkannte den Freund ihrer Tochter sofort. Sie hatte nicht mit diesem Überraschungsbesuch gerechnet, sah einen jungen Menschen, der gerade ein Bein verloren hatte und dazu noch seine Freundin. Er tat ihr leid, sie tat sich leid. „Herr Bündel", ihre Stimme klang jetzt unsicher. „Das ist aber nett. Kommen Sie doch bitte herein." Sie bat ihn ins

Wohnzimmer. In diesem Haus, man merkte es, herrschte Trauer. Es strahlte eine unheimliche Ruhe aus.

„Ich möchte aber nicht stören", Seppl fühlte sich unwohl in seiner Situation.

„Werde uns einen Tee kochen", Frau Darbenhof begab sich in die Küche, um kurz darauf mit Teegeschirr zurückzukehren.

„Sie haben eine Verletzung erlitten, geht es Ihnen jetzt wieder besser?" Herr Darbenhof versuchte das Gespräch in eine andere Richtung zu lenken. „Das muss doch sehr schmerzvoll gewesen sein …"

Seppl erzählte kurz seine Geschichte. Er beschrieb Shitomir, die Schlacht um Kiew, sein Glück, das ihm in diesen katastrophalen Stunden beschieden war. Mitten in seinen Ausführungen stockte er, überlegte kurz, sprach: „Das … das mit Monika tut mir sehr leid. Ich hatte nach ihren Briefen so sehr gehofft, sie wiederzusehen", seine Anmerkung kam ihm flüssig von den Lippen. Er sah zu den Darbenhofs hinüber.

Sie musste weinen, während Kurt Darbenhof seine Hand nahm: „Schon gut. Wir verstehen das. Es war ein schlimmes Ereignis, wir können es immer noch nicht fassen. Ein Kind zu verlieren ist das Schlimmste, was einem passieren kann." Auch er unterbrach seine Rede, musste ein wenig schlucken. „Das Leid im Krieg ist unendlich, es hört nicht auf. Jede Familie hat ihr Schicksal zu tragen. Ihre Eltern bestimmt auch. Einen gesunden Sohn losgeschickt zu haben und einen Behinderten zurückzubekommen." Herr Darbenhof sprach deutliche Worte aus. Seppl waren sie recht, er sagte nur die Wahrheit.

„Sie können auch Invalide sagen, das ist leider die Wirklichkeit."

„Nein, das wollte ich nicht sagen. In den Studios haben wir zwei Mitarbeiter mit ähnlichen Gebrechen wie bei Ihnen, die laufen mit Prothesen sehr gut. Ein Unterschied zu früher ist kaum zu bemerken, und sie haben Freude an ihrer Arbeit."

Um den Gesprächsrahmen zu erweitern, fragte Seppl: „Das Haus der Rökk, ist das leer?"

„Schon lange keinen gesehen, genau wie die Anni Ondra, Brigitte Horney, Lilian Harvey. Alle haben sie sich rar gemacht. Wir werden auch gehen. In den Studios gibt es nicht mehr viele Mitarbeiter, manchmal werden Zwangsarbeiter dort eingesetzt. Die Arbeit ist um einiges schwieriger geworden."

„Ich glaube", schluchzte Frau Darbenhof, „das ist für uns das Beste ..."

Es war schon später Nachmittag, als sich Seppl auf den Heimweg machte und Fliegeralarm ausgelöst wurde. Der machte ihn aber nicht nervös. Vielmehr war es ihm gleichgültig, wenn ihn eine Granate treffen sollte. Das Gespräch mit den Darbenhofs hatte ihn emotional mitgenommen. Aber mit seiner Bewertung hatte Monikas Vater recht: Jede Familie hatte ihr Leid zu tragen.

Zehn Minuten später kamen die ersten Flieger im Tiefflug angeschossen. Von Weitem ertönten Detonationen, die aus Richtung Potsdam kamen.

In der Gartenstraße 21 waren die Leute in den Bunkern verschwunden und verfolgten aus halbwegs sicherer Entfernung die Bombardements. Grotte, in der Hausgemeinschaft immer unbeliebter geworden, lief die Straße entlang, als er Seppl auf Krücken kommen sah. Der drehte sich ab, um ihm nur nicht in die Augen sehen zu müssen, schaute an ihm vorbei, verschwand im Luftschutzkeller. Da wartete schon die Lotte auf ihn. Aber wo waren die anderen? Willi mit i war noch zu Aufnahmen in Brandenburg. Dort fanden Außenaufnahmen zum Film „Kolberg" statt, einem propagandistischen Film, der das deutsche Volk zum Durchhalten animieren sollte.

Grotte hatte in den letzten Monaten wenige Kontakte zu den Mietern. Seine Beliebtheit, sofern sie je bestanden hatte, war auf den Nullpunkt geschrumpft. Auch bei der Gestapo war er nicht mehr gern gesehen. Seine Anliegen wurden kurz und bündig, ohne jegliche Freundlichkeit besprochen, dann wurde er aufgefordert zu gehen. Und das ihm, wo er doch der Partei so viele Dienste erwiesen hatte. Überrascht war er auch, die Schwester der Frau Bündel wiederzusehen. Die zunehmenden Angriffe der Alliierten ließen sogar ihn nachdenklich werden. Eigentlich wollte er gar nicht in den Keller zu den Bewohnern gehen, aber die Flugzeuge flogen schon in kürzeren Abständen über seinen Kopf hinweg. So ging er schnellen Schrittes auf den Eingang der Gartenstraße 21 zu. Kurz bevor er das Haus betrat, ertönte ein Schuss. Im selben Moment ging die Streubombe eines britischen Fliegers unmittelbar vor der Häuserzeile der Gartenstraße hoch, ihre Splitter auf der Straße und in den Wohnhäusern verteilend. Sie trafen ihn mitten in den Unterleib. Grotte stürzte aufs Pflaster, innerhalb kürzester Zeit verlor Grotte viel Blut. Grotte rief um Hilfe. „Man hat auf mich geschossen!", waren seine wehklagenden Worte. Er konnte sich in dem Chaos um ihn herum kaum bemerkbar machen. Seine Hilferufe wurden von Minute zu Minute leiser, bis nur noch ein unverständliches Röcheln wahrzunehmen war. Aber selbst das war kaum zu hören, da so viele andere Hilfe benötigten und nach Sanitätern verlangten. Erst in den Abendstunden konnten die meisten

Verletzten geborgen und in die Krankenhäuser gebracht werden. Auch Grotte war dabei, immer noch röchelnd, dass auf ihn geschossen worden wäre.

Als Willi mit i Feierabend hatte, eilte er voller schrecklicher Befürchtungen sofort nach Hause. Auf dem Studiogelände waren die Angriffe ebenfalls zu sehen und hören gewesen. Aber glücklicherweise war das Wohnhaus von den Angriffen verschont geblieben. Seine Angehörigen waren alle am Leben. Große Vorwürfe hätte er sich gemacht, wenn einem aus seiner Familie etwas zugestoßen wäre und er nicht hilfreich zur Seite gestanden hätte. Anwohner informierten ihn von Grottes Verletzung und dem angeblichen Schuss auf ihn.

In der Wohnung traf er nur Lotte an, die gedankenverloren auf dem Chaiselongue saß.

„Wir haben alles gut überstanden", sagte sie gleich zu Willi mit i, ohne dass er eine Frage gestellt hatte.

„Welch ein Glück", bemerkte daraufhin Willi. „Wo sind sie denn alle?"

„Martha ist auf Hamsterfahrt, Seppl fuhr nach Neuruppin, wegen der Anpassung seiner Prothese. Das arme Irmschen muss Dienst im Krankenhaus machen, ist gerade auf dem Weg dorthin."

„Aha", antwortete Willi. Er machte die Tür der guten Stube zu und begab sich in die Küche, worauf er sofort die Pistole aus dem Schornsteinschacht holte und sie eingehend prüfte.

Aus ihr war geschossen worden, erschrocken nahm er sofort den Geruch von Schmauch wahr und erkannte die anhaftenden Spuren am Lauf der Pistole, ferner fehlte eine Patrone. „Martha", sagte er zu sich selbst, „wie konntest du?" Er war nervös, seine Vermutung hatte sich bestätigt.

Nur Martha kannte das Versteck. Schnell legte er die Waffe zurück zu dem dort ebenfalls noch aufbewahrten Schmuck. Er musste sich setzen. Hätte er nur früher die Pistole verschwinden lassen! Wenn das rauskam, dann waren sie alle geliefert!

Irmschen verrichtete ihren Dienst wie üblich im St. Josef-Krankenhaus. Nach den letzten Angriffen war es überfüllt. Auch viele Patienten aus Babelsberg lagen hier, da die umliegenden Krankenhäuser voll belegt waren. Die Verletzten lagen teilweise auf den Fluren, konnten nur notdürftig versorgt werden. Ihre Verbände, durchtränkt mit Blut und Eiter, waren schon tagelang nicht erneuert worden. Es fehlte an Verbandmaterial, Desinfektionsmittel. Die hiesigen Krankenhäuser glichen eher einem Feldlazarett als einer Krankenanstalt mit normaler klinischer Ausstattung und Versorgung. Die Bettennot verschärfte sich von Tag zu Tag. Es fehlte am Notwendigsten.

Einige Bekannte hatte sie schon erblickt, die verletzt worden waren. Und auch ihn kannte sie. Er lag auf der letzten Liege direkt am Eingang zum Operationssaal. Sein Blick war an die Decke gerichtet, das Gesicht schmerzverzerrt. Er stammelte Worte vor sich hin, aber keine zusammenhängenden verständlichen Sätze. Er trug kein Nachthemd, sein Unterleib war verbunden. Seine Gedanken bewegten sich zwischen Verdrossenheit, Rache und Zorn. Er war mit der Diagnose der Ärzte nicht einverstanden. Alles war ihm weggeschossen worden, er war kein richtiger Mann mehr. Und die Ärzte glaubten ihm nicht einmal. Aber er hatte ganz deutlich diesen Schuss wahrgenommen, während sie meinten, dass es Splitter der Streubombe gewesen wären, die ihn getroffen hatten. Ein Schuss als Ursache für die Verletzung – das konnten die

Ärzte nicht bestätigen. Und wer wollte in diesen Kriegstagen nach einem Schuldigem suchen? Aber genau das ließ Grotte keine Ruhe. Das war ein Attentat auf ihn, einen treuen Vertreter des Staates, und das wollte er beim Sturmbannführer vorbringen.

Das junge Mädchen, das unweit seiner Liege stand und ihn anblickte, hatte er bislang nicht bemerkt. Irmschen aber schaute ihn eindringlich an. Mitleid war in diesem Blick nicht zu erkennen. Ihre Abneigung, ihr Widerwillen gegen diesen Menschen kannte keine Grenzen.

Sie ging an ihm vorüber, ohne einen weiteren Blick auf ihn zu richten. Erst jetzt hatte der Verletzte sie bemerkt, wollte ihre Hand ergreifen, was sie aber nicht zuließ.

Die Bündels, ging es ihm durch den Kopf.

Martha wusste nicht, wie sie das Verhalten von Willi mit i einschätzen sollte. Er war sehr ruhig, sprach wenig mit ihr, und als sie ihn auf sein Verhalten ansprach, wehrte er nur ab. Ihm war nicht danach, über seinen Kummer zu reden. Sein Problem war, dass er nicht wusste, wie sie aus der Sache rauskommen sollten.

Heute kam der Postbote vorbei. Zwei Briefe erhielten sie von Willy und Horst. Während es Horst auf die Krim verschlagen hatte, war Willy noch in Dänemark eingesetzt, hoffte aber demnächst auf Heimaturlaub kommen zu können. Im Norden waren keine Kampfhandlungen zu erwarten, so dass Willy nicht um Leib und Leben fürchten müsse. Anders bei Horst. Er war in die bewaffnete Auseinandersetzung um die Krim verwickelt. Beiden Brüdern ging es zur Zeit des Briefeschreibens gut, was Martha beruhigte. Jedoch waren die Briefe lange unterwegs. Der aus Dänemark gut zwei Wochen, der von der Krim über drei Wochen.

Martha schrieb indes an ihre Söhne, berichtete von Lotte, von den Bombenangriffen und von Grotte, der von einem Geschoss getroffen worden war. Sie schrieb lange, und zuletzt kamen dabei gut drei eng beschriebene Seiten für jeden ihrer Söhne heraus. Sie hoffte, eine Mitteilung aus der Heimat werde sie positiv stimmen und sie würden zuversichtlicher in die Zukunft blicken.

Die Zeilen seiner Söhne lenkte Willi mit i etwas von seinen Gedanken ab. Er machte Inventur. Ein Sohn war hier, ein Bein verloren, momentan wieder in Neuruppin. Ein Sohn war in Dänemark, wo es relativ ruhig war. Ein Sohn auf der Halbinsel Krim, die von den Deutschen besetzt war, wo allerdings die Rückeroberung durch die Sowjets unmittelbar bevorstand. Darüber wurde auch in der BBC im Radio berichtet. Eine Tochter, die im St. Josef-Krankenhaus in Potsdam Unterstützung leistete. Lotte war wieder daheim und wohnte jetzt bei ihnen, da sie keine Wohnung hatte. Dann noch Martha und er. Willi stützte seinen Kopf in die Hände, schüttelte ihn.

„Martha", sprach er leise vor sich hin, „ich habe die Pistole gesehen, es ist aus ihr geschossen worden. Und es fehlt eine Patrone." Wie würde das alles enden? Was konnte er tun?

Irmschen hatte es eilig nach Babelsberg zu kommen, sie wollte schnellstmöglich aus diesem Krankenhaus heraus, in dem dieser grässliche Mensch lag. Zwei Schichten hatte sie durchgearbeitet und war diesem Widerling begegnet. Ihr Weg führte sie aber nicht in die Gartenstraße, sondern ins nahe gelegene Oberlinhaus. Schwester Elisa empfing sie sehr freundlich, war erfreut, sie nach so einer langen Zeit wieder zu sehen. Noch mehr erfreut aber war die Elvira, die sich vor Freude kaum halten konnte, ihre Freundin zu ertasten. Über die Hand fragte sie Irmschen nach den Neuigkeiten aus. Sie hing ihr am Arm und ließ sie nicht mehr los. Irmschen war klar, dass sie mit ihr spazieren gehen musste. So durchschritten sie die Wilhelmstraße, gingen in den Park. Elvira war so kribbelig, dass sie freudig herumhüpfte. Ihre Begeisterung konnte sie nicht zügeln. Auch Irmschen war angetan von der Hinwendung, die ihr Elvira entgegenbrachte, die in ihrer Art so ein lieber Mensch war.

Irmschen pflückte eine Blume, gab Elvira zu verstehen, dass dieses Blümchen für den kleinen Walter sei, an dessen Grab sie noch vorbeigehen würden. Elvira nickte erfreut.

Die Grabstelle des Kleinen auf dem Waisenfriedhof war – wie die anderen auch – ungepflegt, sehr vernachlässigt. Keine einzige Blume, nur altes Laub lag auf den Gräberfeldern, überwuchert von Efeu. Irmschen stand davor, blickte hinunter, als es sie überkam. Sie fing an, bitterlich zu weinen, schluchzend wischte sie sich die Tränen mit einem Taschentuch ab. Elvira bemerkte ihre Unruhe, fragte tastend nach. Irmschen indes beruhigte sie.

Ich hätte es nicht tun dürfen, sagte sie leise vor sich hin. Es wird mich das ganze Leben begleiten. Aber er hat es verdient. Dieser schreckliche Mensch hat nur Böses verbreitet, in ihrer Familie und bei den anderen Leuten. Ihre Tränen hörten nicht auf zu fließen. Nun stand sie hier am Grab des kleinen Walter, den sie nicht einmal kannte, und tat Buße für ihre Tat, die sie eigentlich nicht begangen hatte. Denn als sie aus ihrem Versteck auf Grotte schießen wollte, bebte schlagartig die Erde, eine Explosion erschütterte die Umgebung. Irmschen war derart erschrocken, dass sich ein Schuss löste, just in dem Moment, als sie den Pistolenlauf gen Himmel hielt. Der Schuss ging nach oben los, während die Granate explodierte.

Elvira wollte nicht loslassen. Es beunruhigte sie, dass Irmschen Sorgen zu haben schien. Mit zittrigen Händen schrieb sie auf die Fingerspitzen ihrer Begleiterin, sie sei nun auch traurig, was Irmschen noch mehr deprimierte. Hier war ein Mensch, der es ehrlich mit ihr meinte, sich um sie sorgte. Sie umarmte Elvira, drückte sie und küsste sie ab.

Langsam beruhigte Irmschen sich wieder. Sie war entschlossen, für ihre Familie, ihre Brüder alles zu tun. Hatten nicht damals auch im Park die Krähen ihr Gelege gegen den Habicht verteidigt? So hatte sie nun auch gehandelt. Das war doch nichts anderes. Damit wollte sie es gut sein lassen.

Sie leistete einen Schwur, nur für sich selbst. Ab jetzt wollte sie nur noch Gutes tun. Nie mehr wollte sie sich verleiten lassen, einem Menschen etwas anzutun und ihm absichtlich Schmerzen zuzufügen. Es sei denn, jemand aus ihrer Familie wäre in Gefahr. Ach, wenn sie nur nie diese Pistole gefunden hätte!

Grotte schaffte es nicht. Die Wunde infizierte sich und vergiftete sein Blut. Er starb wenige Tage nach der Einlieferung in die Klinik. Auf der Karteikarte vermerkte der behandelnde Arzt: Tod durch infektiöse Inflammation der Wunde, Ursache Granatsplitterverletzung. Berthold Grotte bekam genau das, was er verdiente. Doch dabei hatte er möglicherweise noch ein Menschenleben gerettet, denn der Granatsplitter hätte auch das Irmschen treffen können, wäre er nicht von Grottes Körper abgefangen worden.

In jenen Tagen sollte es noch mehr Taten geben, auch Morde, die nicht aufgeklärt wurden. Man nannte diese Phase auch die „Mordszeit der Verdunkelung".

XXXIV

Horst war von der Krim direkt nach Babelsberg gekommen. Die Gegenoffensive der Sowjets hatte die deutschen Truppen sehr geschwächt, im Endeffekt musste die Krim aufgegeben werden, die Wehrmacht zog sich zurück. Ein großer Erfolg für die Russen, ein umso verlustreicher für die deutschen Reihen.

Daheim war natürlich die Freude groß, Horst so überraschend wiederzusehen. Braungebrannt und mit seinem Akkordeon auf dem Rücken stand er unerwartet vor der Tür. Lotte öffnete ihm, stöhnte kurz auf und lief erregt in die Küche, wo sie Martha informierte. Was für eine Aufregung herrschte plötzlich in der kleinen Wohnung! Erst neulich war doch der Brief gekommen, und nun stand er wahrhaftig vor ihnen. So ein Glück!

Horst blieb nur zwei Tage, dann musste er sich wieder auf den Weg machen zu seiner neuen Einheit nach Breslau. Sein Akkordeon ließ er zurück, in der sicheren Erwartung, bald zurückzukehren, da nach seiner Auffassung der Krieg demnächst beendet sein würde. Aber er ließ es sich nicht nehmen, einen kleinen Umweg über Neuruppin zu machen, wo sich sein Bruder zurzeit aufhielt. Der war gerade auf dem Weg zum See, als von hinten seine Schulter berührt wurde. Seppls Augen leuchteten ganz hell vor Freude, das Blau darin funkelte wie ein Diamant, als er seinen Bruder in dem khakifarbenen Feldanzug sah. Ein breiter Koppelgürtel betonte seine Taille, die Mütze jedoch schien für seinen kleinen Kopf zu groß geraten. Seine Beintasche am linken Oberschenkel war mit Papieren vollgestopft, so dass sie sich deutlich von dem leeren Hosenbein daneben abhob.

„Horst", mehr brachte Seppl nicht heraus. Horst umarmte seinen Bruder. Er sah ihn zum ersten Mal mit seiner Behinderung, was ihn sehr berührte.

Viel war seit ihrer letzten Begegnung geschehen, das mussten sie sich alles erzählen. Erschütternd war Seppls Verletzung, aber er hatte ja das große Glück, dem sicheren Tode entronnen zu sein. Horst klopfte ihm anerkennend auf den Rücken. „Ich bin jetzt auf dem Weg nach Breslau in Schlesien, zu einer neuen Einheit. Muss mich dort in vier Tagen melden."

Seppl wurde traurig, das bedeutete, wieder ein Abschied.

„Weißt du noch? Im Park, als wir musizierten?" Horst schwelgte in nostalgischen Träumen.

„Da waren wir noch alle zusammen. Und heute? Es ist kaum noch einer da."

Horst konnte nur zustimmen. „Schau, ich habe mein Akkordeon in Babelsberg gelassen. Der Krieg kann nicht mehr lange dauern. Wirst sehen, dann sind wir bald wieder vereint. Willy wird auch demnächst zu Hause sein. Er ist in Dänemark gut aufgehoben." Er sprach das zwar mit Überzeugung aus, aber glaubte er auch daran? Was nicht alles geschehen konnte, gerade jetzt, in den sich abzeichnenden letzten Kriegsmonaten? Die dunkle Seite wollte keiner von beiden ansprechen.

„Wir reden so viel von früher, weil wir uns nach dieser friedlichen Zeit so sehnen, aber sag mir", Seppls Stimme wurde ernster, „wer wird einmal von unserem Früher reden?"

„Es wird Leute geben, die darüber reden werden, Seppl", Horsts Stimme klang weicher als bei seinen ersten Sätzen. Er stellte sich vor seinem Bruder auf: „Wir müssen nach vorne schauen, ungewöhnliche Wege gehen, was anderes wird uns nicht übrigbleiben." Er klang jetzt wie sein alter Herr.

„Ja, du wirst recht haben. Aber momentan daran zu glauben, fällt mir schwer."

In der Kantine des Lazaretts aßen beide zu Mittag. Stolz stellte Seppl seinen Kameraden den großen Bruder vor.

Auf dem Bahnhof verabschiedeten sie sich. „Bald wirst du deine Prothese haben. Dann läufst du wie ein junger Gott, wirst wieder steppen", kam es Horst lächelnd von den Lippen. „Pass mir bitte auf die Familie auf. Mutter und Vater haben es nicht leicht, sie brauchen dich!"

„Verspreche ich dir. Melde dich bitte, wenn du heimkommst, dann hole ich dich ab."

Horst nickte nur kurz, in dem Wissen, was dieser Abschied für eine Bedeutung hatte. Seppl legte seinen Stumpf auf dem Handgriff seiner Krücke ab. Beide umarmten sich, ihre Augen verschwammen. Der Zurückgebliebene schaute noch lange dem aus dem Bahnhof fahrenden Zug nach. Langsam fuhr er in die Kurve ein, war bald nicht mehr zu sehen. Da fuhr sein Bruder mit. „Komm bloß gesund zurück!", rief ihm Seppl hinterher. Alleine auf Krücken humpelte er durch Neuruppin zurück ins Lazarett, das ihm so vertraut geworden war wie ein Zuhause. Er dachte an die Familie, an Babelsberg, an Horst.

XXXV

Sie saßen um den Abendbrottisch, verzehrten die wenigen Lebensmittel, die Martha hatte auftreiben können, und erzählten sich von den Ereignissen des Tages, durchweg traurige Anlässe und Begebenheiten. Irmschen war in sich gekehrt, Willy und Seppl, wieder daheim, waren hungrig und berichteten von den neuesten Kriegsentwicklungen, von denen sie erfahren hatten.

Willi mit i aber war immer noch nachdenklich – aus seiner Pistole war geschossen worden. Martha hatte inzwischen ihre Unschuld beteuert, ihn davon überzeugt, dass sie die Waffe nicht in der Hand gehabt hatte. Sollte etwa eines der Kinder ...? Oder Lotte ...? Bei seiner Schwägerin waren seine Gedanken zwar gemischt, aber sie schien ihm nicht fähig, eine Waffe zu bedienen.

Und die Kinder? Nein das konnte, wollte er nicht glauben. Seppl, der Fürchterliches mitgemacht und so viel Leid erfahren hatte. Willy war eher ein Vertreter der harten Linie. Aber sowas? Und Irmschen? Nein, darüber wollte er gar nicht erst nachdenken.

Aber egal, wer. Es war geschossen worden. Und dieser Schuss war auch von anderen gehört worden. Sollte derjenige, der diese Schuld auf sich geladen hatte, mit dieser Last weiterleben? Nur weil er die Absicht gehabt hatte, andere mit seiner Tat vor schlimmeren Erfahrungen zu bewahren, die Welt von einem Scheusal zu befreien? Nein, das wollte Willi nicht. Aber auch sich selbst sah er in der Verantwortung. Schließlich war es seine Waffe, aus der geschossen wurde. Er brachte das Gespräch auf Grotte, was das Irmschen am ganzen Körper zittern ließ. Ihr Vater ließ jedoch keinen Zweifel daran, dass er kein Mitleid mit diesem Menschen hatte. „Der hat gekriegt, was er verdient hat", meinte Willi mit i. Das einzig Schlimme wäre nur, dass es so spät passiert ist und dass Grotte zu lange Zeit gehabt hatte, Böses zu tun.

„Man munkelt, er sei angeschossen worden", sagte Willi direkt heraus. Martha sah ihn an, erstaunt wegen seiner plötzlichen Offenheit, und entgegnete: „Aber es waren doch Granatsplitter, die ihn umgebracht haben, die seinen Körper auseinanderrissen. Das konnte doch keine Schussverletzung sein."

„Außer eurer Mutter weiß das keiner, aber ich habe eine Pistole hier im Haus versteckt. Oben in der Ofenklappe", sagte Willi mit i. Die beiden Jungs sahen ihn verblüfft an, das Irmschen blickte verlegen auf ihren Teller.

„Jawoll, aus dem großen Krieg noch. Aber zum Glück habe ich nur Platzpatronen dafür ..."

Während ihre Brüder eher unbeeindruckt von Willis Aussage waren, schienen dem Irmschen mehrere Brocken einer schweren Last vom Körper zu fallen. Sie hob den Kopf und setzte sich gerade hin, ein leichtes Lächeln erfüllte ihre immer noch kindlichen Züge. Ihre Augen erhellten sich, sie schaute interessiert zum Vater hinüber. Willi blieb das Verhalten seiner Tochter nicht verborgen, obwohl er diese Reaktion nicht von ihr erwartet hätte. Mein Töchterchen ... Er schaute zum Fenster hinaus, als ob er draußen etwas sehr Interessantes gesehen hätte. Tatsächlich war er der Ansicht, dass er die ehrlichste Lüge seines Lebens gesagt hatte, was er mit dem Vorhaben verband, die Pistole und die Patronen schnellstmöglich verschwinden zu lassen.

An diesem Abend war die Harmonie in der Familie Bündel besonders groß.

XXXVI

Die Bombenangriffe nahmen an Heftigkeit zu. Der Krieg verlagerte sich gezielt in Richtung der deutschen Gebiete. Viele Menschen mussten ihr Leben lassen in diesem sinnlosen Gemetzel. Angeblich für das Vaterland waren sie in fremde Staaten ausgezogen, um sie zu erobern. Doch nun war alles verloren, jetzt stand der Feind mitten im eigenen Land, und der Tyrann bangte um sein erbärmliches Leben.

Am 20. Oktober 1944 verfügte der Führer einen Erlass über die Bildung des Deutschen Volkssturms. Dieser sogenannte Volkssturm, bestehend aus Männern im Alter von 16 bis 60 Jahren und als Verstärkung der aktiven Kräfte der Wehrmacht gedacht, sollte nun dafür zuständig sein, das Reich zu retten. Alle aktiven Männer mussten sich stellen, an bekanntgemachten Orten melden. Auch Willi mit i war davon betroffen. Er war schon eingeschworen und eingekleidet und gerade bei der Unterweisung in Waffenkunde, als er vom Propagandaministerium zurückgerufen wurde, um sich wieder dem kulturellen Wirken zu widmen. Ein neuer Film war in Arbeit, Willi wurde gebraucht. – Allerdings sollte der Streifen nicht mehr fertig werden. So entkam er dem Volkssturm zur Freude Marthas und musste keinen aussichtslosen Widerstand zu leisten.

Willy war aus Dänemark abkommandiert worden, er sollte seinen Dienst beim Reichsministerium in Berlin versehen. Berlin aber war so von Bombenangriffen betroffen, dass Willy seinen Dienst dort vorerst nicht antreten konnte.

Jetzt war nur noch Horst an der Front.

Breslau war im Oktober 1944 Ziel der Bombenangriffe der Alliierten, aber mit weitaus weniger Zerstörungen als andere deutsche Großstädte. Im Januar stieß eine sowjetische Garde-Panzerarmee gegen Breslau vor, die zum 28.01.1945 beiderseits der Stadt bis zur Oder vordrang. Als Verstärkung diente den Sowjets die 6. Armee. Sie vollendete die Einschließung der inzwischen zur „Festung" erklärten Stadt. In ihr befanden sich noch etwa 250.000 Zivilisten und 40.000 deutsche Soldaten, die Übriggebliebenen von drei zerschlagenen Divisionen, 18 Volkssturmbataillonen und sonstigen Einheiten. Die hygienischen Verhältnisse in Breslau verschlechterten sich derart rasch, dass Seuchen drohten. Bald darauf drangen sowjetische Kräfte mit ca. 200.000 Mann in den Südteil Breslaus ein.

Einer der Soldaten in der belagerten Stadt war Horst. Er und seine Kameraden hatten schwere Kämpfe mitgemacht, sie waren geschwächt, und inzwischen war der Hunger ihr größter Feind. Seine Einheit befand sich im Dorf Kottwitz, unweit von Breslau am linken Ufer der Oder. Dort wurden regelmäßig Patrouillengänge der Deutschen vorgenommen.

Der Tag war kühl, aber trocken. Horst und sein Kamerad machten sich auf zum Jungfernsee, den sie mal wieder erkunden sollten. Das Ufer war durch den dichten Wald schlecht einzusehen. In der Mitte des weit ausgedehnten Sees befindet sich eine einsame Schilfinsel, die etwas gruselig anmutete. Sie konnte nicht begangen werden, da sie nur aus Schilf bestand und keinen festen Boden hatte. Allerlei Geschichten, die den Soldaten von den Einheimischen erzählt wurden, rankten sich um den See und die Insel.

Wie der Jungfernsee seinen Namen bekam

Einst lebten in Breslau drei hübsche Jungfrauen, die trotz ihrer großen Schönheit mit ihrem Aussehen unzufrieden waren. Statt in die Kirche zu gehen, wie sie es ihren Eltern versprochen hatten, und dem lieben Gott zu huldigen, zogen sie es vor, sich auf der Tanzwiese von ihren Verehrern anhimmeln zu lassen. Ausschweifend und mit voller Begeisterung gaben sie sich dem Tanze hin. Und als sie sich so leidenschaftlich nach der Musik drehten, tat sich unvermittelt unter ihnen die Erde auf, und Wasser ergoss sich über die Wiese. Die drei eitlen Schwestern wurden in ihr nasses Grab gezogen und waren nie mehr gesehen. Seitdem bedecken Schilfpflanzen die ehemalige Wiese, die einst dem Vergnügen diente. Wem es aber gelingen sollte, das Schilf aus seinem Untergrund zu ziehen, der könnte die Jungfrauen von ihrem Fluch befreien.

Horst war es stets unwohl, dort Streife zu laufen, dachte er doch an die jungen Damen und ihr Schicksal. Im Dämmerlicht schien es ihm, als ob er sie über die Seenplatte schweben sähe.

Langsam bahnten sie sich ihren Weg, es dunkelte bereits, und Horst sah hinüber zum anderen Ufer. War da was? Er war sich nicht sicher. Wahrscheinlich doch nur Einbildung. Sie gingen weiter. Es herrschte eine unheimliche Stille. Jedes Knistern, durch die Tritte der beiden Soldaten hervorgerufen, war zu hören.

Als der Morgen hereinbrach, lag der See mit seiner glatten Wasseroberfläche friedlich inmitten der stillen Landschaft. Der Nebel stieg hoch, im diffusen Licht des Wintermorgens ließen sich tatsächlich so etwas wie verschleierte Wesen erkennen, die sich aus den Tiefen des Sees erhoben und an der Wasseroberfläche gemeinsam tanzten. In diesem Moment kam Horst die letzte Strophe der Weise „Aus einem kühlen Grunde" in den Sinn. Warum gerade jetzt?

Hör ich das Mühlrad gehen:
Ich weiß nicht was ich will-

...

Ich möcht am liebsten sterben

…

Da wäre es auf einmal still...

Sehnsüchtig blickte Horst auf das Spiegelbild des Sees, Lottes Medaillon mit dem Heiligen Christophorus bewahrte er in seiner linken Brusttasche auf …

Ein wenig später, im Frühling 1945, sollten die Pflanzen des Sees besonders anmutig ihr Grün ausbreiten und mit ihren Farben die Augen der Betrachter besonders erfreuen. Und obwohl es der Natur selbstverständlich komplett gleichgültig war, wie viel Leid über diesem Gewässer und über der ganzen Welt lag, schien es, als wollte der Jungfernsee sich von seiner allerschönsten Seite präsentieren.

XXXVII

Der Brief vom Wehrkreiskommando III Arbeitsstab Breslau kam im Februar 1945.

Sehr geehrter Herr Bündel!
Die Feststellungen über Ihren Sohn
Gefreiter Horst Bündel, Fp. Nr. 47668

haben ergeben, dass seine Einheit an den Kämpfen um Breslau beteiligt war. Nähere Nachricht über ihn liegt uns nicht vor.

Die Ermittlungen über das Schicksal Ihres Sohnes werden mit größtmöglicher Beschleunigung fortgeführt. Alle Nachrichten über Ihren Sohn, die Sie von anderer Seite erhalten, bitte ich an das Wehrmachtskommando III Arbeitsstab Breslau, Berlin einzusenden.

Ich hoffe, Ihnen bald weiteren Bescheid geben zu können.

Heil Hitler!

Martha ließ ihre Hand mit dem Brief darin sinken, sie zitterte, blickte starr aus dem Fenster. Ihr Sohn wurde vermisst. Horst, ihr, unser Zweitgeborener. Sie stand wie angewurzelt da.

Lotte kam hinzu, nahm ihr den Brief ab und las. Hinter Martha stehend, schaute sie ebenfalls hinaus. Beide sagten kein Wort.

Aber vermisst heißt ja nicht tot, sagte sich Martha. Es gab ja noch Hoffnung, die sie sich von Lotte bestätigen ließ. Doch das half nicht. Ihre Gedanken waren immer bei Horst. Meine Güte, dachte sie. Wie kann ich das verwinden, wie darüber hinwegkommen, wenn er wirklich … mein Horst, mein Sohn … Sie wollte den Satz nicht bis zum Ende denken.

Seppl und Willy fanden das Schreiben auf dem Küchentisch, sie setzten sich. Seppl sagte: „Das ist nun ein Leben, elf Zeilen von Adolf …“, er konnte nicht mehr weitersprechen.

Breslau war nicht weit, die Berichte über die Kampfhandlungen in Schlesien hatten sie nachts im Radio verfolgt. Sie wussten alle, dass es nicht gut aussah. Nur noch Niederlagen.

„Er war doch noch bei mir in Neuruppin. Wir unterhielten uns. Er wollte Musik machen, im Park, wie damals.“ Seppl war niedergeschlagen wie alle hier im Kreis. Nun kamen ihm die Tränen und er sah seinen Bruder, wie er ihm aus dem heruntergelassenen Zugfenster zuwinkte.

Der mögliche Verlust lastete schwer auf der Familie. Es wurde an diesem Abend wenig gesprochen. Irmschen, Willy, Martha, Lotte und Seppl saßen um den Küchentisch herum.

In der Nacht entzündete Martha eine Kerze und stellte sie ins Fenster. Die Flamme flackerte durch den Windzug des undichten Fensters hin und her, es schien, als ob sie jeden Moment ausginge. „Eine Kerze ist wie das Leben“, sagte sie zu sich. „Sie fängt ganz klein an zu glimmen, brennt weiter, bis sie heruntergeglüht ist. Dann ist ihr Dasein vorbei. Aber solange ihr Licht zu sehen ist, bedeutet es Leben.“ Sie sollte noch viele Kerzen anzünden.

Als sich Seppl zur Nacht begab, war an Schlaf nicht zu denken. Keiner sollte in dieser Nacht ein Auge zumachen. In der Ecke sah er Horsts Akkordeon stehen, daneben seine Steppschuhe. Weder das Musikinstrument noch die Schuhe würden wahrscheinlich jemals wieder benötigt. So sehr er sich auch bemühte einzuschlafen, es wollte nicht gelingen. Gedankenverloren starrte er vor sich hin, bis sich aus dem spärlichen Licht von draußen eine Gestalt formte. Sein Bruder stand vor ihm am Bett. Im khakifarbenen Feldanzug blickte er auf Seppl herab, lächelte ihn an. Die lockigen Haarwellen waren wie immer ordentlich nach hinten gekämmt.

„Seppl", sprach er, „mach dir keine Sorgen. Es ist alles gut so. Pass nur auf dich und die Familie auf."

Horsts Bild verschwamm vor seinen Augen.

XXXVIII

Der Einzug der Roten Armee in Babelsberg am 24. April 1945 verlief weitestgehend ohne Kampfhandlungen. Potsdam wurde durch die Wehrmacht zur Festung erklärt, was in Babelsberg militärisch nicht umsetzbar war. Die noch kurzfristig einberufenen Volkssturm-Bataillone aus Jungs und alten Männern sollten Babelsberg bis zum letzten Mann verteidigen, sie blieben erfolglos und wurden für ein völlig sinnloses Gemetzel geopfert.

Die Natur war indessen dabei, sich ihr ursprüngliches Terrain zurückzuerobern. Die Kriegsschäden an den Straßen und den Gebäuden konnte die Bevölkerung beseitigen, aber die erlittenen psychischen Qualen blieben, sie verfolgten so manchen sein Leben lang. Der Regen hatte das Blut der vielen Toten bald von den Straßen gewaschen, und die Frühjahrssonne ließ das Städtchen in einem neuen Licht erscheinen.

Das so idyllisch am Griebnitzsee und an der Havel gelegene Babelsberg, das wie mit einem weichen Pinsel gemalt so vielfältig und bunt geleuchtet hatte, war teilweise völlig zerstört. Die schweren Blessuren würden viele Jahrzehnte bleiben, das Städtchen sollte erst nach der Wiedervereinigung Deutschlands zu alter Schönheit wiederfinden.

Potsdam war durch den Krieg ebenfalls sehr in Mitleidenschaft gezogen. Viele Wohnhäuser, Straßen, Bahnhöfe und Industriegebäude waren zerstört, außerdem die Garnisonskirche und das Stadtschloss, nur wenige Schlossanlagen blieben verschont.

Ein paar Monate später hielt sich der Regierungschef des Vereinigten Königsreiches in Potsdam auf. Auf dem Weg zum Cäcilienhof fuhr er in seiner Wagenkolonne am Babelsberger Park vorbei in die Wilhelmstraße. Neben seinem Weg lag ein Friedhof, wo er zwischen vielen einheitlichen, schlichten Kreuzen auf einem frischen Gräberfeld zwei junge Frauen Hand in Hand erblickte. Die eine Frau bückte sich und legte eine Blume auf einem Grab ab. Er ließ den Wagen stoppen und beobachtete die beiden. Sie standen eng beieinander, beteten, wobei die eine, die eben noch die Blume so bedächtig auf das hügelige Grün gelegt hatte, in der Hand der anderen etwas zu ertasten schien. Eine spürbare große Ruhe schien die beiden Damen zu umgeben.

Meine Güte, dachte Winston Churchill, diese vielen Kreuze überall. Er wusste nicht, um wen die Damen trauerten, aber dennoch berührte ihn die Szene, die ihm symbolisch erschien für die vielen trauernden Menschen überall auf der Welt.

Er tippte dem Fahrer auf die Schulter, der Wagen fuhr wieder an.

XXXIX

„Ein noch so unscheinbares Blümchen wird zum schönsten, wenn es von Herzen geschenkt wird!"

Mit diesen Worten erhob sich Gerhard, putzte sich die Hose von dem Staub sauber, der auf dem Stoff haftete. Er wunderte sich, wie schön grün die Gegend hier war. Die Natur hatte Einzug gehalten und ihr Areal wiedergewonnen. Er verharrte noch ein Weilchen und wollte sich zum Gehen wenden.

„Privet", sagte eine zarte Stimme plötzlich hinter seinem Rücken. Er drehte sich um und sah eine hübsche Frau in einen weißen Mantel gehüllt. Ein schmucker Hut zierte ihren grazilen Kopf. Er war erstaunt, hier von einer Dame angesprochen zu werden.

„Privet", gab er zur Antwort. Er schaute sie an, das Gesicht kam ihm irgendwie bekannt vor, er glaubte, es bestimmt schon einmal gesehen zu haben, aber wo? Nun wurde er verlegen und unsicher, wie er sich äußern sollte. Um seine Befangenheit zu verbergen, nahm er sich vor, sich vorzustellen, aber sie kam ihm zuvor.

„N nikh yest' tsvety prines", Gerhard verstand nicht.

„Wie?" fragte er nach.

„Sie sind Deutscher!", sprach die Frau, unverkennbar mit einem russischen Dialekt.

„Ja, ich komme aus Deutschland."

„Dann können wir deutsch sprechen. Ich war in der DDR, habe dort studiert, Maschinenbau", stolz lächelte sie. Für eine Frau ein etwas ungewöhnliches Studium, sagte sich Gerhard.

„Interessant."

„Ich sah eben, dass Sie Blumen gebracht haben?"

„Nur eine Blume. Eine Blume, die er gern mochte."

Sie war erstaunt. Der Unbekannte musste den Toten kennen, so schien es ihr.

„Alfred liebte die Butterblumen, wie sie bei uns genannt werden. Er sagte mir einmal, er mochte ihr funkelndes Gelb so gerne."

Die Frau war still geworden, lächelte ihr Gegenüber an.

„Ich pflege das Grab schon seit Jahren", sagte sie zu Gerhard. „Besuche es dreimal in der Woche. Was machen Sie hier?"

„Ich habe ihn gesucht. Habe von seinen Eltern erfahren, dass er gefallen ist", seine Stimme wurde leiser. „Wissen Sie, er hat mir einmal hier, nahe Shitomir das Leben gerettet. Das ist lange her."

Sie schwieg.

„Entschuldigung, ich habe mich noch nicht vorgestellt. Mein Name ist Gerhard, Gerhard Bündel."

Sie schaute ihm in die Augen, ihr wurde warm ums Herz.

„Angenehm", sie reichte ihm die Hand. „Ich heiße Galina." Sie sah ihn fragend an, forderte ihn mit ihren Blicken zum Weitererzählen auf.

„Es war damals im Krieg, da hat er mich gerettet, sonst würde ich heute nicht mehr leben. Ich war es ihm schuldig, nach seinem Grab zu suchen. Lange habe ich danach geforscht. Das Deutsche Rote Kreuz konnte mir letztendlich weiterhelfen. Sie teilten mir mit, dass es hier in Shitomir einen deutschen Soldatenfriedhof gäbe. Unter den angegebenen Ruhestätten stand Alberts Name. So bin ich hierhergekommen."

„Ich verstehe. Ich habe ihn nicht kennen gelernt. Er war schon verstorben, bevor ich geboren wurde." Gedankenversunken legte sie drei Nelken aufs Grab. Galina machte sich zum Gehen auf und bat ihn, sie zu begleiten.

Sie gingen die langen Wege an den Gräbern vorbei, lasen Namen um Namen. Es waren nur noch Namen.

„Aber in welcher Beziehung standen Sie zu ihm?" wollte Gerhard wissen.

„Das ist eine lange Geschichte. Ich spreche in der Öffentlichkeit nicht gerne darüber, das kann nachteilig ausgelegt werden, auch jetzt noch nach den Zeiten der Perestroika." Gerhard versuchte zu verstehen.

„Meine Mutter kannte ihn. Sie ist jetzt schon über zehn Jahre tot. Sie müssen wissen, ich bin seine Tochter."

Für Gerhard war das Puzzle fertig. „Dann sind Sie die Tochter von Anastasija? Albert hat eine Tochter?" Er konnte sich kaum beruhigen.

Galina war glücklich, dass der Besucher die Nachricht so freudig aufnahm. Ihr Gespräch wurde ungezwungener. Und sie erzählte, dass ihre Mutter Albert sehr geliebt hatte. Aber es wurde in der Wehrmacht bekannt. Albert wurde festgenommen, zwei Tage danach hingerichtet. Ihre Mutter traf es ebenfalls. Sie war schwanger, als sie von den Sowjets gefangen genommen wurde, weil sie sich mit einem Deutschen eingelassen hatte, und kam in ein Lager in Perm. Dort wurde Galina geboren. Sie wuchs im Lager auf, nach zwei Jahren wurde sie ihrer Mutter weggenommen und in ein Heim gesteckt. Stalins Tod brachte Reformen, danach konnten sie gemeinsam nach Shitomir zurückkehren.

Gerhard war von ihrem Gespräch sehr berührt. Albert war also nicht gefallen, die Nazis hatten ihn exekutiert. Das war für ihn schwer zu verkraften. Wieder wanderten seine Gedanken zurück. Er erzählte Galina, wie Albert ihre Mutter zum ersten Mal sah, wie er sich sofort in sie verliebte. Wie glücklich er von ihr erzählte. Sie war seine große Liebe und er tat alles, um sie immer wieder zu sehen. Aber er lebte damit sehr gefährlich.

„Galina, wir sprachen oft davon, wie gefährlich sein Verhältnis zu Ihrer Mutter war. Er hat sie sehr geliebt."

Sie blieb stehen, reichte ihm die Hand und sagte: „Dankeschön. Das ist gut zu hören!"

Nebeneinander verließen sie den Friedhof. Der Abend dämmerte schon.

ENDE

PROLOG

Als ich meine Oma darauf ansprach, warum sie jeden Abend eine Kerze anzündete – ich war sehr neugierig und bedrängte sie so lange, bis sie schließlich klein beigab – da erzählte sie mir die Geschichte von Seppl, Horst, Willy, von Irmschen. Und in späteren Jahren erzählte sie mir noch viel mehr.

„Man darf nur nicht vergessen, ein Licht brennen zu lassen, dann bleibt die Hoffnung", waren ihre Worte. Sie sprach von ihren Gefühlen, drei Söhne in den Krieg geschickt zu haben, und von ihrer Angst, sie könnten nicht mehr heimkehren.

„Ich schaute damals viel aus dem Küchenfenster. Es lenkte mich von den schlechten Nachrichten ab. Aber es waren nicht die beschlagenen Fensterscheiben, nicht das Wetter, warum mir die Vögel draußen unscharf erschienen. Es waren meine Tränen, die mir ins Auge schossen, das ganze, viele Wasser von innen."

Ihr gesamtes Leben drehte sich nur um die Familie, sich selbst fand sie nicht so wichtig.

Horst schrieb noch einmal am 19.01.1945 einen kurzen Brief, der vom Leid in Breslau sprach. Er musste wenig Zeit gehabt haben, denn er schloss das Schreiben abrupt ab, mit den Worten: „Muss Schluss machen ... Macht's gut ..."

Das war die letzte Nachricht, die die Familie von Horst erhielt, sein letzter Gruß hatte etwas Endgültiges. Von Horst fehlt bis heute jede Information. Anfragen an Behörden und das DRK blieben ohne Erkenntnisse. Meldungen über den Verbleib oder den Tod des Gesuchten liegen nicht vor. Die

Auswertung der zur Verfügung stehenden Karteien und Datenbanken verlief stets negativ. Auch in den aus Moskau übermittelten Daten der in den Lagern der ehemaligen Sowjetunion verstorbenen Zivil- und Kriegsgefangenen fand sich sein Name nicht. Jedes Mal kam die Mitteilung: Vermisst in Breslau, Jungfernsee. Der Suchfall wurde am 08.06.1985 mit einem DRK-Gutachten vorläufig geschlossen. Auf Veranlassung des Volksbundes Deutsche Kriegsgräberfürsorge wurden der Name und die persönlichen Daten von Horst im Gedenkbuch des Friedhofes Nadolice Wielkie nahe Breslau verzeichnet.

Von der Familie Silbermann überlebte nur die Tochter Nurit. Sie stand im Jahre 1947 bei Oma vor der Tür, stellte sich kurz vor und berichtete vom Schicksal ihrer Familie. Für Oma war es ein großer Moment, ihr den anvertrauten Familienschmuck, so hatte sie es immer gesehen, zurückgeben zu können.

Wann immer das Gespräch mit meinem Vater auf Shitomir kam, wurde er wehmütig und erzählte:

„Sohn, da liegt was, was unserer Familie gehört!", und damit meinte er wohl sein amputiertes Bein.

Ein Ereignis muss noch erwähnt werden: Lotte legte weiter ihre Karten. Die Leute, die zu ihr kamen, vertrauten ihr, weil ihre Vorhersagen stets eintrafen. So auch bei einem hohen Offizier, der noch kurz vor Kriegsende bei ihr erschien, um aus den Karten seine Zukunft zu erfahren. Lotte las aus dem Blatt und sagte dem Offizier, dass er mit seiner Familie flüchten müsse, und zwar sehr schnell. Der Offizier, dessen Glauben an den Endsieg ohnehin schon längst erschüttert war, tat, wie Lotte ihm geraten hatte. Er flüchtete mit der Familie Richtung Westen. Zwei Tage später wurde sein Haus bombardiert, keiner der übrigen Bewohner überlebte den Angriff, selbst die nicht, die sich im Keller befanden.

Als das Irmschen in späteren Jahren einmal am Frühstückstisch saß und sich Kaffee eingegossen hatte, zersprang die Tasse mitten durch, als ob jemand sie mit einem Messer wie ein Stück Kuchen durchgeschnitten hätte. Am Nachmittag desselben Tages erfuhr sie, dass Lotte verstorben war.

Der Waisenfriedhof, der für Churchill auf dem Weg zur Potsdamer Konferenz lag, musste in den 1970er Jahren dem Bau einer Schnellstraße weichen. Die abgelaufenen Gräber wurden eingeebnet, andere umgebettet. Das Grab des kleinen Walter gibt es nicht mehr. Aufmerksame und interessierte Besucher werden aber dort noch eine kleine efeubewachsene Ebene vorfinden, wo sich irgendwo die letzte Ruhestätte des Jungen befand.

Als Willi mit i im Jahr 1955 verstarb, war es Seppl, der für alle Anwesenden überraschend ans Grab seines Vaters trat und das Lied „Oh, mein Papa…" vortrug.

Viele Ereignisse mögen dem Leser unwirklich erscheinen, sie sind aber fast alle biographischer Natur, wenn auch nicht alle heute mehr belegt werden können. Verbrieft sind die Gartenstraße 21, Babelsberg, und die Ereignisse um die Brüder Horst, Willy und Seppl sowie um das Irmschen, die auf ihren 100. Geburtstag zugeht.

NACHWORT

Als ich an diesem Roman schrieb, herrschte um uns herum ein trügerischer Frieden und niemand ahnte etwas von einer weltumspannenden Pandemie, von zerstörten Lieferketten und von einem Krieg, der beinahe alles in Frage stellen würde, was wir erarbeitet hatten.

Als ich die Rohfassung fertiggestellt hatte, sammelten sich russische Truppen im Osten an der ukrainischen Grenze. Wenig später wurde Kiew bombardiert, die Stadt, in der mein Vater vor 79 Jahren kämpfen musste. Wieder einmal begann ein sinnloses Blutbad, auch an der Zivilbevölkerung. Vor einiger Zeit noch unvorstellbar, wird uns nunmehr bewusst, wie schnell der von uns so geschätzte Frieden in Gefahr geraten kann.

Ich würde mir wünschen, dass mein Buch vielleicht ein klein wenig dazu beitragen kann, um uns immer wieder daran zu erinnern, was wirklich wichtig ist auf der Welt: Familie, Freiheit und Frieden.